Jobst Mahrenholz

Der linke Fuß des Gondoliere

Impressum
© dead soft verlag, Mettingen 2015
http://www.deadsoft.de

Cover: Irene Repp
http://daylinart.webnode.com/
Bildrechte:

1. Auflage
ISBN 978-3-944737-99-7

Für Ati

♥

I.

2012

Nachdenklich gehe ich die Gräberreihen entlang, hin zum verheißungsvollen Schatten der Vaporetto-Station. Schnell bewegt man sich hier nicht, an diesem Ort.
Der nüchterne, grau-gelbe Anleger bildet einen wohltuenden Kontrast zu den Friedhofsmauern, die sich rechts und links von mir erstrecken. Ich bin erleichtert, als ich ihn erreiche, schicke meinen Blick über die Weite der Wasserfläche, schaue, ob ich schon ein Boot ausmachen kann.
Auf einer der Wartebänke sitzt eine Frau, die sich mit einem Fächer Luft zuwedelt. Es ist heißer als die Tage zuvor, an diesem Dienstag.
Ich nicke ihr zu, aber sie scheint in Gedanken, sodass sie mich nicht wahrnimmt, doch vielleicht täuscht das auch. Ein Teil des Gesichts ist hinter einer mondänen Gucci-Sonnenbrille verborgen, die alles an Regung verschluckt. Das Haar trägt sie straff zurückgekämmt, ihr Sommerkleid ist in gedecktem Schwarz gehalten. Sie erinnert mich an Audrey Hepburn: die gerade Haltung ihrer schmalen Gestalt, der hoch erhobene Kopf. Der gekonnt geschlungene Dutt.
Ein Blick zurück, und ich erinnere mich noch einmal daran, dass hier in sechs Tagen die Trauerfeier stattfinden wird.
Ich halte die Rede in der kommenden Woche. Man hat mich darum gebeten, also tue ich es. Es ist keine leichte Aufgabe für mich. Zum einen, weil ich nicht für große Worte gemacht bin, zum anderen, weil ich möchte, dass es

eine fröhliche Rede wird. Wie soll das gehen, bei so viel Trauer? Daran muss ich noch arbeiten.
Ein Leben zu skizzieren, das habe ich mir vorgenommen.
Ein Leben, das streckenweise so eng mit dem meinen verbunden war, wie keines je zuvor.
Ein Leben, das mich zu dem hat werden lassen, der ich heute bin: ein durch und durch glücklicher, zufriedener Mensch. Auch in diesem Moment.
Und dafür will ich ihm danken.
Wie für so vieles ...

2002

1.

»Es ist die meines Vaters!«, sagte Leo bestimmt. »Also kann ich ja wohl mit ihr machen, was ich will.«
»Aber nicht, wenn sie hier zur Überholung bei uns liegt.« Sein großspuriges Gehabe ärgerte mich. Das war so typisch Leo. Manchmal hielt er sich für was Besseres. Und das ließ er uns spüren. Immer wieder.
»Komm«, versuchte ich es versöhnlich, »wir nehmen die dahinten. Die ist noch nicht aufgebockt.« Außerdem gehörte sie Giacomo Farelli, den konnte ich eh nicht ausstehen. *Farelli hält sich für Gott*, pflegte mein Vater zu sagen, *so anbetungswürdig, wie der sich aufführt.*
»Und warum nicht unsere?«
»Mann, Leo. Weil der Rumpf frisch lackiert ist. Was meinst du, was los ist, wenn der Anstrich was abbekommt?« Das schien ihn zu überzeugen.
Leo war mein bester Freund. Eigentlich hieß er Leonardo, Leo gefiel uns jedoch besser. So wie ich von ihm Cece genannt wurde. Cesare fanden wir beide affig. Mein Vater war es gewesen, der sich da durchgesetzt hatte. Wäre es nach meiner Mutter gegangen, so hieße ich heute Andrea.
»Und warum nehmen wir nicht den Motorschlepper und fahren etwas raus?« Das war Pirro, der das fragte. Pirro hieß nun wirklich so. Da war nichts abgekürzt. Er hockte gelangweilt auf einem Holzschemel und beobachtete unser Hin und Her.

»Stimmt, warum nehmen wir nicht den Schlepper?«, schlug Leo in dieselbe Kerbe.
»Weil ich nicht weiß, ob er heute noch gebraucht wird.«
»Dann frag halt.«
»Es ist niemand da, den ich fragen kann.«
Es begann mich zu nerven.

Wir trafen uns in der Regel bei mir. Das war schon immer so. Ganz einfach, weil es am spannendsten war, sich bei mir zu treffen. Unsere Werft bot schier unerschöpfliche Möglichkeiten zum Spielen. Sie war sehr alt und angefüllt mit den interessantesten Werkzeugen. Es gab Lagerräume für Holz, Metall und Mobiliar, aber vor allem: Es gab Gondeln! Gondeln in jedem nur erdenklichen Fertigungsstadium. Gerade befanden sich vier zur Überholung bei uns und eine im Bau. Die war natürlich das spannendste Objekt. Den Bau einer Gondel mitzuerleben, das hatte schon was. Selbst für mich, der das kannte, war es immer wieder ein erhabener Moment, die einzelnen Bauabschnitte zu verfolgen. Von dieser stand mittlerweile das Skelett. Morgen würde es mit dem Beplanken losgehen, und genau darum konnte es gut sein, dass der Schlepper noch gebraucht wurde.

»Und wenn wir zum Lido rausfahren?«, schlug ich vor.
»So viel Zeit habe ich nicht.« Da hatte Leo recht. Zum Strand brauchten wir ewig. Es lohnte nicht.
»Dann nehmen wir halt die *Esmeralda*.« Pirro sprang von seinem Schemel auf, warf seine Tasche in das alte wurmstichige Ruderboot und kletterte hinterher.

»Los, kommt schon«, rief er gut gelaunt, »stellt euch nicht so an.«
Die *Esmeralda*. Immer lief es auf die *Esmeralda* hinaus. Eine *Mascareta* der ersten Stunde, so primitiv gezimmert, dass es meinem Vater eigentlich peinlich sein müsste, sie in der Werft anzutäuen. Doch vor allem – sie hatte keinen Motor. Nichts ist besser als ein Motor, abgesehen von einem Gondoliere natürlich. Das ist jedoch eine andere Geschichte.
»Du ruderst!«, entschied Leo. Pirro nickte bereitwillig. Für ihn war es wichtig, seine Angel auswerfen zu können. Ob es zum Erreichen dieses Ziels einen Motor gab, oder er selbst der Motor war, spielte für ihn dabei keine Rolle.

Leo, Pirro und ich, wir drei gehörten zusammen. Seit über einem Jahr war das schon so.
Ganz früher, da gab es nur Leo und mich. Wir hatten uns über unsere Väter kennengelernt. Leos Vater war Gondoliere, und meinem hatte er den Auftrag gegeben, seine Gondel zu bauen. Aus einer geschäftlichen Verbindung erwuchs Freundschaft. Und so kam es, dass auch Leo und ich regelmäßig Zeit miteinander verbrachten.
Mit Pirro war das anders.
Plötzlich, wie auf Knopfdruck, war er da. Und eigentlich waren es nicht wir, die sich mit ihm angefreundet hatten, es war umgekehrt.
Pirro hatte sich für *uns* entschieden – also gab es uns zu dritt, ab da. Wir gingen auf dieselbe Schule, das vereinfachte es, sich zu verabreden. Und die langen Sommer verlebten wir fast durchgehend gemeinsam.

Fischen war für Pirro wichtig.
Er unterstützte seine Familie damit. Und die war groß. Pirro hatte acht oder neun Geschwister, so genau habe ich das nie durchschaut. Da war es schon eine Hilfe, wenn frischer Fisch auf den Tisch kam, ohne dafür zahlen zu müssen.
Solche Probleme kannten Leo und ich nicht. Wir waren die einzigen Kinder unserer Eltern und standen finanziell gut da. *Vom Gondelbau wird man nicht reich*, erklärte mein Vater gerne, *aber man kann wirklich ausgezeichnet davon leben.*
Bei Leo sah die Sache noch einmal ganz anders aus. Ein Gondoliere verdient sehr, sehr viel am Tag. In diesem Fall war allerdings Leos Mutter für den Wohlstand der Perluccis verantwortlich. Ihr gehörten Ländereien und Immobilien.
In Venedig eine Wohnung sein Eigentum zu nennen, hieß an sich schon, ausgesorgt zu haben. Die Perluccis jedoch, sie besaßen Häuser.
Uns ging es also gut, Leo und mir. Doch Pirro hatte zu kämpfen.

Gelangweilt lagen oder hingen wir auf der *Esmeralda* rum, jeder von uns mit etwas Angelschnur bestückt, an der Blinker, Haken und Köder befestigt waren. Aber es passierte nichts. Die Fische wollten einfach nicht beißen.
Unser Haus befand sich am Rande der Stadt, abseits vom Touristenrummel, doch so gelegen, dass die Gondoliere ihre Boote ohne Probleme zu uns bringen konnten. Das Wasser war hier sauberer als inmitten der Lagune, darum liebte Pirro es, bei uns zu angeln.

»Und wieder wird's Polenta geben«, stellte er irgendwann frustriert fest, holte seine Schnur ein, um lustlos den Köder zu erneuern. In letzter Zeit klappte es nicht so mit dem Fischen.
»Wenn du willst, kannst du heute bei uns bleiben«, bot ich an.
Sein Blick hellte auf. »Echt? Ginge das? Das wäre klasse!«
Leo schaute derweil betreten aufs Meer hinaus. Dazu hatte er auch allen Grund. Ich wusste, wie gerne auch er mal von Zuhause rauskommen würde, aber seine Mutter ließ das nicht zu. Wenn überhaupt, durfte ich bei den Perluccis übernachten. Ab und zu tat ich das auch, ihm zuliebe. Besonders toll war es nicht gerade.
»Was gibt's denn zu Essen bei euch?«
»Keine Ahnung. Nur sicher keine Polenta«, versicherte ich. »Mein Vater verträgt keinen Mais.«
»Das ist gut.« Mit einem Lächeln wickelte Pirro seine Angelschnur auf, löste den Köder und steckte sie in das vorgesehene Fach seiner Tasche. »Keine Polenta«, murmelte er zufrieden vor sich hin.
Ich sah zu Leo, der nach wie vor seinen Blick aufs Wasser gerichtet hielt, die Angelschnur selbstvergessen in der Linken.
Meine beiden Freunde waren schon sehr unterschiedlich. Pirro war nicht dünn, er war mager. Seine Knochen staken spitz aus seinem Körper. Dazu kam eine wirklich eindrucksvoll gebogene Nase, die nicht richtig zum Rest passen wollte. Braunes Haar stand störrisch zu allen Seiten und wirkte irgendwie immer ungewaschen. Im Grunde war es das auch.

»Ich bin fast jeden Tag im Meer. Wozu also waschen?«, erklärte er mir, als ich ihn einmal danach gefragt hatte. Und irgendwie hatte er ja auch recht.
Leo hingegen wirkte wie aus Porzellan gemacht. Das lag an seiner Haut. Sie war fast weiß und ein wenig durchscheinend, wie bei Porzellan eben. Es ist schon komisch, einen Freund über seine Haut zu beschreiben, aber bei Leo war das so speziell, dass es nicht anders ging. Dazu hatte er schwarzes, glänzendes Haar und, wie wir alle, braune Augen. Leo sah immer ein bisschen so aus, als friere er. Wenn er lächelte, dann hielt ich manchmal den Atem an, so faszinierend war das; Leo lächelte nämlich selten.
Er war eher ernst.

2.

»Das Essen war guut!«, schwärmte Pirro genießerisch. Meine Mutter hatte zwei Schalen Lasagne vorbereitet, das war Glück.

Nun lagen wir auf dem Zwischenboden im Holzlager. Seit dem neuen Anbau wurde der nicht mehr benötigt. Und so hatten wir drei uns irgendwann ein paar dünne Schaumstoffmatratzen organisiert und uns da oben eingerichtet. Es war ein bisschen wie ein Baumhaus ohne Baum, ein großartiger Platz, allein schon vom Geruch her.

Bis zu zehn Holzarten lagerten hier, fein säuberlich getrennt nach Funktion und Sorte; hauptsächlich Eiche, Tanne und Kirsche.

»Hat Leo dich eigentlich schon mal zu sich eingeladen?«, fragte ich vorsichtig nach.

»Seine Mutter will das nicht«, antwortete er gleichmütig.

»Wie ist es denn so bei ihm?«

»Oh, sehr schick. Sie haben Geld, das sieht man.«

»Ja klar, das weiß ich, aber sind sie nett?«

Darüber hatte ich noch nie so richtig nachgedacht, fiel mir auf. Waren sie *nett?*

»Eigentlich nicht«, entschied ich. »Leo darf nichts! Wenn ich ihn mal besuche, hocken wir immer in seinem Zimmer rum und wissen nichts anzufangen. Raus sollen wir nicht, laut sein geht auch nicht – im Grunde ist es ziemlich langweilig.«

»Und was macht ihr dann?«

»Fernsehen ... Ja, eigentlich sehen wir fern. Mehr passiert nicht.«

»Bei uns läuft auch immer der Fernseher.«
»Ja, doch das ist was anderes.« Ich konnte mir schon vorstellen, wie das bei Pirro zu Hause ablief.
»Bei Leo ist es wirklich anders«, versicherte ich ihm.

Die Perluccis wohnten unweit des Canal Grande. Ihre Wohnung umfasste sechs großzügige Räume. Es gab drei Balkone. Zwei davon zur Canalseite, einen zu einem Patio, in den man neben einem Brunnen eine Palme gepflanzt hatte. Wunderschön sah das aus.
Alle Zimmer, auch das von Leo, hatten Kamine, die im Winter befeuert wurden. Dabei existierte eine Zentralheizung. Die Böden waren mit edlen Hölzern oder steinernen Mosaiken belegt, diese wiederum mit kostbaren Teppichen. Alle Wände hatte man tapeziert. Ornamente über Ornamente. Und jeder Raum besaß ein eigenes farbliches Thema. Leos Zimmer war in Hellblau gehalten, was mir gefiel und unglaublich gut zu seiner eigenartig weißen Haut passte. So, als betrete man ein Gemälde und Leo wäre ein Teil dieses Bildes.
Nach alter venezianischer Tradition gab es zudem überall Murano-Glas. Vor allem die Wand und Deckenleuchter waren daraus gefertigt, aber auch die eine oder andere Schale. Ich fand das etwas übertrieben, Leo auch.
Die Perluccis liebten Antiquitäten. Überall blinkten polierte Hölzer und gläserne Vitrinen. Im Kontrast dazu pflasterte moderne Kunst die Wände.
Ich muss zugeben, mich beeindruckte das immer wieder. Es war, als besuche man ein Museum, und mittendrin – der unglückliche Leo, leichenblass, ja, fast schon transparent

neben all der Opulenz. Es war ihm peinlich, das spürte ich. Vor allem, wenn Signora Perlucci in Erscheinung trat. Leonardo *hier,* Leonardo *da,* Leonardo, *der Beste, der Schönste, der Intelligenteste, der Wunderbarste.* Besonders schlimm wurde es, wenn aus ‚Leonardo' ‚Nardi' wurde. In diesen Momenten sackte Leo in sich zusammen, als hätte man auf unsichtbare Weise seinen Lebensstecker gezogen.
Riccarda Perlucci merkte nichts von alledem. Sie war viel zu sehr von sich selbst eingenommen, als dass sie die Stimmungen ihres Umfelds hätte wahrnehmen können.
Ich war einer der wenigen, die Leo besuchen durften. Kein leichtes Leben für Leo, und darum ertrug ich auch seine Stimmungsschwankungen. Sie wunderten mich nicht besonders.

»Ich hätte ja echt Lust, mal zu sehen, wie er so lebt.«
»Glaub mir, Leo wäre sicher glücklich, wenn du ihn besuchen würdest, aber da hat die Perlucci einen Knall. Und das hat überhaupt nichts mit dir zu tun.«
Was so nicht ganz stimmte. Ich stellte mir Pirro vor, zwischen all der Pracht und dem Gloria, in einem seiner undefinierbaren T-Shirts, das er wie üblich in vierter Generation aufzutragen hatte, halb in, halb aus der Hose hängend, die meist mit einem alten Strick zusammengehalten wurde. Und schließlich die Perlucci, wie sie auf Schnappatmung umschaltete bei diesem Anblick, gedanklich ganz die Kammerjägerin, die sie in ihrem Herzen nun mal war, ihre Hand vor dem Mund. Nein, nett war sie wirklich nicht, die Perlucci.

»Weiß ich«, holte Pirro mich aus meinen Gedanken. »Ich merke ja, dass es ihm nicht gut damit geht.«
Einen Moment betrachteten wir schweigend die Decke, vertieft in die hölzerne Dachkonstruktion, als Pirro plötzlich sagte: »Ich werde nächste Woche vierzehn. Meinst du, Leo hat Lust zu kommen?«
»Du feierst?«
»Ja, hatte ich schon vor.«
»Bei dir Zuhause?«
»Ja klar! Wieso?«
»Ach, nur so.«
»Meinst du, er wird kommen?«
»Da bin ich sicher.«
Was auch wieder nicht so ganz stimmte.

3.

»... und ich bin eingeladen?«
»Hat er gesagt. Aber warum auch nicht?«
»Weil *ich* ihn noch nie eingeladen habe.« Leo klang beschämt. Es ging ihm sichtlich nahe, dass Pirro ihn bei seinem Geburtstag dabeihaben wollte.
»Was soll ich ihm bloß schenken?« Er war richtig aufgeregt.
Über ein Geschenk hatte ich auch schon nachgedacht. »Wie fändest du es, wenn wir für eine Angel zusammenlegen? Eine richtig gute!«
»Super!« Er war völlig außer sich. »Und noch ein paar Blinker dazu, was man halt so braucht.«
Ich war überrascht, wie sehr sich Leo über diese Einladung freute. Auf der anderen Seite – wer lud schon Leonardo zu sich nach Hause ein? Im Grunde hatte er nur uns beide.
»Warst du schon mal bei ihm?«, fragte Leo mich und kam damit auf einen heiklen Punkt zu sprechen.
»War ich.«
»Und? Wie ist es da so?«
»Anders ...«
Besser konnte ich es nicht beschreiben.
»Wie, anders?«
»Es ist ziemlich – anders eben.«
»Aha ...«
»Sehr anders!«

Wenn man auf gut Glück Pirro besuchen wollte, musste man ihn erst mal finden. Die Girandolos bewohnten ein

Hinterhaus. Signora Girandolo, ihre neun oder zehn Kinder und Pirros Großmutter, Signora Lecco.
Es gab einen kleinen Hof, voll mit Gerümpel, und es gab das Haus selbst. Es war sehr schmal gebaut, wie es typisch für diese Gegend ist, und besaß drei Etagen. Trat man durch die Eingangstür, befand man sich in einem Treppenhaus, von dem eine steile Stiege nach oben führte. Linker Hand gelangte man in die Küche, was bedeutete, dass man automatisch Pirros Großmutter und zwei bis drei seiner jüngeren Geschwister begegnete, die meist auf einem Schlafsofa rumturnten. Beschallt wurde das ganze Szenario von dem ewig laufenden Fernsehapparat.
Signora Lecco saß üblicherweise in einem alten Korbstuhl und bestickte Geschirrhandtücher und Tischwäsche, die sie dann auf Wochenmärkten zum Verkauf anbot. Neben ihr stapelten sich sorgfältig geplättete Leinenstoffe, rechts die Rohlinge, links die fertig bestickte Ware.
Sie war sehr schwerhörig und hatte Probleme mit dem rechten Knie. Ansonsten hatte sie eine sehr freundliche Art. Sie nannte mich immer Julius, weil sie sich den Cesare so besser merken konnte, und bot mir stets einen Keks mit Cremefüllung an, den ich dankend ablehnte. Mir war klar, dass sie sonst auf einen verzichten musste, das wusste ich durch Pirro.
»Die sind abgezählt«, erklärte er mir. »Jeden Tag zwei Stück. So macht sie das.«
Saß Signora Lecco nicht in der Küche, begegnete man ihr schon in dem kleinen Hof, wo sie auf einem Mauervorsprung hockte, ihre Katze kraulte und Pfeife rauchte. Wenn

man ihr ein *Guten Tag Signora* zurief, lächelte sie, winkte freundlich, sagte aber nichts.
Wollte man nun also Pirro finden, galt es die Stiege zu erklimmen. Und das kostete einiges an Überwindung. Mit jeder Stufe wurde der Geruch von Kinderfüßen, und all dem was sonst noch so daran hing, intensiver. Und mit intensiver meine ich – sehr intensiv. Die Girandolo-Sippe schlief auf vier Räume verteilt, in beliebigen Kombinationen auf einer Art Matratzenlager, bei dem weder ein Anfang noch ein Ende auszumachen war. Laken, Kissen, Kleidung, Schulsachen, Spielzeug, Comic-Hefte, Bundstifte, Bücher, Schuhe, Paninis oder leer gegessene Schüsseln türmten sich zu diversen Haufen, die sich niemandem eindeutig zuordnen ließen.
Dazwischen gab es die Girandolos, die entweder schliefen, spielten, sich stritten, für die Schule lernten, oder alles gleichzeitig taten. Nie war klar, ob und in welcher Etage man Pirro finden würde. Doch hatte man diese Expedition überstanden, fühlte man sich überraschend erleichtert und irgendwie sehr im Reinen mit sich.
Pirros Mutter habe ich übrigens nie zu Gesicht bekommen. So als hätte es sie nie gegeben.

Die wirklich ernstzunehmende Hürde hieß jetzt: Signora Perlucci. Sie dazu zu bekommen, Leo auf Pirros Feier zu lassen, war fast ein Ding der Unmöglichkeit. Nun, wir waren vierzehn. Für uns ein ernstzunehmendes Alter, nicht so für Leos Mutter.
»Was ist das denn für einer, dieser *Pirro* Girandolo?«, fragte sie etwas abfällig, als wir unseren ersten Versuch starteten.

Sie war gerade damit beschäftigt, einen fliederfarbenen Strauß Gladiolen in einer gewaltigen Bodenvase aus Alabaster zu drapieren.
»Er ist mein Freund«, sagte Leo leise.
»Wo lebt er, dieser *Pirro*?«
»In Cannareggio. Sie haben ein Haus da.«
»Cannareggio? Nun ja, das kann alles heißen.«
»Wir wohnen auch in Cannareggio!«, schaltete ich mich ein, meinen Stadtteil verteidigend.
»Und dieser *Pirro*«, ergänzte sie tadelnd, »lebt er auch am Campo di Maggiore, wie deine Familie, Cesare?«
»Nein ...«
»Also kann das *alles* heißen!«
Tja, da hatte sie allerdings recht.
Wir lösten das Problem mit Raffinesse, indem wir meine Mutter baten, sich für unser Vorhaben einzusetzen. Sie mochte Pirro. Und sie wusste auf Signora Perlucci einzuwirken. Nach einem halbstündigen Gespräch war die Sache geritzt. Leo hatte *Ausgang*.

4.

Überall standen kleine Tische. Eckige, runde, ovale. Aus Blech, Kunststoff, Holz ... Und um diese Tische herum eine bunt gewürfelte Anzahl von Stühlen. Nichts erinnerte daran, dass der kleine Hinterhof eigentlich nur ein tristes Dasein als Zwischenlager für altgedienten Kram fristete. Auf den Tischen befand sich ein Sammelsurium an Geschirr, Besteck und Gläsern. Nichts passte wirklich zusammen, aber es sah wunderschön aus.
Pirro ertappte uns dabei, wie wir staunenden Blickes all das Festliche würdigten. Mit einem breiten Lachen kam er auf uns zu. Er hatte sich zurechtgemacht. Seine Haare waren irgendwie glatter als sonst und alles, was er trug, war sauber und farblich aufeinander abgestimmt.
Auch Leonardo hatte sich richtig in Schale geschmissen, oder war wohl eher geschmissen worden, so, vermutlich. Ich sah eigentlich aus wie immer, stellte ich etwas betreten fest.
»Klasse, dass ihr da seid«, begrüßte Pirro uns herzlich. Leo streckte ihm verlegen unser Geschenk entgegen. In solchen Momenten war er unglaublich schüchtern. Er machte auf mich dann den Eindruck, als fände er es jetzt, genau in diesem Augenblick, am idealsten, unter einen Stein zu kriechen und dort auszuharren, bis alles vorbei war.
Die Angel, die wir besorgt hatten, war zwar zerlegt und in Geschenkpapier eingewickelt, doch natürlich unschwer als das zu erkennen, was sie nun mal war. Dennoch tat Pirro gespannt und er freute sich richtig, als er sie in seinen Händen hielt.

»Die ist total edel«, bemerkte er anerkennend, spielte ein bisschen an der Spule rum und ließ die dunkelrote Fiberglasrute vorsichtig durch seine Hände gleiten. »Sie ist so schön«, sagte er glücklich, »dass sich die Fische drum reißen werden, wer zuerst beißen darf.«
»Wie hast du das alles hinbekommen?«, fragte ich später, immer noch staunend über die Wandlung, die in diesem Hof geschehen war. »Und wo ist all der Kram hin?«
Pirro grinste stolz. »Die Sachen habe ich mir geliehen. Jeder hier im Vorderhaus hat noch irgendwo einen kleinen Tisch gehabt, den er gerade nicht braucht. Ich habe gefragt, ob ich die mir leihen darf und sie haben ja gesagt. Die meisten in der Straße kennen mich, weil ich ihnen die Treppenhäuser sauber mache.«
Das war eine Seite von Pirro, die ich bis dahin nicht von ihm kannte.
»Ach ja ...« Wieder lachte er, legte mir seinen Arm über die Schulter und sagte verschwörerisch: »Geh besser nicht ins Haus, Cece, und halt unbedingt die Tür verschlossen, versprichst du mir das?«
Tat ich.
Das war wohl die Antwort auf den zweiten Teil meiner Frage.

Es wurde ein richtiges kleines Fest.
Wer zur Familie gehörte, wer aus dem Vorderhaus stammte und mit wem er nun enger befreundet war, ließ sich für uns nicht ausmachen. Alle, die da waren, mochten Pirro und feierten ihn. Ich wusste, dass mir ein solches Fest nicht gelungen wäre. So beliebt war ich einfach nicht. Ein Seiten-

blick zu Leo zeigte mir, dass er wohl ähnlich darüber dachte. Nun ja, Leo war eh ein Sonderfall.
Es gab Reissalat, Obst und Wasser, die Stimmung war gut und Pirro jetzt vierzehn. Damit waren wir nun gleich alt, alle drei.
»Ich habe auch Viola Sopra eingeladen, aber ich glaube, sie wird nicht kommen«, sagte er irgendwann leise zu mir. Enttäuschung konnte ich allerdings nicht heraushören. Viola Sopra einzuladen war allerdings schon auch etwas irre. Sie war *das* Mädchen. Nicht nur in der Klasse – im ganzen Jahrgang. Jeder stand auf Viola. Und die überlegte sich sehr genau, wo sie sich blicken ließ. Oder um es mal ganz klar zu sagen: Pirro wurde zwar gemocht, doch zu den Girandolos ging ein solches Mädchen einfach nicht. Nicht zu denen. Die Girandolos waren Freaks.
So war das nun mal.

Ich hatte es mir zum Sport gemacht, Pirros Geschwister zu zählen. Es gab wenige übereinstimmende Körpermerkmale, da wenig übereinstimmende Väter dazu existierten. Und da ich nicht wissen konnte, welche Eigenheiten Pirros Mutter mit eingebracht hatte, entpuppte sich mein Vorhaben als etwas schwierig.
Durch meine vorherigen Besuche erkannte ich ein paar Gesichter. Zudem wusste ich, dass es sowohl weibliche als auch männliche, völlig durchschnittliche und dürre Exemplare gab. Die jüngste Girandolo war wohl so um die vier, das hatte Pirro mal fallen lassen; der älteste musste so um die achtzehn sein. Das war allerdings mehr eine Vermutung

von mir. Siebzehn Anwesende hatte ich mittlerweile in die engere Wahl gezogen.
Leo war derweil irgendwo in der Versenkung verschwunden. Das überraschte mich schon, da ich davon ausgegangen war, dass er mir nicht von der Seite weichen würde. Fein, wenn er sich mal alleine unterhielt.
Pirros Nonna saß auf ihrem Mauervorsprung, in der Hand ein Schälchen mit Reissalat, und sie beobachtete mit wachen Augen das Treiben um sich herum. Niemand sprach mit ihr.
Es tat etwas weh, das mit anzusehen, da ich ja wusste, wie freundlich sie sein konnte, aber ich selbst wollte das auch nicht übernehmen. Und was konnten sich schon ein Vierzehnjähriger und eine Großmutter groß erzählen? Ich zumindest hatte keine Idee dazu.
»Ciao, Cesare ...«
Ich erstarrte. Denn das konnte nicht sein. Doch schon beim Umdrehen wusste ich ganz genau, in wessen unglaublich grüne Augen ich gleich blicken würde. Viola Sopra war eingetroffen. Bei den Girandolos.
Unfassbar.

Mit einem Mädchen zu sprechen, das kam schon mal vor. *Fällt die Morini jetzt aus oder kriegen wir Vertretung?* war zum Beispiel möglich, oder *Kannst du mir kurz deinen Stift leihen? Meiner will nicht mehr.* Fragen, Antworten, ein reiner Informationsaustausch, das war mit Mädchen denkbar. Nicht jedoch mit Viola Sopra.
Ich weiß nicht, wer von uns Jungs überhaupt je mit ihr gesprochen hätte. Viola befand sich eigentlich immer

inmitten einer Traube gleichaltriger Freundinnen, die die ganze Zeit über mit irgendwelchen Dingen beschäftigt waren, die sich farblich in *Pastell* und von der Konsistenz her in *weich* einstufen ließen. Diese Mädchen konnten sich stundenlang über solche Dinge auslassen, und ich begriff noch nicht mal im Ansatz, worum es eigentlich ging.

»Schön, dich hier zu treffen«, sagte Viola mit melodischer Stimme, und ihr zartes Lächeln sank tief in mein Herz. Ich atmete schwer, hörte mich aber Gott sei Dank irgendwann ein brüchiges »Find ich auch«, von mir geben.

»Pirro hat mich eingeladen«, informierte sie mich, dem ich ein unüberlegtes »Mich auch«, entgegenzusetzen hatte.

»Wo steckt Pirro überhaupt?« Sie drehte verlegen ein Päckchen in ihren Händen. Der perfekte Anlass, mich galant aus der Affäre zu ziehen.

»Ich hol ihn dir«, versprach ich rasch, selig, auf dem Fuß umdrehen zu können, und mich auf die Suche nach ihm zu machen. Er war jedoch nirgends zu finden. Und so groß war der Hof nun nicht, als dass er zu übersehen gewesen wäre.

»Pirro ist im Haus«, erfuhr ich schließlich von einem Jungen, welcher ansatzweise Girandolo-Gene in sich tragen könnte. Seine Nase sprach dafür. Ich dankte herzlich, was ihm ein lässiges Nicken entlockte. Zweifellos ein Bruder, da war ich nun sicher. Ich verpasste ihm auf meiner imaginären Liste einen Haken.

Als ich dann die Tür zum Hausflur öffnete, empfing mich genau das, was ich erwartet hatte: eine unfassbare Anzahl an ausgedientem Kram, der sich kunstvoll die Wände hinauf türmte.

Es erwartete mich aber auch etwas, womit ich nun wirklich niemals im Leben gerechnet hätte, was mich einfach nur komplett fassungslos erstarren ließ: Pirro und Leo, eng umschlungen, ganz in einen Kuss versunken, zwischen einem Berg Holzkisten und einem angerosteten Eisenfass, das die Aufschrift PETROL trug ...

II.

2012

Ich stehe an der Reling des Vaporettos, wende mich von San Michele ab und sehe hinüber zu Venedigs ältestem Gymnasium, dem Liceo Foscarini.
Dort der Tod, da das Leben.
Die Schulzeit. Ich erinnere mich gerne an sie. Unbeschwerte, federleichte Jahre. Zwar bin ich nie auf dieses Gymnasium gegangen, dafür war in der Planung meines Lebenswegs kein Raum gewesen; aber ich bin bis heute ein Mensch, der gerne lernt. Dass ich ganz in der Tradition unserer Familie Gondeln bauen würde, stand von Anfang an fest. Ebenso wie Leos Weg.
Auch da unterschied sich Pirro von uns. Für ihn gab es keine Linie, der er folgen sollte. Pirro musste seinen Weg alleine finden. Leo und ich hingegen – wir fügten uns in das Gegebene.
Mein Blick gleitet über das Wasser. Die ersten Boote sind auszumachen. Wir nähern uns der Stadt. Entspannt steht der Gondoliere am Heck, schiebt lässig das Ruder durch die Forcole und lenkt mit einer Ruhe, als sei sein Boot mit ihm verwachsen.
Das bezaubert mich immer wieder. Wie ein geschmeidiger Tanz auf dem Wasser, meist gekonnt, auch mal dilettantisch, doch immer berührend.
Acht dieser Gondeln sind mittlerweile unter meinen Händen entstanden. Acht von über 450, die die Lagune befahren.

In wenigen Wochen werden es neun sein.
Eine Sechssitzige, aufwendig bepolstert, sogar mit einem Felze-Baldachin.
Eine echte Rarität.

2004

1.

»Wenn du den Respekt vorm Hobel verlierst, verlierst du schlimmstenfalls mehr als ein Stück Holz«, erklärte mein Vater, während ich dabei war, Eichenbohlen so in Form zu bringen, dass die Kirschholzplanken nahtlosen Halt finden konnten.

»Du musst stets wach bei der Arbeit sein. Hochkonzentriert, Cesare. Denk immer daran.«

»Wie könnte ich es jemals vergessen«, konterte ich etwas genervt. »Du sagst es mir ja ununterbrochen.«

»Ganz genau! So wie auch mein Vater es mir ununterbrochen gesagt hat, und ihm wiederum sein Vater.« Ich wusste ja, dass er recht hatte, aber irgendwann war es auch mal gut.

»Siehst du das?« Nun hielt er mir seine Hände vor die Augen, um mit ihnen überflüssig wild herumzufuchteln. Auch das kannte ich schon.

»Sie sind *alle* noch dran!«, betete ich seine Litanei.

»Genau!« Ein leichter Schlag traf meinen Hinterkopf. »Sie sind alle noch dran. Was keine Selbstverständlichkeit ist, hörst du?«

Mein sechzehnter Geburtstag lag drei Monate zurück. Und seit meinem Schulabschluss erlernte ich nun das Handwerk des Gondelbaus. Es war ja nicht so, dass ich als blutiger Anfänger bei Null beginnen musste. Immer war ich mit dabei gewesen, wenn in unserer Werkstatt gearbeitet wurde. Meinem Vater war das recht, da ich so sehr früh einen Ein-

druck von dem bekam, was mich später im Arbeitsalltag erwarten würde.
»Du unterstützt die Tradition!«, erklärte er gerade.
Auch nichts Neues.
»In einer halben Stunde muss ich weg«, wechselte ich das Thema, wissend, ihn damit auf die Palme zu bringen. Er nickte jedoch, griff zu seiner Wasserflasche, trank einen großen Schluck und sagte: »Es reicht auch für heute. Du hast gut gearbeitet, Cesare.«
»Wiie, du hast nichts dagegen?« Normalerweise bedeutete das Einfordern meines Feierabends stets einen nervenaufreibenden Kampf mit ihm, den ich selten gewann.
»Ich weiß, du triffst dich mit Viola«, erklärte er mit vielsagendem Lächeln. »Und du weißt, dass das in meinem Sinne ist.«
In der Tat wusste ich das. Nur, dass es so nicht stimmte. Leo hatte um ein Treffen gebeten und dabei so verzweifelt geklungen, dass ich Viola nach hinten geschoben hatte.
Also begann ich rasch damit, mein Werkzeug zu säubern und alles wieder an seinen Platz zurückzulegen.
Dass es Leo in letzter Zeit nicht gut gegangen war, hatte ich schon mitbekommen. Dass es ihm allerdings so schlecht ging, war mir entgangen. Wir sahen uns nicht mehr so oft, seit wir in unsere Ausbildungen eingebunden waren. Daran lag es wohl.

»Ich will das nicht, Cece, verstehst du? Ich kann das nicht!«
Wir trafen uns im *Gino*. Leo saß mir gegenüber, seinen Blick verloren in eine leer getrunkene Espressotasse gerichtet, die er langsam in seinen Händen drehte. Er war

noch blasser als üblich, hatte Ringe unter den Augen und seine Haltung war verkrampft.
»Aber ich weiß nicht, wie ich da wieder rauskommen soll. Ich habe einfach keine Idee.«
»Und wenn du mit deinem Vater sprichst?«
»Undenkbar!« Er sah mich entsetzt an. »Das kann ich nicht tun. Damit würde ich alles zerstören. All ihre Träume.«
»Und was ist mit deinen, Leo? Du hast doch auch Träume, oder?«
»Trotzdem geht es nicht!«, wiederholte er stoisch. »Außerdem würden sie das niemals zulassen.«
Leo hasste es, ein Gondoliere zu werden, darum ging es. Die letzten Wochen waren für ihn zur reinsten Qual geworden.
»Ich will nicht die ganze Zeit mit Menschen zu tun haben müssen«, jammerte er, seinen Blick nach innen gekehrt. »Ich stehe auf diesem Boot wie ... wie eine verdammte Galionsfigur, wie ein Ausstellungsstück. Auf Millionen japanischer Fotos bin ich – jetzt schon!«
So gesehen verstand ich sein Problem. Leo war nicht dieser extrovertierte Typ. Er fand keinen Spaß an Partys, hasste es im Mittelpunkt zu stehen und er verabscheute Kommunikation einfach um des Redens willen. Nicht gerade die Idealvoraussetzungen, um ein erfolgreicher Gondoliere zu werden.
»Alleine schon diese Kostümierung. Total affig«, ereiferte er sich, während er über die Tische hinweg einen weiteren Caffè orderte. »Du auch noch einen?«
Ich winkte ab.

»Und nicht nur, dass es mir nicht gefällt: Ich kann es auch gar nicht. Ich stelle mich an wie der letzte Idiot, finde nie die richtige Position. Ich setze meine Füße zu spät ein und ratsche Mauern lang – das gibt jedes Mal einen Riesenärger. Ich ziehe das Ruder falsch durch – ich bin die totale Niete in dem Job. Die anderen lachen schon über mich.«
»Und ich hatte immer den Traum, dir deine erste Gondel zu bauen, erinnerst du dich? So war unser Plan.«
»Du nicht auch noch!«, stöhnte er verzweifelt.
»Natürlich nicht.« Ich legte beruhigend meine Hand auf seinen Arm. »Hast du denn irgendeine Idee, was du machen willst?«
Er schüttelte betreten mit dem Kopf, während er den zweiten Caffè entgegennahm. »Habe ich nicht! Das ist es ja. Ich kann noch nicht mal sagen, was ich lieber möchte, und so lange das so ist, muss ich da durch.«
»Du wirst es deinem Vater sagen müssen«, versuchte ich es erneut. »Daran führt kein Weg vorbei, Leo.«
»Wenn ich das tue, Cece, *habe* ich keinen Vater mehr«, versicherte er mir, den Tränen nahe. Da konnte was dran sein. In Sachen Tradition waren die Perluccis nicht ohne.
»Dann musst du erst mal durchhalten«, stimmte ich zu, »zumindest so lange, bis du eine Alternative gefunden hast.«
Ein trauriges Nicken war die Antwort, die ich darauf bekam.

»Armer, reicher Junge ...«
Da hatte Viola recht. Wir lagen auf ihrem Bett und hörten Musik. Irgendwas Klassisches, das sie demnächst einstu-

dieren musste. Viola spielte Geige. Ich fand das ziemlich witzig. Sie nicht so sehr. Für sie hatte sich der Gag abgenutzt.

»Und was wird er nun tun?« Sie schien ehrlich besorgt. »Zu seinen Eltern ... nein, geht ja wohl nicht – kann ich auch verstehen. Sie sind gruselig! Ideen hat er nicht. Was also wird aus unserem Leo?«

»Er muss was finden, das zu ihm passt«, wiederholte ich mich. »Etwas, wo er für sich sein kann, nichts Öffentliches. Er kommt sich zurzeit vor wie ein Clown. Das macht ihn fertig.«

»Wie schade. Gondoliere ist so ein genialer Beruf.« Ihre Finger spielten mit einer meiner Locken, dann küsste sie mich.

»Könntet ihr nicht einfach tauschen?«, schlug sie vor. »Leo baut Gondeln und du, du wirst der Gondoliere? *Mein* süßer Gondoliere.«

»Und lerne das Gondelfahren von Francesco Perlucci? Nee danke. Ich bin echt zufrieden, so wie es ist.«

»Schade. Es würde mir gefallen.«

Schon klar, das konnte ich mir denken. Ich, ihr kleiner Privat-Gondoliere. Aber in einem hatte Viola recht: Als Bootsbauer hatte man seine Ruhe. Bis auf wenige Kundenkontakte und die Zusammenarbeit mit den anderen Gewerken arbeitete man meist mit sehr wenigen Menschen zusammen. Vielleicht ließe sich da etwas machen.

Tatsächlich waren Viola und ich damals zusammengekommen, an jenem Nachmittag auf Pirros Geburtstag. Zumindest hatte unser Aufeinandertreffen dort den

Grundstein dafür gelegt. Und genau darauf hatte sie es auch abgesehen gehabt. Viola hatte Pirros Feier besucht, weil ihr klar gewesen war, dass ich auch dort sein würde. Das Mädchen Nummer Eins hatte ein Auge auf mich geworfen. Auf mich, den kleinen, unscheinbaren Cesare Selva. Unfassbar.
Für viel mehr Verwirrung sorgten an diesem Tag allerdings Leo und Pirro bei mir.
»Cece, wir üben!«, hatte Pirro versucht, mir ihren Kuss zu erklären. Leo hatte dabeigestanden, weiß wie Papier, und einfach nur wild genickt.
»Üben? Was übt ihr denn da?« Ich verstand nicht.
»Na, knutschen. Wir wollen wissen, wie's geht, wenn's soweit ist.«
Aus Pirros Mund klang es wie das Normalste auf der Welt. Betrachtete man Leo, sah die Sache allerdings gleich wieder ganz anders aus.
»Ihr *übt* knutschen?« Das fand ich unglaublich.
»Ja, warum denn nicht?«
»Weil man das nicht macht«, erklärte ich. »Weil das nicht normal ist. Das weiß doch nun wirklich jeder.«
Leo schrumpfte unter meinem Blick, während Pirro mehr und mehr zu wachsen begann.
»Und du weißt, was man macht und was man nicht macht, ja?«
»Denke schon.«
»Und was ist am Üben so verkehrt?«
Darauf wusste ich allerdings auch keine Antwort.

Das war vor etwa zwei Jahren gewesen. Und seitdem gab es ‚Viola con Cesare'.
Viel passiert war nicht gerade zwischen uns. Ein bisschen Rumgeknutsche, was auch ohne üben ganz gut geklappt hat, und die eine oder andere zaghafte Berührung. Viel entscheidender war, dass wir Zeit miteinander verbrachten. Wir gingen zusammen ins Kino, schipperten die Kanäle rauf und runter, hingen in Cafés rum und trafen uns mit Freunden, paarweise allerdings.
Für alles Weitere war es eindeutig noch zu früh. Diese Ansicht vertrat zumindest Viola, die mit beeindruckender Vehemenz meinen Forscherdrang zu hemmen wusste. Also hielt ich mich zurück. Wir hatten ja Zeit, und dann ... so ihr Versprechen.

2.

»Der alte Pitu sucht noch einen Lehrling, oder?«
Mein Vater blickte skeptisch über seine Halbrundbrille hinweg. Vor ihm lag die Tageszeitung. Auf ihr eine Meeräsche, die er gerade dabei war zu entschuppen. Mit der Linken griff er nach einem Glas Wasser.
»Soweit ich weiß, ja. Warum fragst du?«
Ich erklärte es ihm.
»Nicht jeder ist dafür gemacht«, gab er zu bedenken. »Soll ich mal mit Perlucci reden? Und mit Pitu? Das Handwerk des Rudermachers ist ehrbar, das weiß Perlucci.«
Daran bestand kein Zweifel. Zumindest aus Sicht des Bootshandwerks nicht. Ein Gondoliere hatte aber sicher ganz eigene Ideen dazu.
»Lass mich erst mit Leo reden, bevor du dich da starkmachst, ja? Pitu kannst du ja schon mal fragen, das wäre sicher gut.«
»Leonardo war schon immer anders«, murmelte mein Vater zu dem Fisch. Er meinte es nett, das konnte ich ihm ansehen. Schließlich hob er den Kopf, nickte und lächelte mir zu. »Mach es so, Cesare. Und wenn du's weißt, sag mir, ob ich mich kümmern soll oder nicht.«

Sollte er nicht!
Leo sprang fast durchs Telefon, als ich ihm von meiner Idee erzählte.
»Bist du wahnsinnig, Cece? Niemals! Auf keinen Fall! *Handwerker?* Dann lieber mein Untergang als Gondoliere ... aber *Handwerker?*«

Nun ging er zu weit. Immerhin beleidigte er gerade unseren Berufszweig.
»Ich meine nicht *dich*«, beschwichtigte er im nächsten Moment. »Aber mal ehrlich, kannst du dir mich mit Hammer und Säge vorstellen?«
Nun ja, stimmte schon. Meine Arbeit erforderte zielsicheres Vorgehen und hohe Konzentration. Ein konzentrierter, zielsicherer Leonardo? Ich sah ihn vor mir, seinen trotzig flackernden Blick, das dichte Haar zum Zopf gebunden, die Arme vor der Brust verschränkt. Seine Lippen, ein Strich, ein schweigender.
»Ja was *bist* du denn dann?« So langsam begann mich das Thema zu nerven. Auf nichts ließ er sich ein.
»Ich weiß es nicht«. Er klang deprimiert. »Ich weiß nicht, was ich bin, Cece!«

»Er ist ein Künstler!«, sagte Pirro so daher, als sei es das Logischste auf der Welt, sichtbar für jeden, der nicht ein Brett vor dem Kopf hatte. Es entströmte ihm ein intensiver Duft nach Zimt und Nelken. Zurzeit arbeitete Pirro in einem Gewürzkontor, kümmerte sich dort um das grammgenaue Abpacken der Ware.
Wir befanden uns etwas weiter draußen, mit einem unserer seetauglichen Motorboote. Das war uns beiden geblieben, dieses rituelle *sich auf dem Wasser aufhalten*. Pirro angelte schon länger nicht mehr für seine Familie. Er lebte auch nicht mehr in deren Haus, sondern war bei irgendeinem Sonderling auf dem Lido untergekommen, der sich mit dem Binden von alten Büchern über Wasser hielt.

»Ich hab ein eigenes Zimmer«, hatte er mir seinerzeit auf neugieriges Nachfragen erklärt. »Dafür kaufe ich ein und mach ihm den Haushalt.«
Nun lungerten wir entspannt unter einem Sonnensegel an Deck und genossen die frühe Abendstimmung. Es kam selten vor, dass wir uns zu dritt trafen. Das hatte vor allem etwas mit Leo zu tun. Denn gerade die Dämmerung ist für Gondoliere eine besonders lukrative Zeit. *O sole mio*, und das ganze Bohei wollte sich Leos Vater sicher nicht entgehen lassen.
»Wie kommst du darauf, dass er Künstler ist?«, fragte ich irritiert nach. »Leo kann weder zeichnen noch irgendwas anderes in diese Richtung. Eigentlich kann er nichts so richtig.«
»Siehst du das nicht?« Pirro schien wirklich erstaunt. »Da sitzt was tief in ihm. Immer schon. Auch wenn er nicht malt oder so was – er *ist* es einfach. Es muss nur raus.«
Ich hatte da meine Zweifel. Pirro schien sich seiner Sache jedoch völlig sicher. Das wiederum ließ mich stutzen, denn er lag selten daneben mit seinen Einschätzungen.
»Läuft's bei dir denn gut?«, wechselte ich das Thema.
»Diese Frage stellt jetzt eigentlich Francesca, oder?« Er lachte wissend, und genau das meinte ich – denn er hatte völlig recht damit. Meine Mutter hatte einen Narren an Pirro gefressen. Ständig löcherte sie mich mit Fragen nach ihm. Schon allein, dass er sie so nennen durfte – Francesca – sagte eigentlich alles, fand ich.
»Sag ihr, es ist alles in Ordnung bei mir.«
Ich betrachtete Pirro, wie er so dalag, lächelnd, mit einer Zigarette zwischen den Lippen, knochendürr, in einer halb-

langen Khaki-Hose. Sein schmaler Oberkörper steckte in einem viel zu kurzen rot-grün gestreiften T-Shirt und auf seinem selbstgeschnittenen Haar saß eine Kappe, wie sie die Bauern überall in Venetien auf ihren Treckern trugen.
»Ich würde Leo gerne helfen«, holte ich aus, »doch ich komme nicht weiter bei ihm. Könntest du nicht vielleicht ... irgendwie ... gibt es da nicht was ... das du ...«
»Ich glaube nicht, dass er das will, Cece.« Er zog an seiner Zigarette, bedachte mich mit einem langen Blick, schnippte etwas Asche über Bord und betrachtete versunken das Glimmen der Glut. »Nicht von mir, denk ich.«
»Aber ich weiß nicht weiter.«
»Macht doch nichts!« Er streckte sich, ließ die Kippe in eine leere Weinflasche plumpsen und zog sich die Kappe tief in die Stirn. »Irgendwann muss er auch mal selbst was auf die Reihe kriegen, der kleine Doge. Was willst du tun? Ihm beim Essen das Silber halten?«
Ich versetzte ihm einen Tritt, einen trägen. Er gähnte ausführlich.
»Hast du vielleicht ’ne Kamera übrig, kann ruhig alt sein?«, fragte er wenig später. »Eine, die du nicht mehr brauchst?«
Hatte ich tatsächlich. »Wofür?«, wollte ich wissen.
»Für die Gewürze. Ich würde sie gerne festhalten.«
»Gebe ich dir.«
»Hast du schon mal Sternanis gesehen?« Hatte ich nicht.
»Sternanis ist der Wahnsinn ...« Nun klang er schläfrig. »Das muss ich fotografieren. Und Safran. Wusstest du, dass Safran aus Krokus gemacht wird?«
Ich wusste, dass man Oregano an Tomatensoße gibt.

»Safran ist kostbarer als Gold«, murmelte er vor sich hin. »Und sieht auch genauso aus. Nur in ganz klein und sehr zerbrechlich.«
Und als ob seine Worte nicht reichten, wehte eine leichte Brise seines zarten Duftes zu mir herüber. Zimt und Nelke. Das war neu für mich. Und es gefiel mir.

3.

Einige Wochen waren vergangen. Ich lernte gerade, das *Gestell* einer Gondel auszurichten. Keine leichte Sache. Wenn man sich den Kiel eines Bootes als Fischgräte vorstellt, ist das Gestell der kräftige Mittelteil, von dem die einzelnen Gräten abgehen.

Die erste Schwierigkeit besteht darin, ein geeignetes Stück Eichenholz dafür zu finden. Mindestens zwölf Meter lang und gut sechs Zentimeter breit muss es sein, um das Rückgrat einer Gondel werden zu dürfen. Solche Hölzer fallen nicht vom Himmel. Und auch wenn wir gute Quellen hatten, unser Lager bestens ausgestattet war, blieb es eine Herausforderung, genau dieses eine, entscheidende Stück Holz zu finden.

Wenn man es schließlich hatte, folgte Schwierigkeit Nummer zwei. Das Holz muss gespannt und gebogen werden, seitlich und nach oben, sodass es am Ende genau der Linie eines Gondelrumpfes entspricht.

Um das hinzubekommen, werden Pfähle in den Boden getrieben, an denen entlang die Eichenbohlen gespannt werden. Es war ein erstaunlich stiller Arbeitsprozess. Hobel und Säge wurden oft durch Wasserwaage, Messwinkel, doch vor allem durch Augenmaß ersetzt. Und da zeigte sich die Erfahrung meines Vaters.

Mit einer unendlichen Geduld und dem Wissen von über dreißig Booten, die er gebaut hatte, saß bei ihm jeder Handgriff. Ich hatte wenig zu tun.

»Sieh dir sehr genau an, was wir hier machen«, sagte er mir, und natürlich wiederholte er sich ständig. »Wenn du Fragen

hast ...«, ging es weiter, »dann frag! Warte nicht, denn dann ist der Augenblick vorbei. Nur so wirst du es lernen.«
So wie er es getan hatte, und zuvor sein Vater und sein Großvater, jaaa, ich wusste es ganz genau ...

Die Abende verbrachte ich häufig mit Viola. Meist trafen wir uns bei ihr. Ich war wirklich froh, mal etwas anderes als immer und ausschließlich die Werft um mich zu haben, und sie wiederum lernte oft bis spät in die Nacht für die Schule. Das ging am besten bei ihr Zuhause.
Viola wohnte in einer touristisch belebten Gegend. Ihre Eltern betrieben ein Souvenirgeschäft. Eines, in dem man von der beleuchteten Plastik-Gondel über Postkarten-Leporellos bis hin zu gläsernen Manschettenknöpfen alles bekommen konnte. Sie waren nett, aber ich bekam sie selten zu Gesicht. Ob sie mich mochten, konnte ich schwer einschätzen. Vielleicht war ich ihnen einfach egal, ich wusste es nicht.
Ein wenig lästig wurden unsere Zusammenkünfte, wenn Viola auf die Idee kam, unbedingt Geige üben zu müssen. Und da es sich dabei um ihr erklärtes Berufsziel handelte, kam sie recht häufig darauf. Sie tat es mit Vorliebe bei geöffnetem Fenster, sodass ich einerseits das Touristengemurmel und andererseits ihr Geigenspiel zu hören bekam.
Nicht die Geige war das Problem, auch nicht die Touristen – es war das Üben. Immer und immer wieder brach sie an ein- und derselben Stelle ab, nur um wieder von vorne zu beginnen. Es war zum Nägelkauen.
»Verblüffend«, sagte sie irgendwann, ein süßes Staunen im Gesicht. »Bei Sappatori habe ich das nie hinbekommen mit

dem Scherzo, doch wenn ich hier mit dir übe, klappt es einwandfrei. Woran das wohl liegt?«

Das fragte ich mich auch, denn von *einwandfrei* konnte nach meiner Laien-Auffassung keine Rede sein. Ich lächelte ein wenig gequält über das *mit dir*, denn exakt so fühlte ich es auch: Als streiche ein Bogen gezielt über eine kleine offene Wunde inmitten meines Gehörgangs, in quälend wiederholender Präzision. Plötzlich fiel mir etwas auf.

»Wie war das?«, fragte ich sie, während eine vage Idee Gestalt annahm.

»Hier klappt's wunderbar«, wiederholte sie für mich. »Nur wenn der alte Giftzahn Sappatori neben mir steht, verhaue ich Note für Note.«

Ja klar! Das konnte es sein. Ich sprang begeistert vom Bett auf und drückte ihr einen Kuss auf die Lippen. Es war zumindest eine Möglichkeit.

Ich hatte sie schon einen Abend vorher zu Wasser gelassen. Ein ausrangiertes Modell, bei dem sich, laut Paolo, Überholungsarbeiten nicht mehr lohnten. Für meinen Zweck reichte sie jedoch völlig aus. Damit sich kein Ungeziefer in den Polstern einnisten konnte, hatte man die Sitzbänke ausgebaut und entsorgt. Ich ersetzte sie durch drei Korbstühle. Wichtig war, dass sie einigermaßen dicht hielt, und das tat sie.

»Was wird das hier?« Leo schaute misstrauisch auf die Gondel, als ich ihm tags darauf ein Ruder entgegenstreckte. Es musste ihm vorkommen als wäre es mein Ziel, ihn vor Viola und Pirro bloßzustellen. Die beiden hatten schon auf den Korbstühlen Platz genommen.

»Ein bisschen vor und zurück, Leo. Komm – zier dich nicht so!«, rief Pirro. Er machte es dadurch nicht gerade besser.
»Soll das jetzt witzig sein, oder was?« Leo war sauer. Wir hatten es falsch angefangen, merkte ich.
»Niemand will dich hier vorführen. Es ist auch nicht als Witz gedacht«, versuchte ich es vorsichtig. »Im Gegenteil. Es ist ein Versuch dich zu unterstützen. Aber du musst schon mitmachen, damit es auch klappt.«
Sein Blick verdüsterte sich, doch er ergriff das Ruder.
»Für dich tue ich es«, erklärte er leise, sodass nur ich es hören konnte, sprang auf die Standfläche und legte das Ruder in die Forcole ein. Ich stieg zu den anderen in die Bootsmitte.
Mit seinem linken Fuß stieß er uns von der Mauer ab, um gleich darauf durch sanfte, kurze Stöße die Gondel in Position zu bringen. Dann begann er mit *premis* und *stai*, dem klassischen Vor- und Zurückholen des Ruderblatts, und er tat es, ohne einen Moment darüber nachzudenken. Sein ernster Blick folgte ruhig und konzentriert dem Kanalverlauf, sein Körper wippte ganz leicht aus den Knien heraus, und seine Hände umfassten das Ruder, ohne dabei zu verkrampfen. Auch in Kurven geriet er nicht in Hektik. Sicher, man sah, dass er sich noch am Anfang befand, aber unbeholfen, so wie er es beschrieben hatte, stellte er sich nicht an.
Ich selbst war zum Beispiel nicht in der Lage, Gondeln zu rudern, obwohl ich ständig mit ihnen zu tun hatte. Es erforderte unendlich viel Übung, das Boot ausschließlich

von der rechten Seite aus zu steuern. Ich nahm meinen Stuhl, um mich so nah zu ihm zu setzen, wie es ging.
»Und?«, fragte ich.
Ich erntete einen fahrigen Blick, als hätte ich seine Gedanken von weiter Ferne herbeigeholt, doch im nächsten Moment schien er zu begreifen. Und er schenkte mir das, was er sonst so unglaublich selten zeigte – ein feines Lächeln.

»Es hat sogar etwas Spaß gemacht«, sagte er mir beim Vertäuen der Gondel. »Das war sehr nett von dir.«
Ich nickte Leo zu, während ich das Ruder im Bootsrumpf verstaute. Bei diesem Nicken beließ ich es auch. Gerne hätte ich ihm vorgeschwärmt, wie sicher das Ruder in seiner Hand gelegen hatte, wie lässig er mit dem Boot umgegangen war, ich behielt es jedoch für mich. In diesem Moment zu sehr auf ihn einzuwirken wäre falsch gewesen, so gut kannte ich ihn.
Er hätte sich vermutlich zurückgezogen, innerlich, bei so viel Aufmerksamkeit. Stattdessen nahm ich mir vor, solche Ausflüge öfter mal vorzuschlagen.
Viola und Pirro beobachteten uns derweil still. Auch ihnen war klar, dass sie da gerade etwas Besonderem beigewohnt hatten. Etwas, das man mit großer Vorsicht behandeln musste. Selbstvertrauen war ein zerbrechliches Gut, vor allem auf Leo bezogen. Das wussten wir alle. Da reichte ein fordernder Blick in seine unsteten Augen, um das Bisschen Nähe, das da war, wieder ungeschehen zu machen.

Ich meine, wir waren erst sechzehn, aber schon in diesem Alter traf mich dieses tiefe Verwundetsein, das Leo da tagein, tagaus mit sich schleppte. Uns alle traf es.
Das war keine Phase, in der sich unser Freund befand, das war sein Zustand. Besser wussten wir es damals nicht zu benennen.
Leo berührte uns. Es ließ uns nicht kalt. Vielleicht, weil wir dem Ganzen machtlos gegenüberstanden.

4.

Zwei Monate später, im September, bekam meine Mutter einen Schlaganfall. Es war keiner von diesen schlimmen, diesen ganz großen, die eine halbseitige Lähmung oder den Verlust des Sprachvermögens zu Folge hatten. Im Grunde war es nur ein Warnschuss. Ihr rechter Arm folgte ihr danach nicht mehr richtig, das war eigentlich alles. Es sollte sich jedoch vieles ändern.

Es geschah, als ich gerade mit dem Ausbessern einer abgenutzten Farbschicht beschäftigt war. Eine unangenehme Arbeit, da der spezielle Lack, den man dazu benötigt, aus aggressiven Inhaltsstoffen zusammengesetzt ist.

»Du musst sofort kommen!«, rief einer unserer Mitarbeiter panisch in Richtung meines Vaters.

Keine zehn Minuten später traf die Ambulanz ein. Und genau das hatte wohl auch Schlimmeres verhindert. Francesca war im Windfang der Halle zusammengebrochen, zum Glück dort. Wäre dies im Haus passiert, hätten wir sie zu spät gefunden. Sie wurde sofort versorgt und unmittelbar darauf in die nächstgelegene Klinik gebracht.

Am Ende stand ich da, wie erstarrt, meinen Mundschutz unter das Kinn gezogen, immer noch den klebrigen Pinsel in der Hand, und sah hilflos dem Ambulanz-Boot nach, das mit meinen Eltern an Bord den Canal entlangschoss. Plötzlich war ich allein.

»Selbstverständlich übernachtest du bei uns, Cesare!«

Riccarda Perlucci widersprach man nicht, man fügte sich. Für alles andere war ich allerdings auch zu erschöpft.

Die Perluccis schickten mir ihre *Riva*, ein handgefertigtes Mahagoni-Modell. Es war eines der schönste Boote der Lagune, für das ich unter normalen Umständen fast meine Seele gegeben hätte. An diesem Tag fiel ich einfach in ihre nachtblauen Lederpolster, schloss die Augen und hoffte, der Spuk würde irgendwie ein Ende finden. Schweigsam ließ ich mich zur Residenz meines besten Freundes bringen.
»Du musst etwas essen, Cesare!«, befahl die Perlucci, als ich lustlos an meiner Kalbsleber rumschnitt. Da waren etwa zwei Stunden vergangen.
Leo warf mir mitfühlende Blicke zu, blieb aber weitgehend sprachlos an diesem Abend. Ich wusste, er mochte meine Mutter. Wahrscheinlich machte er sich ebenfalls Sorgen um sie. Und ein besorgter Leo war tatsächlich nur schweigsam vorstellbar.
Das zeigte sich schließlich auch in seinem Zimmer. Hilflos standen wir einander gegenüber, ohne Worte, bis er sich irgendwann verschämt abwendete und den Raum verließ. Er wusste nicht, was er in dieser Situation tun sollte, also floh er. Ich nahm es ihm nicht übel. Doch wenig später kehrte er zurück, in der Hand ein Lederetui, und er lächelte mir entgegen.
»Setz dich«, forderte er mich auf. Zum Vorschein kam ein kleines Kartenspiel, das er vor mir ausbreitete.
»Ich lege Patiencen«, offenbarte er, als sei es das normalste der Welt, das zu tun. Und auf meinen fragenden Blick hin antwortete er: »Das bringe ich dir jetzt bei.«
Es half tatsächlich. Nachdem ich verstanden hatte, wie das Spiel funktionierte, versanken wir gemeinschaftlich in der Welt logischer Fügungen.

Es war verblüffend. Wie im wirklichen Leben bauten sich über die Karten wundersamerweise Problemstellungen auf, die sich durch Nachdenken, Geschick und eine Prise Glück recht elegant beseitigen ließen. Meistens zumindest. Und so saßen wir auf seinem Bett, legten Patiencen und vergaßen die Welt um uns herum. Mein Freund Leo hatte tatsächlich einen Weg gefunden, mir zu helfen.

Es kam die Nacht.
Wir lagen nebeneinander, die Arme hinter dem Kopf verschränkt, den Blick zur nachtschimmernden Decke gerichtet, an der sich das Wasser des Canals widerspiegelte. Die Sorgen waren zurückgekehrt, ebenso die Angst, die mit ihnen einherging. Auch da half es, Leo bei mir zu wissen.
»Glaubst du an so was wie den Himmel?«, fragte er plötzlich ganz leise.
»Ich weiß nicht«, flüsterte ich zurück. »Ich hoffe, dass es so was gibt.«
»Ich auch.«
»Glaubst du daran?«
»Eigentlich nicht«, antwortete er. »Ich stelle es mir so vor wie vor der Geburt, dass da nichts ist. Da war ja vorher auch nichts, an das ich mich erinnern kann, verstehst du? Es ist dann einfach vorbei. Das ist nicht schlimm. Es tut ja nicht weh. Es ist nur schade.«
Darüber begann ich nachzudenken.
Irgendwann lauschte ich seinem ruhigen Atem, spürte seine Nähe und wusste, dass er eingeschlafen war. Aber das machte nichts. Denn ich hatte begriffen, dass ich nicht

alleine war mit meinen Problemen. Ich hatte Leo an meiner Seite.
Leo.

5.

Sie hatte sich die Haare schneiden lassen. Es war das Erste, was ich sah, und es traf mich mitten ins Herz. Da saß sie nun, klein, schwach in einem riesigen Klinikbett, mit einem winzigen Gesicht, und das, was es seit jeher gerahmt hatte, auf eigenwillige Weise, war urplötzlich verschwunden.
Meine Mutter hatte ihre Haare geliebt. Schwarz, ganz leicht grau durchwirkt, weit in den Rücken fallend, oder auch mal hochgesteckt, zu einer lässigen Frisur. Nicht diese Knoten, wie man sie sonst zu sehen bekam. Sie waren kunstvoll geschlungen, mit zwei, drei Holzstäbchen fixiert.
Zehn Bürstenstriche am Morgen, zwanzig am Abend. Tag für Tag, dieses Bild existierte seit meiner Kindheit. Ich verstand sofort, dass nun ein Lebensabschnitt beendet war. Mein Vater stand hinter mir, hielt die Lehne des Stuhls fest umklammert, auf dem ich saß und schwieg. Er war gealtert, die letzten Tage.
»Es ist viel praktischer«, erklärte Francesca gerade, und sie lächelte dabei. »Ich finde, Isabella hat es gut hinbekommen. Es sieht gar nicht so übel aus.«
Da war ich anderer Ansicht, aber klar: Praktischer war es garantiert, nun, wo ihr nur noch ein Arm zur Verfügung stand.
»Wie lange musst du hierbleiben?«, wollte ich wissen.
»Sie sagen, sie müssen mich noch beobachten. Doch ich denke, in fünf Tagen werde ich entlassen.«
Fünf Tage klang gut. Es klang nach Normalität. Fünf Tage waren nicht schlimm.

»Und danach noch die Reha ...«, hängte sie an. »Damit ich meinen Arm wieder bewegen kann.«
Ich schluckte. Ade, Normalität.
»Wirst du wirklich wieder ganz gesund?«, fragte ich, und es klang für mich selbst plötzlich, als wäre ich gerade einmal zwölf Jahre alt.
»Mach dir keine Sorgen Cece.« Sie lächelte sanft. »Ich hatte sehr großes Glück. Und nun wissen die Ärzte, was zu tun ist, damit sich so etwas nicht wiederholt.«
Warum nur, glaubte ich ihr nicht, als sie das sagte? Mein Gesicht glich wohl einem offenen Buch. Jedenfalls klopfte sie auffordernd neben sich, auf die Matratze, und strich mir beruhigend durch mein Haar, nachdem ich mich zu ihr gesetzt hatte. »Mach dir keine Sorgen, Cece«, wiederholte sie eindringlich. »Es wird alles wieder gut.«

Noch am selben Tag kam ich auf die Idee, die alte Gondel auszubessern, jene, mit der ich versucht hatte, Leo von seinem Talent zu überzeugen.
»Mach das, Cesare«, unterstützte mein Vater das Vorhaben. »Und wenn du Fragen hast, frage. Mit der Ausbildung machen wir weiter, wenn deine Mutter wieder zurück ist.«
»Ich will sie soweit hinbekommen, dass sie dicht hält«, erklärte ich ihm. Zurzeit war tägliches Wasserschöpfen angesagt.
»Bocken wir sie doch gemeinsam auf und sehen mal nach, was wir da machen können. Wie findest du das?«
Als ich ihm zunickte, schenkte er mir ein vorsichtiges Lächeln.

Das alte Boot zu restaurieren schien genau die richtige Idee zu sein. Es erforderte ein Minimum an Konzentration, lenkte von düsteren Gedanken ab, aber vor allem: Es führte uns zusammen. Er war einsamer als ich, in dieser Zeit. Die Gondel wurde mein erstes, ureigenes Projekt und mein Vater der Gehilfe, auf den ich uneingeschränkt zurückgreifen durfte. Ich glaube, das gefiel uns beiden daran. Es schuf neue Perspektiven.

»Ich habe sehr lange darüber nachgedacht, ob jetzt der richtige Zeitpunkt ist, mit dir zu reden.«
Meine Mutter hatte meine Hand ergriffen, sie gedrückt und dabei geseufzt. Eine Nähe, die mich irritierte. Es war ihr letzter Tag in der Klinik. Sie hatte um meinen Besuch gebeten.
»Weißt du Cesare, mir ist hier eines klar geworden: Es ist falsch, Wichtiges aufzuschieben.« Endlich lockerte sich ihr Griff und gab mich frei. Sie lehnte sich in ihrem Bett zurück.
»Zunächst musst du wissen, dass dein Vater und ich ... dass wir dich lieben, von ganzem Herzen.«
Jetzt war ich nicht mehr nur irritiert.
»Nein, nein, Cece, es ist nichts Schlimmes«, versicherte sie eigenartig lachend. »Eher im Gegenteil ...«
Und dann schob sie sich eine nicht mehr vorhandene Haarsträhne hinter ihr linkes Ohr, so wie sie es schon früher immer getan hatte, wenn es etwas Wichtiges mitzuteilen gab.

Drei Stunden später saß ich wie betäubt neben Pirro am Strand und starrte aufs Meer hinaus. Es begann zu dämmern.
»Dein Vater sollte wissen, dass du es weißt«, sagte er zu mir. Seine Hand strich über meinen Rücken.
Ich schüttelte den Kopf. »Das weiß er sicher schon längst. Und ich kann ihn jetzt nicht sehen.«
»Das verstehe ich ja. Er sollte jedoch wissen, dass es dir gut geht.«
»Es geht mir aber nicht gut!«
»Du weißt, wie ich es meine.«
Eine Weile saßen wir nur so da, schweigend. Ich war verwirrt, enttäuscht, und ich war verletzt. Nicht etwa, weil es so war, wie es nun mal war. Sondern weil sie nie mit mir darüber gesprochen hatten.

»Es hat sich einfach nicht ergeben, Cece«, hatte die Begründung meiner Mutter da gelautet. »Wann hätten wir es dir denn sagen sollen?«
Darauf wusste ich auch keine Antwort; es auf diese Weise zu erfahren, fand ich jedoch auch nicht richtig. Ich hatte mein ganzes Leben mit einer Lüge gelebt.
»Wie ist denn mein richtiger Name?«, hatte ich sie wutentbrannt gefragt. »Ich werde doch wohl noch einen richtigen Namen haben?«
»Du heißt Cesare, Cece. Das ist dein Name, so bist du getauft, und du bist unser Sohn!«
»*Und mein richtiger Name?*«
»Federico«, antwortete sie leise. »In den Papieren steht: Federico.«

»Federico?« Pirro lächelte schief. »Mann, Federico ist schon schräg.«
»Hör auf«, bat ich ihn leise. Mir war zum Heulen zumute.
Da legte Pirro seinen Arm um meine Schulter, strich mit seinem Handrücken meinen Hals entlang und sagte: »Für mich wirst du immer mein kleiner Cece bleiben. Damit das mal klar ist.«
Und dann gab er mir einen Kuss auf die Schläfe. Ganz sacht. Wie einen Hauch.
Pirro.

III.

2012

Das Vaporetto steuert *Giardini* an, die Station, an der ich aussteigen werde. Es gibt da ein kleines Restaurant, hinter dem Biennale-Gelände, in der Fondamenta San Giuseppe. Die Küche ist ausgezeichnet, aber das ist es nicht alleine. Ich mag die Straße, in der es liegt, den kleinen Canal, denn es ist sehr ruhig dort.
Wäsche hängt zum Trocknen von Fenster zu Fenster, die Alten sitzen vor den Türen und reden, entspannte Katzen dösen auf Steinmauern und nur ab und zu verirrt sich mal ein Tourist dorthin, schießt seine ein, zwei Fotos und flüchtet auch gleich wieder, so intim mutet die Atmosphäre dort an.
Ich reihe mich in die Schar der Wartenden, die aussteigen möchten, verlasse schließlich das Boot, wende mich nach rechts und schiebe meine Sonnenbrille von der Stirn – da höre ich es.
»Cece!«
Ich erstarre, weiß genau, zu wem diese Stimme gehört. Stimmen verändern sich kaum im Laufe der Jahre.
Gucci, das schwarze Kleid, diese Haltung ...
»Viola!«
»Man hat mir in der Werft verraten, wo ich dich finden kann«, sagt sie, nimmt die Brille ab, und nun erkenne ich sie. Die Augen. Ihre Gesichtszüge. Sie ist so wunderschön wie eh und je.

»Du siehst gut aus.« Dafür werde ich mit einem Lächeln belohnt.
»Du aber auch.«
Da stehen wir nun, beide etwas verlegen, beide nicht wissend, was zu tun ist, in dieser Situation.
»Hast du einen Moment?«, fragt sie schließlich.
Ich kann sie schlecht fortschicken, also nicke ich. »Ich wollte etwas essen, hier um die Ecke.«
»Gut. Wenn ich dich begleiten darf?«

Sie bestellt einen gemischten Salat, ich die Muscheln. Ein Sonnenschirm schützt uns vor der Mittagshitze.
»Was hast du auf San Michele gesucht?«, frage ich sie und meine eigentlich: *Warum hast du mich nicht gleich dort angesprochen?*
»Nachdem man mir gesagt hat, dass ich dich da finden werde, dachte ich mir, dass es eine ganz gute Gelegenheit ist, meinen Vater zu besuchen.«
»Oh, das tut mir leid. Ich wusste nicht ...«
»Vor zwei Jahren. Herzversagen. Zur besten Geschäftszeit.« Sie lächelt traurig. Ein Radicchio-Blatt verschwindet formvollendet zwischen kirschroten Lippen. »Und deine Eltern?«
»Es geht ihnen gut.«
»Das ist schön. Leben sie immer noch in der ...?«
»Sie leben immer noch in der Werft, ja.«
»Und du, du wohnst ...?«
»... im Zentrum. Ich dachte, das wüsstest du.«
»Ich habe es angenommen.«
»So ist es. Wir leben im Zentrum.«

Sie schaut mich groß an, schüttelt enttäuscht den Kopf.
»Du bist mir immer noch böse.«
»Wirkt es so auf dich? Nein.« Ich schlage einen versöhnlichen Ton an, »Eigentlich bin ich in Gedanken. Nach all den Jahren ... Und was ist schon passiert. Außerdem hattest vor allem auch du allen Grund dazu, verletzt zu sein. Ich ...«
»Stimmt es, dass er sich das Leben genommen hat?« Sie sagt es so schnell, dass ich es im ersten Moment gar nicht richtig verstehe. Erst mein Verstand setzt die Worte verzögert zusammen.
»Ja«, antworte ich. »Er ist aus freien Stücken gegangen.«
»Wie das klingt: *freien Stücken!*« Der Gedanke scheint ihr nicht zu gefallen. Ich spüre ihre Missbilligung.
»Es klingt so, wie es ist!«, erwidere ich. »Kein besonders christlicher Weg, zugegeben, aber ein sehr bewusster ...«
»Ich habe geheiratet«, wechselt sie abrupt das Thema. Gut, wer spricht schon gerne über den Tod? Ich kann es verstehen.
»Ich habe davon gehört«, gehe ich auf sie ein. »Bist du glücklich?«
»Das bin ich, ja! Danke.« Nun lächelt sie. Ein Grübchen taucht auf, links, unter ihrem Wangenknochen. Da lächle auch ich. Es ist ein vertrautes, schönes Bild.
»Wir haben zwei Kinder«, erzählt sie weiter, beginnt in ihrer Tasche zu kramen und bringt ein Smartphone zum Vorschein. »Zwillinge.«
Sie zeigt sie mir. Zwei bildschöne Mädchen, vielleicht zwei oder drei Jahre alt, die sich umarmen und in die Kamera strahlen.

»Sie sind zauberhaft«, bestätige ich aufrichtig. Es verdeutlicht mir, wie viel Zeit vergangen ist.
»Wirst du zur Trauerfeier kommen?«, kehre ich zum Thema zurück.
»Ich weiß es nicht.« Ihre Sonnenbrille wandert wieder vor ihr Gesicht.
»Er hätte sich sicher gefreut.«
»Meinst du?« Nun klingt sie skeptisch. »Trotz allem ...?«
Ich schiebe den leer gegessenen Teller zur Seite, benutze die Serviette, trinke einen Schluck Wasser und betrachte sie aufmerksam.
»Trotz allem!«, versichere ich ihr.

2004

1.

»So selbstverliebt kenne ich dich gar nicht.« Sie lachte, stellte sich hinter mich, umfasste meinen Bauch und legte ihren Kopf auf meiner Schulter ab. Nun schauten wir zu zweit in den Spiegel. Sie amüsiert. Ich skeptisch.
Eigentlich hätte ich es schon immer sehen können: Ich ähnelte weder Paolo noch Francesca. Vater und Mutter wollte ich sie nicht mehr nennen, blieben also ihre Namen.
Von meinem Körperbau her war ich kräftig und gedrungen veranlagt, nicht so hager, wie es bei ihnen der Fall war. Meine Haarfarbe ging fast nahtlos in meinen braunen Hautton über. Viola nannte das *selten* und *knusprig*. Ich glaube, das war es, was ihr besonders an mir gefiel.
Paolo und Francescas Haar war schwarz, ihre Haut nicht so dunkel, wie die meine. Da hätte ich es eigentlich schon erkennen müssen. Ich hatte große Locken – wieder ein Gegensatz.
Die Nase und deinen Starrsinn hast du von deinem Vater! Dieser Francesca-Witz war also auch nur eine Lüge gewesen. Gut, sie hätte tatsächlich von Paolo stammen können, die Nase. Rund, eher klein. Alles eine einzige Farce. Volle Lippen formten einen ziemlich großen Mund. Auch etwas, das Viola zu schätzen wusste. Und nichts, was sich bei Francesca und Paolo wiederfand.
»Alles gelogen«, sagte ich bitter.
»Etwas *nicht* zu sagen ist nicht gleich eine Lüge, Cece.« Ihr Spiegelbild lächelte mich an, ihr rechter Zeigefinger spielte

mit meinen Locken. »Außerdem bin ich mir sicher, dass sie dich lieben.«

»... mich besitzen. Sie haben mich ausgesucht, wie in einem Katalog. Wo soll da Liebe im Spiel sein? Das war völlig eigennützig.«

»Und wo wärest du jetzt? Ohne deine Eltern?«

»Sie sind nicht meine *Eltern*.«

»Ohne Francesca und Paolo, na? Wo wärest du? Sag's mir!«

Ich wusste, dass ich ungerecht war. Ich wusste, dass Viola recht hatte, mit allem, was sie sagte. Aber ich war auch verletzt. Natürlich liebte ich Paolo und Francesca. Doch plötzlich gab es da etwas, das uns trennte, etwas, das mich ausschloss. Ich gehörte eigentlich gar nicht zu ihnen. Und sie hatten es all die Jahre nicht für nötig befunden, mich mit einzubeziehen. Mich, denjenigen, um den es ja ging, in dieser Sache. Es war wie ein Makel. Ich war kein Sohn mehr, ich war ein Zögling. Wer weiß, von wem ich abstammte.

»Willst du sie suchen? Deine richtigen Eltern, meine ich?«, fragte Viola prompt.

»Darüber habe ich noch nicht nachgedacht«, sagte ich müde. »Ich muss jetzt auch los.«

Ihr Kopf verschwand von meiner Schulter, der Finger aus meinem Haar.

»Stimmt, ich hab auch noch einiges zu tun«, sagte sie, während sie sich streckte.

Ich ahnte Geigen-Geübe, griff mir meine Tasche und gab ihr einen fahrigen Kuss.

Die Linie 2 brachte mich nach Lido. Dort wohnte ich bei Pirro, in seiner momentanen Buchbinder-Unterkunft.
Besagter Buchbinder war ein eigenartiger Vogel. Er trug grundsätzlich beige Cordhosen, weiße Kurzarmhemden und Schuhe in Übergröße. Eigentlich war er ganz nett, hatte ein freundliches Lächeln, aber er sprach nicht. Seine Souterrain-Wohnung bestand aus drei Zimmern. Im ersten fand das Buchgebinde statt, im zweiten hauste Pirro, das dritte blieb allerdings ein geschlossenes Geheimnis für uns.
»Er übt dort Jungfrauenzersägen«, scherzte Pirro gerne, da Ricci, so hieß der Vogel, sich nebenbei mit dem akribischen Erlernen von einfachen Zaubertricks beschäftigte.
Es war eine sternklare, windstille Nacht. Man würde Violas Darbietungen bis weit in die angrenzenden Straßen hören können. Ich setzte mich auf eine der Querbänke am Heck und betrachtete das glitzernde Blinken der kleiner werdenden Stadt. Langsam beruhigte ich mich etwas. Lido tat mir gut zurzeit. Genau der richtige Abstand zur Werft. Das brauchte ich im Moment.

Pirros Quartier befand sich unweit vom Hafen. Ich begann zu laufen, wollte mich bewegen. Das ging auf dem Lido viel, viel besser als in der Stadt.
Ich wusste, dass ich Pirro um diese Zeit nicht in seinem Zimmer antreffen würde. Dafür war es schon zu spät. Wenn es irgend ging, schlief er draußen. Diese Angewohnheit stammte noch aus seiner Zeit in Cannareggio. Eine kleine Ecke in diesem zugerümpelten Hof war dafür ausreichend gewesen.

»Ich brauche Luft«, hatte seine Erklärung auf meine Frage gelautet, wo er denn mit seinem Schlafsack und der Flasche Wasser hinwolle. Das war an meinem ersten Lido-Abend gewesen. Dann hatte er mir von seinen beengten Nächten im *Familienhaus* erzählt, und ich begann zu begreifen. Danach war ich alleine in sein Bett gekrochen, ohne zu wissen, wohin es ihn unter diesem riesigen Himmel genau treiben würde. Ein sehr eigenartiges Gefühl. Für mich hatte diese endlose Weite der Nacht etwas Bedrohliches, für Pirro bedeutete sie Geborgenheit pur.

Mittlerweile wusste ich, wo er um diese Zeit zu finden war, und so steuerte ich zielstrebig zwischen zwei in die Jahre gekommenen Hotelbauten auf einen breiten Bootssteg zu, an dem drei alte Barkassen angetäut lagen. Pirro liebte es, auf dem Wasser zu sein. In diesem Fall hatte er einen der Besitzer dazu überreden können, ihn nachts auf sein Boot zu lassen. Wie er so etwas immer hinbekam, war mir ein Rätsel.

Pirro hatte es sich gemütlich gemacht. Zwei Laternen spendeten warmes Licht. Seine rollbare Matratze lag zum Bett ausgebreitet, und darauf befand sich Pirro, die Arme hinter dem Kopf verschränkt, den Blick in den Himmel gerichtet. Sterne betrachtend, vermutlich.

»Ciao Romeo«, begrüßte er mich, »wie war dein Abend?«

Ich grummelte irgendwas von *keine Ahnung, geht so, wie soll er schon gewesen sein* und ließ mich neben ihm auf ein Kissen fallen.

»Dein Vater war heute hier«, erzählte er. »Du solltest dich wirklich bei ihm sehen lassen.«

»Er ist nicht *mein* Vater«, wiederholte ich meine Litanei.

»Doch! Ist er, Cece! Sowohl vom Gefühl her, als auch rechtlich. Durch die Adoption steht ihm dieser Titel zu.«
»Ach, bist du jetzt unter die Advokaten gegangen, oder was?« Ich klang giftiger als beabsichtigt. Erst Viola, nun noch er. Es reichte mir langsam an Gegenwind.
»Nee, Cece ...«, erwiderte Pirro ganz ruhig, setzte sich auf, reichte mir eine Flasche Bier und verschränkte die Beine zum Schneidersitz. »Aber das war oft Thema in meiner Familie. Mit unseren Vätern war das nie so klar, weißt du, und Adoption war da auch schon mal ’ne Variante. Ist dann allerdings nie dazu gekommen.«
Nun war ich betroffen.
»Kennst du deinen Vater eigentlich?«, fragte ich vorsichtig nach. Pirros Familiensituation war wirklich keine Bilderbuchgeschichte.
»Mein Vater war Tourist«, erklärte er grinsend. »Ich bin hier auf dem Lido irgendwo im hinteren, westlichen Strandabschnitt gezeugt worden. Im Sand! Cool, oder? Der weiß nicht mal, dass es mich gibt.«
»Und das macht dich nicht traurig? Oder wütend?«
»Warum sollte es? Ich male mir immer aus, wie er wohl war. Er war Neapolitaner, so viel weiß ich. Und wahrscheinlich hatte er eine ziemlich große Nase ...« Jetzt lachte er wieder. »Nee, Cece, ich bin nicht sauer, auch nicht traurig. Ich bin ja da! Ohne den Touristen und meine Mutter gäbe es mich überhaupt nicht! Das wäre traurig, find ich. So wie es traurig wäre, wenn es dich nicht gäbe. Und das sehen Francesca und Paolo genauso. Noch viel stärker. Sie lieben dich. Nichts auf der Welt lieben sie mehr als dich. Garantiert! Da bist du mir um einiges voraus.« Nun schaute er wieder

nachdenklich in die Sterne. »So viel Liebe in sich zu haben, um alle Girandolos damit zu versorgen, kann es einfach nicht geben. Irgendwann überwiegt die Masse. Da kommst du nicht gegen an.«
»Was hat Paolo gesagt?«, fragte ich dünn.
»Nur, dass ich dir ausrichten soll, wie sehr er dich liebt, und dass er hofft, dass du bald zurück nach Hause kommst.« Er stieß mit seiner Flasche an die meine. »Und das hab ich dir nun gesagt. Jetzt bist du dran.«

Ich blieb bei ihm, in dieser Nacht. Dicht an dicht lagen wir unter einer dünnen Decke auf seinem harten Lager, blickten noch lange in die sternklare Nacht, bis ich irgendwann in einen traumlosen Schlaf hinüberglitt. Nur einmal erwachte ich kurz und erschrak über die fremde Weite um mich herum.
Pirros Atem ging tief und gleichmäßig. Seinen Arm hatte er über meine Brust gelegt, so als wollte er mich schützen und ich stellte fest, wie gut es tat, seinen knochigen, warmen Körper an meinem zu spüren. Da war der Duft von Nelken und Zimt. Ich war nicht allein. Und ich war sicher.

2.

Nach außen normalisierte es sich. Ich zog zurück nach Hause. Ich arbeitete an der alten Gondel. Ich aß, trank, schlief, sah fern, fuhr mit dem Boot raus. Alles wie immer. Doch innen drin war ein Schnitt vollzogen worden. Wie eine Abnabelung. Das beschreibt es vielleicht am besten. Ich verschloss mich. Zumindest vor Paolo und Francesca. Doch ich öffnete mich auch. Vor allem mir selbst gegenüber. Es war jene kurze Zeit in meinem Leben, in der ich das Gefühl hatte, nur für mich allein verantwortlich zu sein. Ich war wie ein geschlossener Kosmos, kein Teil einer Familie mehr. So in etwa fühlte es sich für mich an, in dieser Zeit.
Ich war – ICH!

»Wie war es denn, bei ihm zu übernachten?«, fragte Leo beiläufig. Er war ganz in die Betrachtung eines riesigen Gemäldes versunken, das aus einer Unzahl blauer Fische bestand.
Der Schwarm stand darunter. Von L. B.
Leo hatte mich überredet, ihn in die Galerie zu begleiten. Er hatte die Order, ein Bild auszuwählen. Fünf standen reserviert zur engeren Wahl – die endgültige Entscheidung oblag Leo.
Riccarda Perlucci handhabte das manchmal so. Vielleicht, um ihn auf diese Weise an eine gewisse Lebensart heranzuführen, vielleicht aber auch, um ihm zumindest ab und an so etwas wie eine klare Entscheidung abzuringen.

»Pirro schläft draußen«, beantwortete ich seine Frage. »Er hat einen Platz auf einem Boot.«
Mittlerweile standen wir vor einer Leinwand, die über und über mit roten und orangefarbenen Fäden bestickt worden war.
»Eine Nacht habe ich dort verbracht«, erzählte ich weiter.
Leo trat einen Schritt zurück, schien mich gar nicht zu hören. Ich tat es ihm gleich und erkannte nun, dass es sich bei dem Motiv um einen Panzer handelte, der einem Berg gegenüberstand.
»Ich kenne das Boot«, sagte Leo plötzlich. »Eine Barkasse.«
»Stimmt! Warst du schon mal da?«
»Wie findest du es?«, fragte er, zeigte auf den Panzer, legte den Kopf schief und trat wieder näher an die Leinwand heran.
»Es gefällt mir nicht«, antwortete ich. »Du warst schon mal da?«
»Ja. Ist gar nicht lange her.« Es folgte ein kurzer Blick auf die Liste in seiner Hand. »Hast recht. Zu affektiert.«
Er ließ ein kurzes Lächeln aufblitzen. »Pirro ist frei«, sagte er, während er sich dem nächsten Bild zuwandte. Und dann, eher leise, zu sich selbst: »Ich hätte auch gerne mal bei ihm übernachtet.« Er nickte der Galeristin zu, wies auf den *Schwarm*.
»Und die drei anderen?«, fragte ich verblüfft.
»Habe ich mir im Katalog angesehen. Die kommen nicht infrage.«
Es ist vielleicht schwer zu verstehen, doch dieser Moment in der Galerie, in der mein bester Freund gerade völlig unaufgeregt dabei war, mit sechzehn Jahren ein Bild für

hundertzwanzigtausend Euro zu kaufen, er traf mich ins Herz. Denn er machte mir unmissverständlich deutlich, wie einsam er eigentlich war. Und wie unfrei vor allem.

»Du hast dich verändert, Cece!«
Da hatte Viola recht, und ihr Tonfall zeigte mir, dass ihr besagte Veränderung wohl nicht besonders gefiel.
»Sehr verändert«, legte sie nach und verschränkte die Arme vor der Brust.
»Ich bin im Wachstum«, witzelte ich.
»Und da wird man unsichtbar, im Wachstum, ja?« Sie biss in einen Apfel, hielt ihn mir entgegen; ich schüttelte mit dem Kopf.
»Wir waren verabredet.« Ein tadelnder Blick. »Zwei Mal bist du nicht gekommen, Cece. Gestern hast du nicht mal abgesagt.«
»Weil ich da was Dringendes erledigen musste!«
»Dann sagt man zumindest ab.«
Sie hatte ja recht. Doch in der letzten Zeit nervte es mich, nur noch von ihr kritisiert zu werden. Da lockte es nicht gerade, sie zu treffen. Nichts machte ich richtig.
Entweder nahm ich sie nicht ernst genug, oder aber ich legte jedes ihrer Worte auf die Goldwaage. Die Cafés und Bars, die ich vorschlug, riefen Kopfschütteln hervor, Filme, die ich sehen wollte, verfehlten ihren Geschmack. Und wenn ich mich zu einem der ihren breitschlagen ließ, hatte ich keine eigene Meinung, was auch wieder falsch war.
Mittlerweile begann sie sogar an meinem Gondelprojekt rumzumäkeln.

»Du solltest dich lieber auf deine Ausbildung konzentrieren, und nicht auf diese überflüssige Bastelei«, sagte sie eines Abends zu mir, und sie klang entsetzlich alt dabei. Ich hatte ihr gerade meine Fortschritte an Bug und Heck zeigen wollen.

Morsche Planken waren durch geeignete Resthölzer ersetzt worden, durch Hobeln und Schleifen hatte ich die brüchige Farbe vom Rumpf entfernt und die Zwischenräume der neuen Beplankung geflachst und geteert. Abschließend mussten sechs Schichten Ripolin folgen. Vier Versiegelungen hatte ich bereits geschafft.

»Bastelei?« Ich war fassungslos, wie sie meine Arbeit bewertete.

»Letztlich ist es doch nichts anderes, Cece. In derselben Zeit könntest du an einer neuen Gondel bauen, und sie nicht für dieses alte Ding verschwenden.«

»Ich tue es für Leo!«, erklärte ich entschieden. Da fing sie an zu lachen.

»Für Leo? Der könnte sich ein Dutzend Gondeln leisten, wenn er wollte. Was soll er mit dem alten Ding hier anfangen?«

Da war mir schlagartig klar, dass sie das nie verstehen würde. Ich erkannte auch, dass sie Leo nicht begriff, seine Situation, sein Dilemma. Sie sah die Fassade, nicht die Substanz. Und letztlich verstand sie auch mich nicht. Wenngleich ich diese Tatsache nicht sonderlich beunruhigend fand. Ganz im Gegenteil. Sie machte es mir leichter, mich ein Stück weit abzugrenzen. Schon wieder.

Und so war es dazu gekommen, dass ich zwei Verabredungen mit ihr einfach hatte platzen lassen. Ich hatte sie einfach vergessen.

3.

Es war an der Zeit Pirro einzuladen, ihm zu danken. Das spukte mir seit Längerem im Kopf rum, und ich hatte auch ein paar Ideen, wie dieses *Danke* aussehen könnte. Nun ergab sich plötzlich die Gelegenheit. Paolo und Francesca fuhren das Wochenende über nach Lugo, zu Paolos Bruder Massimo. Der feierte Geburtstag. Perfekt!
»Meinst du nicht, es wäre schön und richtig, wenn du uns zu Onkel Massimo begleitest, Cesare?«, hatte Francesca vorsichtig nachgefragt, sich mit meiner Absage aber eigentlich schon abgefunden. Das konnte ich ihr ansehen. »Du weißt, wie gerne er dich mag«, versuchte sie es trotzdem. »Er würde sich sehr freuen.«
»Vielleicht nächstes Jahr«, hatte da meine Antwort gelautet, die komplette Familie Selva vor Augen: durch und durch verwandt miteinander, glatt- und schwarzhaarig allesamt, hager ... Francesca hatte traurig genickt, mir durch meine Locken gekrault und nicht weiter nachgebohrt. Es war genau der richtige Zeitpunkt für Pirro. Ich schickte ihm eine Einladung.
Das Gewürzkontor befand sich an der Ponte tre Archi, nahe dem Bahnhof. Dahin adressierte ich sie. Zu Händen Signore Pirro Girandolo. Ich fand es eine schöne Vorstellung, dass er richtig formell Post bekam. Vermutlich hatte ihm noch nie zuvor jemand etwas zugeschickt.

Der Zwischenboden vom Holzlager kam nicht mehr infrage. Das wusste ich jetzt besser. Und so hievte ich die Matratze durch die Halle, hinaus, an Bord einer Batera. Es

war derzeit unser Frachtboot und wie gemacht für diesen Zweck. Pirro würde es lieben. Er mochte die etwas gröbere Bauart.
Zwar war Herbst, doch die Abende blieben warm und trocken, die Nächte lang und mild. Da Pirro am liebsten Fisch aß, hatte ich uns Meeräschen besorgt. Die würde ich grillen. Der Rest ergab sich dann schon. Wahrscheinlich würden wir rausfahren und die Lagune umrunden. Das mochte Pirro besonders gerne.
Gegen drei tauchte er auf. Mit einem breiten Grinsen zog er die Einladung aus seiner Hosentasche und wedelte sich spielerisch Luft zu.
»Bin ich hier richtig bei Signore Cesare Selva?«, fragte er, suchend um sich blickend. »Ich hab hier eine hochwichtige Einladung. Ganz offiziell!«
Ich begrüßte ihn lachend. An diesem Tag duftete er nach Muskat.

Den Nachmittag verbrachten wir auf dem Wasser. Wir schipperten die Kanäle entlang, tranken gegen fünf einen Caffè im *Gino* und beschlossen danach umzukehren und den Grill anzuschmeißen.
Ich hatte schon am Morgen Laternen und ein Holzfeuer vorbereitet. Ich wollte ja, dass es etwas Besonderes wurde, ein *Danke* halt. Die Flammen beschienen das schmale Sandstück, von dem aus wir immer die Boote zu Wasser ließen.
An diesem Abend fand dort mein vorbereitetes Picknick statt, auf einer großen Decke, mit dem feinen Porzellan meiner Großeltern, das sonst nie benutzt wurde.

Zusammen mit Brot, Bier und einem Salat verspeisten wir die gegrillten Meeräschen.
Pirro genoss es. Das konnte ich ihm ansehen. Der Schein der Flammen flackerte auf seinem zufriedenen Gesicht. Seine Lippen glänzten vom Fisch, seine Augen strahlten, er war glücklich.

»Was sagst du …?«, fragte ich wenig später. Wir standen vor *Leos* Gondel.
Pirro wusste nicht viel über den Schiffsbau. Er mochte Boote – das war alles. Doch er verstand, was hier passierte.
»Das wird ihn umhauen«, sagte er, während er sich den überkopfgebockten Rumpf genauer betrachtete. »Da steckt viel Arbeit drin?«
»Schon … ja.«
Die Gondel war noch weit davon entfernt, als Schönheit durchzugehen. Bug- und Heckbeschlag fehlten ebenso wie das umlaufende Metallband, und würde man sie in diesem Zustand umdrehen, sähe man in ihr marodes Innenleben. Dennoch strahlte sie Stolz und Würde aus. Fand ich zumindest.
Pirro strich sacht über die getrocknete Lackschicht. Er begegnete dem Boot mit Ehrfurcht, das war unverkennbar.
»Wie lange wirst du brauchen?«, fragte er schließlich.
»Keine Ahnung. Aber sie ist mittlerweile Teil meiner Ausbildung.« Ich klopfte dabei auf den Rumpf und blickte prüfend die makellos glatte Oberfläche entlang. »Restauration gehört ja dazu, und Paolo unterstützt mich«, erklärte ich ihm.

»Das ist gut, dass er das macht.« Pirro schien wirklich beeindruckt.
Ich freute mich über seine Reaktion. Ich fand es schön, dass er jemand war, den man in Staunen versetzen konnte. Für Pirro war wenig selbstverständlich. Dadurch war seine Sicht auf die Dinge so anders. Ganz gleich, ob es sich dabei um seine Gewürze handelte, oder das Treiben um ihn herum – Pirro suchte nach den Details. So wie bei meiner Gondel.
»Du baust da etwas Besonderes, Cece«, versicherte er mir. »Das wird nicht einfach nur 'ne Gondel. Diese hier hat Bedeutung. Die sagt was aus.«
Das war typisch Pirro. Sein Blick auf die Dinge eben.

»Vanille ist die Königin der Gewürze.«
Wir lagen an Bord der Batera und schauten zu den Sternen hinauf, als er das sagte. Das Boot schaukelte leicht, ein letztes Scheit knackte noch auf der Feuerstelle.
»Sie wächst als Frucht einer Orchideen-Art. Ist das nicht irre?«
»Wie der Safran?«
»So ähnlich.« Pirro drehte sich zu mir, legte seinen Kopf auf den Ellenbogen und betrachtete mich. Das Feuer beschien sein Gesicht, sodass ich das Leuchten in seinen Augen sehen konnte. »Beim Safran sind es die Staubgefäße eines Krokus, erinnerst du dich? Das macht es so kostbar. Wenn man sich mal vorstellt: Die *Frucht* einer Orchidee ist die Vanille ...«
Er schloss die Augen, seine Nasenflügel bebten leicht, sein Lächeln wurde weicher. »Fantastisch.«

»Du weißt viel darüber«, stellte ich beeindruckt fest.
»Es ist ja auch spannend, wie eine Weltreise. Vanille kommt zum Beispiel aus Madagaskar. Oder nimm Pfeffer. Pfeffer war zu Beginn an mal eine Blüte. Indien, Vietnam, Brasilien. Da wächst überall Pfeffer.« Seine Hand wanderte in die Hosentasche und brachte ein paar Gewürze zum Vorschein. Er betrachtete sie liebevoll. »Die Pfefferpflanze klettert zehn Meter hoch in die Bäume und wird bis zu dreißig Jahre alt«, erklärte er begeistert, legte mir ein Korn auf die Lippen und drückte es ganz leicht dazwischen.
Natürlich wusste ich, wie Pfeffer schmeckt, doch auf der anderen Seite hatte ich noch nie bewusst ein Pfefferkorn zerbissen. Also nahm ich seine Einladung mit der Zunge auf, und tatsächlich: Nach dem Zerbeißen trat neben der milden Schärfe auf einmal etwas Blumiges hervor, ganz fein, sehr zart, duftig und überraschend süß. Es war wunderbar, das zu schmecken – eine Blüte.
»Es gefällt dir«, stellte er fest, während er selbst in eine Kapsel biss, die Schale aber sofort wieder ausspuckte. Ich nickte angetan.
»Dann würde ich jetzt so gerne etwas Neues ausprobieren.« Er lächelte, ein Blitzen in den Augen, »Etwas Gewagtes ... was meinst du?«
Wieder nickte ich, zögerlicher allerdings, denn ich spürte instinktiv, dass er vorhatte, etwas wirklich Außergewöhnliches zu tun.
Und tatsächlich: Mit einem Lächeln beugte er sich zu mir, strich mit seinen Fingern behutsam über meine Lippen, öffnete sie leicht – um mich im Anschluss lange und ausgiebig zu küssen.

4.

»Cece, was ist los mit dir?« Sie fragte richtig lieb, fast schon besorgt und nicht so nörgelig wie die Tage zuvor. Ich lag auf ihrem Bett, starrte an die Decke und drehte mich zur Seite, als sie versuchte mein Gesicht zu berühren.
»Ich will einfach nicht«, entzog ich mich ihr auch mit Worten. Es war schon eigenartig. Da öffnete sich Viola endlich mal ein bisschen und ich verlor zur gleichen Zeit das Interesse daran.
»Habe ich was falsch gemacht?«, fragte sie hilflos, was mich den Kopf schütteln ließ. Natürlich hatte sie *was falsch* gemacht, wir beide hatten das, aber darum ging es in diesem Moment überhaupt nicht.
»Ich brauche Zeit für mich«, erklärte ich ihr, und merkte im selben Moment, dass das nicht nur so daher gesagt war.
»So schwierig kann das mit dieser Adoption doch nicht sein, Cece. Ich versteh ja, dass du ...«
»Das ist es nicht!«, wehrte ich ihren Erklärungsversuch ab. »Das hat damit überhaupt nichts zu tun.« Es war kompliziert geworden, zwischen uns. Da musste ich erst mal etwas Klarheit hineinbekommen. Und der Mensch, der mir da nun überhaupt nicht helfen konnte, war – Viola. Ich brauchte wirklich Zeit für mich. Es war etwas passiert, mit mir.

Nach dem Kuss hatten wir eine Zeit lang nur still nebeneinandergelegen und den Himmel betrachtet. Pirros Aroma lag mir immer noch auf der Zunge: verführerische Süße, prickelnde Schärfe und etwas Herbes, Fremdes.

»Hast du das schon öfters gemacht?«, fragte ich irgendwann etwas aufgeregt und sehr leise.
»Das mit dem Kardamom? Das war Premiere.« Ein weiches Lachen.
»Nein das ... das mit dem Kuss.«
»Ich küsse gerne«, hatte Pirro da geantwortet.
»Nein, ich meine ... ich meine ...«
»Ich weiß, was du meinst.« Er drehte sich zu mir, sodass wir uns in die Augen schauen konnten. Behutsam strich er mir eine Locke aus der Stirn. »Ja, habe ich«, antwortete er sanft und betrachtete mich ruhig. »Und du küsst wie ein Magier, Cece.«
Da war ich geschmeichelt.
»Wie ... ein ... *Magier*«, wiederholte er flüsternd und warf mir einen Blick zu, der meinen Atem stocken ließ. Dieser Duft ...
Und dann wiederholten wir es. In aller Stille.

Der kommende Morgen. Von Pirro keine Spur. Ich erhob mich irritiert, sah über den Bootsrand, doch nichts schloss darauf, dass er sich noch in der Nähe befand. Mit einem Seufzen legte ich mich zurück auf die Matratze, betrachtete den wolkenlosen Himmel und genoss die Wärme der Sonne auf meiner Haut. Alles war nun anders. Neu ...

Ich brauchte Zeit, mich daran zu gewöhnen, ihn mit anderen Augen zu sehen. Es war schon verrückt. Ganz so, als ob ich in einer Kammer gehockt hätte, einer gut ausgestatteten, versteht sich, mit allem Komfort, jedem nur erdenklichen Luxus.

Und plötzlich geht da eine Tür auf, in dieser Kammer. Eine simple, einfach gezimmerte Holztür – und eine komplett neue Welt tut sich vor mir auf. Eine Welt, die verlockend, so wunderbar anders ist, so lebendig und pulsierend, so wahnsinnig schön und frei, so voller Duft und Licht. Eine Welt mit leuchtenden kastanienbraunen Augen, wirrem, ungewaschenem Haar und einem Geschmack nach grünem Kardamom und purer Lust. So sah es nun mal aus: Es hatte mich erwischt. Richtig erwischt.

5.

»Was schenkst du ihr?«, fragte Leo am Telefon und ich stellte fest, dass ich bis zu diesem Moment nicht einen einzigen Gedanken an Violas Geburtstag verschwendet hatte. Sie stand auf Ballett, also würde es wohl eine CD werden. Das sagte ich ihm.

»Ist das alles?«

»Nein, natürlich nicht.« Ich wich aus, würde mich noch damit befassen.

»Ich habe an Konzertkarten gedacht.«

Ja, klasse, Leo! Ganz wunderbar. Meine Ballett-Spontan-Idee verpuffte so urplötzlich, wie sie mir erschienen war, angesichts dieses wirklich guten Plans.

»Eine Lampe ...«, fiel mir ein. »Ich schenke ihr eine Lampe!«

»Eine … Lampe?«

»Ja, eine Lampe. So eine rote, in Herzform. Ich weiß, dass ihr so was gefällt.«

»Klingt romantisch.«

Stimmt. War es aber nicht. Zumindest nicht so gemeint.

Nach außen hin funktionierte ich. Die Arbeit am Boot ging voran. Ich war hauptsächlich damit beschäftigt, Holz für den Brückenaufbau zuzusägen, was viel Konzentration und Genauigkeit von mir erforderte. Und obwohl in mir drin einiges an Unordnung herrschte, bekam ich das hin.

Ich hatte damit begonnen, mich zu sortieren. Es war ein wenig so, als wenn man einen Schrank neu bestückt, um besser an die Sachen ranzukommen, die wichtig sind. Und dafür musste man sich von einigem trennen.

Viola! Sie spukte in meinem Kopf herum, und die Gedanken an sie traktierten mich mit all den Vorwürfen, die ich von ihr zu erwarten hatte. Denn: Es war vorbei mit uns beiden. Ich war leer, wenn ich an sie dachte. Da war nichts. Ich versuchte das zu begreifen. Es gelang mir nicht. Dann Pirro. Für ihn hatte ich Raum geschaffen in meinem Schrank. Ein gut erreichbares Fach, mit reichlich Platz. Eigenartigerweise war ich nicht erschrocken, oder voll von Bedenken. Überhaupt nicht. Überrascht war ich. Das trifft es vielleicht am besten. Glücklich überrascht. Er und ich, das stimmte so.
Im Nachhinein denke ich, dass es Pirro zu verdanken war, dass ich es so sehen konnte. Menschen können einen anstecken mit ihren Eigenarten. Pirro war ohne Angst. Er machte sich Gedanken, jedoch keine Sorgen. Er war frei, da hatte Leo recht. Und das übertrug sich nun auf mich. Ich war frei, auf einmal. Das hatte Liebe zur Folge. Und Sehnsucht.

Beim Küssen war es nicht geblieben. Wir wollten mehr. *Ich* wollte mehr. So lange hatte ich davon geträumt. Immer nur Fantasien. Sie reichten mir nun nicht mehr. Das hatte auch Pirro erkannt. Und Pirro war nicht Viola.
Meine Hände begannen zu forschen, zu drängen, zu greifen und zu streicheln. Meine Lippen, die Zunge, sie taten es ihnen nach.
»Cece ...«, hatte er da leise gesagt, erstaunt, ganz erregt dabei. »Du bist ja unfassbar ...« Und er hatte mich machen lassen.

Pirro hatte sich zur Verfügung gestellt, wenn man so wollte, es für mich geschehen lassen. Der Geschmack von Kardamom war nicht übel gewesen. Der seiner Haut war umwerfend. Ganz so wie sein Duft.

»Meine Mutter wird alles vorbereiten«, erfuhr ich durchs Telefon. *»Du brauchst mir dieses Jahr also nicht zu helfen.«*
Das waren sehr gute Nachrichten. Violas Geburtstagspartys erforderten schon im Vorfeld einiges an Geduld und Hingabe.
»Das ist klasse«, erwiderte ich erleichtert. »Zurzeit stecke ich auch bis zu den Knien in Arbeit.«
»Ich habe Leo eingeladen!«
»Hat er mir erzählt ...«
»Damit du dich nicht so alleine fühlst.« Nun lachte sie.
»Danke dir sehr. Hoffen wir mal, er kommt klar damit, unser Leo, so viele Mädchen ...« Nun lachten wir beide.
»Geht es dir wieder besser …?«, fragte sie unvermittelt, was mich zögern ließ. *»Cece? Alles okay?«*
»Ja, danke. Alles bestens ...« Es war an der Zeit, dass das aufhörte, stellte ich fest.
»Das ist ja gut! Bis dann, also … Ich freu mich auf dich.«
Da legte ich einfach auf.

Warten vor dem Kontor ... Aufgeregt ...
Kleine, runde Blechschalen füllten das Schaufenster, in denen die Gewürze präsentiert wurden. Pirro hatte recht: Es war beeindruckend. Die Formen, Farben und diese Vielfalt. Ich entdeckte den grünen Kardamom, ach, und schwarzen gab es auch, sieh an. Pfeffer in allen Farben.

Als er endlich durch die Tür trat, schlug mein Herz einen Takt schneller. Unser erstes Wiedersehen ...

Pirro reagierte überrascht, als er mich sah, wie ich verlegen, etwas verloren und ziemlich nervös, vor mich hinwartete.

»Ich werde abgeholt?«, stellte er irritiert fest, mit einem Blick, den ich schwer deuten konnte.

»Wenn du willst! *Bibi* liegt um die Ecke«, bot ich an. *Bibi* war mein motorisiertes Schlauchboot. Es war klein und sehr wendig. Ideal für die engen Kanäle, allerdings weniger geeignet, um Strecke zurückzulegen. Die Vespa des Wassers, wenn man so wollte.

»Das willst du tun ...?« Eigenartig, wie er es fragte. Vor allem aber war es beklemmend. Wir gingen nebeneinander her, als seien wir uns fremd. Meine Verlegenheit schlug mir bis zum Hals. Was hatte ich falsch gemacht?

Die ganze Zeit überlegte ich fieberhaft, was ich Lockeres, Intelligentes, ja, Nettes von mir geben könnte. Letztlich gelang mir nur ein gepresstes »Da ist sie«, als mein Boot in Sichtweite kam. Pirro verharrte, sah an mir herab.

»Jetzt willst du mir sicher etwas sagen ...«, durchbrach er das Schweigen.

»Ich ... ähm ...« Mein Gott, ja! Es gab so viel zu sagen. So viel von dem, was ich loswerden wollte. Da waren Unmengen an Fragen, an Hoffnungen. *Ich habe mich verliebt, in dich!* Das wäre vielleicht das klarste Bekenntnis gewesen, in diesem Moment, und mit Sicherheit das ehrlichste. Denn das, was da in mir pochte, das war nichts anderes als das.

»Gut«, nahm er den Faden wieder auf. »Dann eben ich ...«

Und wie Pirro da so am Anleger stand, mit seinen hängenden Armen, und diesem entrückten, fernen Blick, da

wusste ich, dass alles, dass all das, was wir gemeinsam erlebt hatten, bloß eine Illusion gewesen war. Der Kuss ... die Gewürze ... das Sinnliche ... Eine Laune – was auch immer. Es schmerzte.
»Tut mir leid, Cece«, begann er denn auch, ohne mir dabei in die Augen zu sehen. »Ich hätte das nicht zulassen dürfen.« Sein Blick war traurig, verhangen.
»Wieso nicht?«, fragte ich leise, etwas rau, plötzlich sehr verzweifelt.
»Ich habe unsere Freundschaft aufs Spiel gesetzt ...« Der Duft von Nelke stieg mir in die Nase. Heute war es Nelke pur.
»Freunde sind tabu«, erklärte er leise. »Es tut mir so leid.«
Ich senkte den Kopf, hielt Tränen zurück. »Warum hast du es dann getan?«, fragte ich kaum hörbar, zutiefst verletzt.
»Wieso hast du es dann getan?«
»Weil ich für einen Moment etwas gespürt habe, dass ...«
»Ja?«
»Etwas, wo ich dachte, dass du ...«
»Ja?«
»Das du da ähnlich wie ... ich ...«
Und da begriff ich! Wir redeten aneinander vorbei. Es war so verrückt. Und so logisch. So furchtbar einfach! Meine Ängste waren *seine* Ängste, er fürchtete dasselbe wie ich. Ablehnung. Es war ... nichts! Nur ein Missverständnis. Alles war gut! Ich fing an zu lachen, in sein verdutztes Gesicht.

»Pirro, wie ich mich freue, dich mal wieder bei uns zu haben!«

»Und ich erst!« Sein Strahlen flog über den Tisch. Zuerst traf es Francesca, dann mich und schließlich die Portion Fenchelrisotto, die sich auf seinem Teller türmte.
»Erzähl, wie geht es dir?«
Seine Hand fuhr durchs verzwirbelte Haar, und Pirro begann zu berichten.
Es war wie in einem Film. Mein Blick, ganz Kamera, wanderte in die Runde. Pirros Worte flossen aus ihm heraus, ohne dass ich ihnen folgen wollte.
Ich sah lieber in ihre Gesichter, zoomte Richtung Paolo. Paolo, der konzentriert seinen Reis gabelte, dabei ab und zu den Kopf hob, durch ein Nicken hie und da Interesse vorgab, doch eigentlich mit seinen Gedanken ganz woanders weilte, auf welchem Kahn auch immer.
Ich fokussierte Francesca, die an Pirros Lippen klebte, beiläufig von ihrem Gericht kostete und völlig gebannt dem folgte, was mein Freund zu erzählen hatte.
Dann schließlich Pirro selbst. Sein schmales Gesicht strahlte, und sobald sich unsere Blicke begegneten, was sie oft taten, geschah da noch etwas mehr. Da lag etwas Blitzendes in seinen Augen, etwas, das nur ich sehen konnte.
Es war so schön, ihn dabei zu beobachten. Seine Hände untermalten das Gesagte, als ob sie seine Worte dirigieren würden. Er hatte eine eigene Art zu essen. Etwas hastig, doch mit Lust. Seine Nasenflügel bebten leicht, die Zunge, sie registrierte genau, was sie da vorfand, fiel mir auf. Aber er hielt seinen Teller fest. Bei der Anzahl an Geschwistern, mit der er aufgewachsen war, sicher eine kluge Entscheidung.

»... und die Aussichten, dort in die Ausbildung zu gehen?«, fragte Francesca gerade, und sie betrachtete ihn etwas besorgt.
»Gibt es nicht. Es ist einfach ein Job. Es macht mir jedoch Spaß, und ich lerne viel. Sie mögen mich da.«
Sie mochten ihn da. So wie er über seine Gewürze sprach, mussten sie ihn dort *lieben.*
»Jedenfalls wünsche ich mir, dass du uns in Zukunft wieder öfter mit deinem Besuch beglückst.« Ohne es zu ahnen, tat Francesca mir damit einen großen Gefallen. Dafür bedachte ich sie mit einem Lächeln, das sie für einen erstaunten Moment verharren ließ. Und ich hoffte sehr, dass Pirro ihr tatsächlich diese Freude machen würde. Eigentlich war ich mir ziemlich sicher.

Die Tür fiel ins Schloss, und mit ihr alle Hemmungen. Diese *Augen.* Dieser Duft von Nelken, seine *Lippen.* Ich zog ihn zu mir, umfasste seine Taille. Mein Mund suchte den seinen – wurde fündig! Zungentasten ...
Ich spürte seine Lust, er die meine. Wir zogen uns aus, gaben uns hin, spielten miteinander. Wild, liebevoll, heftig, unbeholfen, lachend, stürmisch, bedacht, leise, sanft ... oft ... Endlich wieder!

Als ich erwachte, war er verschwunden. Ich strich lächelnd über das zerwühlte Laken neben mir. Das war so angekündigt.
»Wenn du morgen aus dem Fenster schaust, Cece, liege ich darunter, garantiert!«, hatte sein Versprechen gelautet und er hatte gelacht dabei.

»Aber ich will dich nicht gehen lassen.«
»Du wirst es gar nicht merken.«
Und dann hatte er mich geküsst. Wieder und wieder ...

6.

Ich hatte mich gegen die Herzlampe entschieden. Gegen ein Geschenk, allgemein. Wie hätte das ausgesehen: »Hier! Und tschüss ...«
Im Grunde hatte ich mich sogar dagegen entschieden, ihre Party zu besuchen, doch das konnte ich Leo nicht antun. Ich würde mich also zusammenreißen, diesen Nachmittag überstehen, und dann, ja, dann ...
Ich hatte beschlossen, ehrlich zu sein. Alles andere wäre falsch gewesen. Das hatte mir meine innere Stimme gesagt. Vor allem aber jene, die ich zu dieser Zeit am liebsten hörte.

»Sag ihr, was mit dir los ist«, riet mir Pirro. Wir lagen auf dem Bootssteg, beobachteten den Himmel und folgten dem Zug der Wolken.
»Sind wir jetzt eigentlich ein Paar?«, fragte ich ihn. Er zog an einer Zigarette, übte sich in Rauchringen.
»Keine Ahnung. Sind wir das? Ich war noch nie *Paar*.« Da hatten wir uns angesehen, laut gelacht, und im gleichen Moment gespürt, dass das gut möglich sein könnte, das mit uns, und dem *Paar sein*. Zumindest in diesem Moment.
Ich wusste nun auf jeden Fall, wie es sich anfühlte, verliebt zu sein. Mit Viola wusste ich, wie es sich anfühlte, nicht allein zu sein. Ein himmelweiter Unterschied, noch dazu, da ich ganz gerne mal allein war.
Viola gefiel mir wirklich. Sie hatte etwas Sprühendes, Frisches, was ich sehr an ihr mochte. Sie wusste, was sie wollte, war intelligent ...

Mit Pirro war es extrem unkompliziert. Ich hatte das Gefühl, ihn in- und auswendig zu kennen. Neu war nur, dass ich ihn nun mit anderen Augen sah. Pirro war schön. Auf einmal.
Seine hohe Stirn mit der strengen, tiefen Mittelfalte, Augenbrauen wie Ausrufezeichen. Pirros Hüften – sie waren ... ja, sie waren wundervoll, so schmal, griffig irgendwie. Dieser Hals bot sich als Verlockung, das Haar als ein Nest, in dem ich mich vergraben wollte. Seine Lippen ... magnetisch! So war das auf einmal.

»Da bist du ja endlich«, raunte es hinter mir, blass und verzagt, wie das Gesicht, in das ich gleich blicken würde. Mädchengeburtstage waren nun wirklich nicht Leos Ding. Und das sah man ihm auch an.
»Du musst mir helfen«, flüsterte er fast. »Ich gehe hier komplett unter.«
»Es ging nicht schneller«, entschuldigte ich mich. Violas Freundinnen bildeten einen Klangteppich, der durch die ganze Wohnung hallte. Ich kannte das schon, aber für Leo war es neu. Und es war bedrohlich, aus seiner Sicht. Heiterkeit ohne ersichtlichen Grund, das strapazierte ihn. Schon immer.
»Wie läuft's so bei dir?«, wollte er wissen, während ich skeptisch das Buffet studierte. Muffins, Cornettos und Vitello Tonnato: Wer hatte sich das denn ausgedacht?
»Es geht mir gut«, antwortete ich ausweichend. »Und du? Wie läuft's am Ruder?«
»Frag nicht.« Er hielt mir eine verbundene Hand unter die Nase.

»Du hast dich verletzt?«
»Sehnenscheidenentzündung. Tut höllisch weh.«
»Du verkrampfst zu sehr, Leo.«
»Weiß ich ...«
Ich griff zur Gabel und schaufelte mir Kalbfleisch und Thunfischsoße auf einen Teller. »Sieh es so«, gab ich mich praktisch. »Du hast jetzt erst mal Pause.« Sein Gesichtsausdruck zeigte mir, dass dem wohl nicht so war.
»Es gibt da spezielle Bandagen«, teilte er mir mit. Die Geräuschkulisse schwoll an. Vermutlich ging es ans Geschenkeauspacken.
Ein Blick in ihr Zimmer bestätigte das eindrucksvoll. Umringt von einem Pulk sehr aufgedrehter Freundinnen saß Viola auf ihrem Bett und verteilte Geschenkpapier um sich herum.
»Was hast du für sie besorgt?«, fragte Leo.
»Ja!«, rief Viola fröhlich, »Was hast du für mich besorgt, Cece?«
Acht Augenpaare starrten erwartungsvoll in meine Richtung. Oh Mann.

Was man mir zugutehalten kann: Ich hatte mich noch nie zuvor in einer solchen Situation befunden. *Das wird eine Überraschung!,* hätte vielleicht etwas retten können, oder *Geduld, es kommt noch.* Ich hätte einfach schweigen sollen, oder das Zimmer verlassen. Ich sagte jedoch: »Wir müssen reden, Viola!« *Wir müssen reden!* Violas Lachen erstarb. Das *Hah*, das ihr noch entglitt, erinnerte an ein verspätetes Ausatmen. Schließlich schüttelte sie ihren Kopf, fegte mit einer fahrigen Bewegung den knisternden Papierberg vom Bett,

erhob sich, und kam langsam auf mich zu. Zum ersten Mal wurde mir deutlich bewusst, dass sie fast einen ganzen Kopf größer war als ich.
»Also, Cece«, sagte sie in einem mir völlig fremden Tonfall, »reden wir.«

Es endete letztlich damit, dass ich vor einer verschlossenen Toilettentür inständig darum bettelte, dass sie sich doch bitte beruhigen möge. Ihr ungehemmtes Weinen, das schmerzhaft deutlich durch das dünne Holz nach außen drang, stempelte mich unmissverständlich zu dem ab, was ich in diesem Moment war, für alle Beteiligten: zu einem Betrüger, einem herzlosen noch dazu.
»Ich hab's mir nicht ausgesucht«, war eine meiner faden Erklärungen, die ich ins feindlich gesinnte Halbrund schickte. »Es ist halt passiert ...«
»Verpiss dich«, befahl man mir. »An ihrem Geburtstag, wie ekelhaft!«, klang es von links. »So ein Arsch!«, von rechts. »Ich mach dich fertig«, versprach eine vierte, und all das wurde untermalt vom Klagelied meiner Ex-Freundin, deren Party ich gerade gesprengt hatte.
»Komm, lass uns gehen.« Das war Leo.
»Ja, verpiss dich! Hau ab, und lass dich nicht mehr blicken.«
Angesichts der Situation war es wohl tatsächlich das Beste so.

»Was hast du dir nur dabei gedacht?«
»Ich habe nicht gedacht.«
»Gut, das erklärt es.« Leo schien einerseits erleichtert, dem Geburtstags-Zirkel entkommen zu sein, andererseits ent-

setzt von meiner Art, mit der ich Viola den Laufpass gegeben hatte. So bezeichnete er es: den Laufpass.
»Hättest du nicht bis nach dem Geburtstag warten können?«
»Das hatte ich ja eigentlich auch vorgehabt«, versicherte ich ihm. »Aber dann konnte ich mich nicht verstellen. Ich musste es ihr sagen. Es ging nicht anders.«
»Was eigentlich?«
»Dass ich mit Pirro zusammen bin.« Und damit ließ ich die zweite Bombe platzen, an diesem Tag. Doch diesmal verletzte ich nicht nur Eitelkeiten. Ich traf mitten ins Herz.

»Was ist?«, fragte ich Leo. Er hatte sich von mir abgewandt, zum Canal. Gut, ich konnte mir vorstellen, dass es so etwas wie ein Schock für ihn war. Ich wusste aber auch, wie er dazu stand. Das war für ihn kein Problem. Hatte er zumindest immer behauptet, bis dahin. Das Thema war nicht neu für uns. Schon allein deshalb, weil wir uns bei Pirro genau das immer gedacht hatten.
Damals, der Kuss, auf seinem Geburtstag zum Beispiel. Natürlich gab das Raum für Spekulationen. Natürlich hatten wir darüber gesprochen. Und wir waren schnell übereingekommen, dass es uns nicht weiter stören würde. Pirro verteilte seit jeher kleine Zärtlichkeiten an uns wie andere Leute Schulterklopfen. Es war normal. So war er halt.
»Was ist los, Leo?«, fragte ich wieder; da sah ich die Tränen in seinen Augen.

»Das macht alles kaputt«, sagte er leise, schüttelte meinen Arm ab, mit dem ich ihn zu beruhigen versuchte und schaffte mit zwei Schritten Distanz zwischen uns.
»Ich verstehe nicht ...«
»Ja, das weiß ich!«
Da stand er nun, mit hängenden Armen, weiß wie Schnee und so todtraurig, wie man nur sein kann. Ich hatte etwas zerstört, wurde mir klar. Etwas das weitaus größer war als eine halbherzig geführte Verlegenheitsbeziehung. Etwas von Bedeutung. Doch was, das konnte ich nicht erkennen.

Der Aufbau einer hinteren Brücke ist etwas Besonderes. Schließlich bildet sie den Arbeitsplatz des Gondoliere. Da steht er, Tag für Tag, um seine Passagiere durch enge Gassen zu manövrieren. Leo ...
Es war ein schmerzhafter Arbeitsprozess, denn ich war im Begriff etwas zu erschaffen, ohne zu wissen, ob es jemals zum Einsatz kommen würde.
Seit Violas Geburtstag war eine Woche vergangen und jeder Versuch, in dieser Zeit mit Leo in Kontakt zu treten, war gescheitert.
»Der beruhigt sich schon wieder«, versuchte Pirro mich zu trösten.
»Aber was ist sein Problem?« Ich verstand es nicht. »Und warum spricht er nicht mit mir?«
»Leo ist einsam«, lautete seine Erklärung. »Nun ist er noch ein Stück einsamer als zuvor. Er fühlt sich ausgeschlossen.«
»Aber das ist er doch nicht!«
»Ist er nicht? Überleg mal, Cece. Wie würdest du dich fühlen, an seiner Stelle?«

Okay, ich war sehr glücklich, das stimmte schon, und Leo war es nicht. Doch Leo war nie glücklich. Glück gehörte einfach nicht in sein Repertoire.
Für mich war alles neu. Es war aufregend. Viel Platz für Leo war da tatsächlich nicht. Konnte er sich nicht auch mal für uns freuen? Wir waren noch ganz am Anfang, Pirro und ich. Da war die Unterstützung eines Freundes so wichtig. Doch Leo drehte sich nur um sich selbst. Wie immer eigentlich.

7.

Irgendwann mussten wir es Francesca und Paolo beibringen. Ein Problem sah ich nicht darin. Francescas Bruder Steffano lebte schon seit Jahren mit seinem Freund Riccardo zusammen und alle in der Familie hatten die beiden gerne. Wir nannten sie die Steffardos.

»Solltest du später mal mit einem Mann wie Ricci nach Hause kommen, Cece «, hatte Francesca mir einst versichert, »dann werden wir ihn hier mit offenen Armen empfangen.« Es war natürlich als Scherz gedacht, aber sie klang voller Herzlichkeit dabei.

Trotz dieser offenen, zugewandten Art wusste ich nicht, wie ich es angehen sollte. Ich hatte einfach nicht gelernt, über mich und mein Leben zu sprechen. Dieses Problem erledigte sich jedoch kurze Zeit später ganz von selbst. Viola tat es für mich, wenngleich ihr Motiv eigentlich auf etwas anderes abzielte. Völlig überraschend tauchte sie bei uns auf.

»Ihr Cece hat mich verlassen«, platzte es aus ihr heraus, und sie klang verletzt dabei. »Hat er Ihnen das schon erzählt?«

Ihr Cece. Viola konnte so unglaublich altmodisch klingen. In diesem Moment mangelte es mir allerdings an Gelassenheit, ihr erregtes Timbre mit Humor zu nehmen.

»Nein, das hat er nicht«, antwortete Francesca irritiert. Paolos Blick drückte zutiefst enttäuschte Überraschung aus. Klar, damit war zu rechnen gewesen.

»Dann kennen Sie vermutlich auch nicht den Grund, warum er das getan hat?« Ein zögerliches Kopfschütteln war die Antwort.

»Sie kennen doch sicher Pirro Girandolo?« In ihrem Blick lag etwas Triumphales, als er den meinen streifte. »Für ihn hat er mich verlassen. Und ich denke schon, dass Sie das wissen sollten, über Ihren Sohn.«
Es folgte Stille. Ich sah zu Francesca, von ihr zu Paolo und ich versuchte in ihren Gesichtern zu lesen, aber da war nichts, was ich hätte deuten können. Nichts.
Endlich rührte sich Francesca. Sie schloss die Augen, für einen Moment nur, atmete tief ein und sah mich lange an. »Stimmt das, Cece?«, fragte sie ruhig und mit Bedacht. »Ist das so, wie sie es sagt?« Ich nickte.
Sie wandte sich wieder Viola zu. »Kannst du mit dem Begriff *Denunziantentum* was anfangen, Schätzchen?«, fragte sie in freundlichem Tonfall. »Wenn nicht, erkläre ich es dir gerne.«
Viola schwieg.
»Francesca, *bitte* ...«
»Nein, Paolo. Lass mich.« Francesca lächelte freudlos und trat einen Schritt auf Viola zu. »Ein solches Verhalten, wie du es hier gerade an den Tag legst, passiert überall auf der Welt, jeden Moment und immer wieder. Es kann Menschen wie Pirro oder Cece das Genick brechen. Ich gehe mal davon aus, dass genau das deine Absicht war?«
Viola senkte den Blick. Und dann verließ sie unser Haus, ohne ein weiteres Wort.
Menschen wie Pirro oder Cece. Nun wussten sie es also.

IV.

2012

Dem Bestatter bin ich bislang einmal begegnet. Da ging es um die Beisetzung von Pirros Großmutter, Signora Lecco. Er hat diese spezielle, mitfühlende Art. Aus Filmen kennt man das. Ein Profi reinsten Wassers. Ich bin mir ziemlich sicher, das kann er nicht mehr abstellen, ganz gleich, in welcher Situation er sich befindet.
»Was Sie da von mir verlangen … ich kann es einfach nicht tun«, erklärt er mir gerade und schaut mich dabei auf eben diese besondere Weise an. »Das ist gegen jede Vorschrift. Da bitte ich Sie um Ihr Verständnis.«
»Es kommt doch wirklich niemand zu Schaden«, gebe ich zu bedenken. Seine Antwort ist ein Seufzen, ein gedehntes. Er schüttelt mit dem Kopf, bedauernd.
»Es tut mir leid ...«
Ich sehe mich um. Der Raum ist schlicht gehalten. Fotografien an den Wänden. Himmelsmotive, Wiesen, Sonnenstrahlen, ein paar Wellen: die Elemente. Särge und Urnen befinden sich laut Türbeschriftung in einer *Ausstellung*, die sich dahinter verbirgt.
Vor uns, auf dem Tisch, steht ein Porzellangefäß, schlicht weiß, mit Schraubdeckel. Ich habe es mitgebracht.
»Öffnen Sie es«, fordere ich ihn auf. Tatsächlich kommt er meiner Bitte nach, entdeckt das Geld, verschließt das Gefäß wieder sorgfältig und lehnt sich zurück.
»Für wen halten Sie mich?«, fragt er nach einer Weile.

Er klingt nicht unfreundlich dabei. Aber ich spüre, dass ich einen Fehler gemacht habe. Ich habe ihn in seiner Ehre verletzt.
»Haben Sie eine Seebestattung in Betracht gezogen?«, fragt er mich, reservierter als zuvor.
»Ich habe mich mit jeder Bestattungsform befasst, die es gibt«, versichere ich.
Und dann versuche ich ihm auseinanderzusetzen, warum all die bestehenden Möglichkeiten für mich nicht infrage kommen können. Es gibt so viele Gründe. Nach rund zehn Minuten sitzen wir uns schweigend gegenüber.
»Geben Sie mir zwei Tage«, sagt er schließlich. »Ich werde mich bei Ihnen melden.«
Wir verabschieden uns mit Handschlag. Immerhin.

2005

1.

Sie war so gut wie fertig. Der Rumpf war neu aufgebaut und versiegelt. Beschläge zierten Bug und Heck. Die Forcole als auch das Ruder waren am Vormittag geliefert worden. Was noch fehlte, war das Beiwerk. Und der Gondoliere.
Leo musste entscheiden, welche Parecios sein Boot bekommen sollte, oder ob überhaupt. Ein paar davon hatten wir auf Lager. Delfine und Meerjungfrauen. Ich war mir allerdings sicher, er würde auf Kordeln, und damit auch auf die Halterungen verzichten wollen.
Ähnlich verhielt es sich mit dem geschnitzten Zierwerk. Es würde den Innenraum der Gondel prägen. Und auch beim Mobiliar musste noch eine Auswahl getroffen werden. Meine Arbeit war getan. Die Gondel war Canal-tauglich. Also war es an der Zeit, sie zu übergeben.

»Ich fürchte, ich werde nicht kommen können ...« Es war genau die Antwort, mit der ich gerechnet hatte.
»Leo, das ist mein Geburtstag!«
»Denkst du, ich weiß das nicht? Aber Viola hat an dem Tag ein Konzert, und ich ...«
»Jetzt komm mir nicht damit. Du und ich, wir werden die Einzigen sein. Wir feiern zu zweit. Nicht mal Francesca und Paolo werden da sein.«
»Pirro ...«
»Und Pirro auch nicht. Nur du und ich.«

»Cece, was soll das?«

»Es ist mir einfach wichtig, Leo. Es ist mein Geburtstagswunsch. Mein einziger, wenn du's genau wissen willst. Bitte sag ja.«

»Aber Viola ...«

»Viola, Viola! Viola wird versuchen, dir das auszureden. Ich weiß. Aber ich bitte dich, ein einziges Mal nicht das zu tun, was sie von dir verlangt. Es ist mir wirklich wichtig, Leo.«

Und dann dauerte es.

»Also gut, ich komme ...«

Innerlich schlug ich drei Kreuze.

Dass Viola unmittelbar nach unserer Trennung Leo für sich gefügig gemacht hatte, traf mich damals bis ins Mark. Von außen betrachtet bildeten sie das perfekte Paar. Leonardo, aufrecht, elegisch, mit diesem stets entrückten Blick, seinem feinen, ironischen Schwung um die Mundwinkel – Melancholie pur. Und daneben, Viola: grünäugig, Haut wie Seide, neunzig-sechzig-neunzig, Kastanienhaar und – ein Lächeln zum Dahinschmelzen. Jetzt hatte sie ihren Gondoliere. Ihre Rache.

»Warum lässt du das mit dir machen?«, hatte ich seinerzeit von ihm wissen wollen. Ich verstand es einfach nicht.

»Du meinst, ich wäre von ihr noch nicht mal gefragt worden?« Er betrachtete mich mit spöttischem Blick. »Und selbst wenn: Hast du ein Problem damit?« Das Lächeln, das er mir zuwarf, hatte wenig Vertrautes.

»*Ob ich* ... Ja, natürlich hab ich ein Problem damit. Mann, merkst du denn nicht, dass sie dich nur benutzt?«

»Na, wer hat hier wohl wen benutzt?«

»Es geht jetzt nicht darum, Leo«, versuchte ich dem zu entkommen. »Ich befürchte einfach, sie ist bloß mit dir zusammen, um sich an mir zu rächen, verstehst du?«
»Du meinst, es kann gar nicht sein, dass man aus anderen Gründen mit mir zusammen sein will? Hältst du mich tatsächlich für so unattraktiv, Cece?«
Es war zum Verrücktwerden.

Nun, er würde also kommen ... Hoffentlich!

Er tat es.
Um sechzehn Uhr stand er vor mir, etwas verloren, ziemlich verlegen, ein kleines, hübsch verpacktes Päckchen in der Hand, das er mir entgegen streckte. Er schien froh, diesen Ballast endlich loszuwerden. Seine großen Augen betrachteten mich abwartend. Patience-Karten!
»Für schwierige Zeiten, dachte ich mir. Es sind besondere.« Er wies auf den Deckel. »Die Rückseite ist mit venezianischen Renaissance-Motiven bedruckt. Das ist selten, weißt du.«
Es berührte mich. Zum einen, weil er sich für ein wirklich sehr persönliches Geschenk entschieden hatte, zum anderen, weil er so völlig hilflos und betreten dastand. Mein Freund Leo eben. Ich zügelte den Wunsch, ihn in den Arm zu nehmen.
»Hoffentlich hast du keine zu großen Probleme bekommen«, sagte ich stattdessen. Da lachte er zum ersten Mal.
»Heikel war es schon«, gab er zu. »Ich verpasse jetzt Wagners Wesendonck-Lieder. Viola spielt die erste Geige.«

»Natürlich tut sie das.« Ich konnte es mir nicht verkneifen. Gott sei Dank lächelte er darüber.
»Das ist eines ihrer Talente, in der Tat«, gab er zu. Na also, ging doch.
»Wie geht es euch?«, fragte ich.
»Gut. Eigentlich gut. Meine Eltern mögen sie sehr. Das passt ...«
»Deine Eltern ... Ja, dann ...« Klar, das war ein Fehler, aber diese Selbstverleugnung reizte mich auch.
»Cece, ich denke nicht, dass du dir da ...«
»Tut mir leid, Leo. Entschuldige«, bog ich es gerade. »Caffè?«
Da war es wieder, ein Lächeln, ein erleichtertes.
»Sehr gerne«, antwortete er.
Und so tranken wir erst einmal Caffè.

Ich würde Leo seine Gondel übergeben. Das war aufregend. Denn ich wusste nicht, ob er das akzeptieren konnte oder nicht. Ich musste es nur richtig anstellen.
»Da ist etwas, dass ich dir zeigen möchte ...«, fing ich es an. Leo hatte Unmengen an Espresso intus, das war immer so. Leo liebte Caffè. Und er schätzte Kuchen. Francesca hatte für mich gebacken. Eine Torte. Seit meiner Kindheit gab es Torta di Mandorle, wenn jemand in der Familie Geburtstag hatte. Und auch die liebte Leo, das wusste ich von all den Jahren zuvor.
Nun also folgte er mir zum Anleger. Da war sie. Schlicht, doch wunderschön, wie ich fand. Ohne jeden Zierrat, einfach nur – Gondel.
»Wie findest du sie?«, fragte ich ihn.

Er betrachtete sie ruhig, mit geübtem Auge. Ihm gefiel, was er sah. Das konnte ich erkennen.
»Sie ist sehr schön. So pur. Von dir?« Ich nickte. »Sie ist mein Geschenk.« Seine Stirn zog sich zusammen. Verwundert schaute er zu mir.
»Was willst *du* mit einer Gondel?«, fragte er irritiert. Ich lächelte. Klar, Geburtstag!
»Sie ist nicht für mich, Leo. Es ist deine ...« Und als sein Blick nichts als Verständnislosigkeit ausdrückte, fügte ich hinzu: »Es ist die, auf der du im letzten Sommer gefahren bist, erinnerst du dich? Das alte, wurmstichige Boot? Ich habe sie ausgebaut ... für dich.« Da begriff er. Und wandte sich ab, von mir.

Ich wusste, es würde nicht leicht werden.
»Ich habe die ganzen Monate daran gearbeitet«, erklärte ich eindringlich. »Damit du dein eigenes Boot hast. Eines, das zu dir passt.«
»Ich ... ich werde das nicht annehmen, Cece.«
»Du musst, denn mir gehört sie nun nicht mehr. Es ist deine, Leo. Sie gehört von jetzt an dir!«
»Was ... soll das hier, Cece?«
»Was das soll?« Ich verstand die Frage nicht. Zumindest nicht sofort. Doch dann begriff ich.
»Du willst es vielleicht nicht glauben, Leo ...«, begann ich, »aber du bist mein Freund. Mein bester Freund. Eigentlich bist du mein einziger ... ja, weißt du das denn nicht?« Leos Blick wich mir aus.
»Es war immer ... wirklich immer mein Wunsch gewesen, dir deine eigene Gondel zu bauen. Das hat nichts mit all

dem zu tun, was in der letzten Zeit zwischen uns passiert ist, verstehst du? Nichts!« Ich trat einen Schritt auf das Boot zu.
»Sieh mal hier«, sagte ich. »Ich habe bei den Beschlägen extra sauber gearbeitet, weil ich vermute ... nein, weil ich *weiß,* dass deine Gondel ohne Parecio, Plüsch und Schnitzereien auskommen muss.« Ich strich über das blanke Metall, das schützend die Kanten säumte. »Da lenkt nichts ab. Nichts! Sie ist klar wie Wasser. Und für den Pontapiè habe ich die schönste Eiche verarbeitet, die ich finden konnte, weil ich weiß, dass *du* darauf stehen wirst, verstehst du? Er ist so schön geworden, dass ich farblosen Lack verwendet habe, keinen schwarzen ... gegen die Regel!«
»Er ist wunderschön ...«, sagte Leo kaum hörbar.
»Nicht wahr? Und sieh dir Forcole an. Walnuss!« Einen Moment verharrte ich, schließlich zog ich das Ruder aus der Gondel, trat einen Schritt auf ihn zu und streckte es ihm entgegen. »Du musst sie nehmen, Leo. Anders geht es nicht! Sie gehört jetzt zu dir.«
Leo sagte nichts. Das war aber auch gar nicht nötig. Denn nach einem Moment des Nachdenkens griff er das Ruder.

»Korbstühle!«, sagte Leo später. »Schlichte Korbstühle! Genau wie am ersten Tag.« Es war wunderbar, seine Freude zu sehen, diese innere Unruhe zu spüren. Immer wieder wanderte sein Blick zu der Gondel, und er strahlte, wenn er wieder zu mir schwenkte. Ein seltener Anblick.
»Sie ist wirklich ... vollkommen, Cece. Ich weiß nicht ...« Er beließ es dabei.

»Du wirst nicht so viel Kundschaft finden«, gab ich zu bedenken. »Die meisten wollen die prächtigen Boote.«
»Und ich will nicht die meisten«, versicherte er glücklich. »Diejenigen, die sich für genau diese Gondel entscheiden, sind vermutlich genau diejenigen, bei denen es mir nichts ausmachen wird, sie zu fahren.«
So ähnlich hatte ich es mir gedacht. Einen Moment schwiegen wir, jeder seinen Gedanken nachgehend, dann fragte er: »Könnt ihr euch das überhaupt leisten? Ich meine ... eine Gondel! Der Wert liegt sicher bei ...«
Ich hatte gewusst, dass diese Frage kommen würde. »Ich habe ausschließlich Resthölzer verwendet. Außer beim Pontapiè natürlich. Und die paar Beschläge ... außerdem ist alles mit Paolo abgesprochen. Er fand es eine gute Idee.« So ganz stimmte das nicht. Eigentlich stimmte es überhaupt nicht, das würde ich Leo jedoch nicht auf die Nase binden. Es hatte mich einiges an Überredungskunst gekostet, sie einfach so weggeben zu dürfen.
»Das ist Wahnsinn, Cesare«, hatte Paolo gesagt und sich dabei vor die Stirn geschlagen. »Allein die Arbeitsstunden. Wie soll das gehen?«
»Ich zahle dir, was du bekommst!«
»Und wovon will der Signore das bitte bezahlen?«
»Nun, irgendwann verdiene ich ja auch mal Geld, oder nicht?«
»Ja, und bis dahin?«
»Mein Gott, wo ist das Problem?«
»Das Problem ist, dass wir uns das nicht leisten können, Cesare!« Und da kam Francesca ins Spiel.

»Bleib fair, Paolo«, sagte sie bestimmt. »Natürlich können wir es uns leisten. Das alte Boot hat dich nichts gekostet. Da liegt nicht das Problem. Und wenn Cece sagt, dass er dir das Material zurückzahlt, dann wird er das auch tun. Das weißt du.«
»Sicher, das weiß ich«, gab er zu. »Aber die Perluccis haben Geld wie Heu. Warum soll sich mein Junge für einen anderen verschulden, der es gewohnt ist, mit einer Riva kutschiert zu werden? Erkläre mir das bitte.«
»Das kannst du so nicht sehen«, wandte ich ein. Ich verstand ja, was er meinte, aber er begriff nicht, wie es bei den Perluccis zuging. »Leos Vater würde niemals für *diese* Gondel zahlen«, erklärte ich ihm. »Viel zu schmucklos. Er erkennt ihre Schönheit nicht. Der denkt ans Geschäft, nicht daran, wie es Leo damit geht.«
»Ja und? Was ist so verkehrt daran?«
»Leo wird damit nicht glücklich. Mit meiner Gondel kann er jedoch was anfangen. Da bin ich sicher. Das weiß ich. Sie passt zu ihm. Ich habe sie für ihn gebaut. Nur für ihn. Nicht für die Perluccis.«
Einen Moment sagte niemand etwas. Aber ich sah, dass meine Worte Paolo erreicht hatten. Also fügte ich noch hinzu: »Leo ist ein Gondoliere, das weiß ich. Ich hab das gesehen. Er ist eben anders als die anderen. Darum muss auch sein Boot ein anderes sein. Eines, das zu ihm passt. Und das tut es. Außerdem ist Leo mein Freund. Also?«
Damit war eigentlich alles gesagt. Und ich plötzlich hoch verschuldet. Es machte mir nichts aus. Denn es war richtig so.

»Und?«, fragte ich, »wollen wir sie ausprobieren?« Leo wollte.
»Cesare Selva ist mein erster Fahrgast!« Er machte eine einladende Handbewegung und half mir an Bord, so wie man das üblicherweise tat, wenn sich Touristen für eine Fahrt entschieden hatten. Ich nahm auf einem Liegestuhl Platz, den wir zuvor in der Mitte des Bootes aufgestellt hatten.
Leo bewegte sich sicher und gelassen. Da er nicht die richtigen Schuhe dabei hatte, gab ich ihm Sneakers von mir. Mit ruhigen, vorausschauenden Bewegungen steuerte er uns auf den Canal hinaus. Es machte ihm Freude, das sah ich. Es erfüllte ihn aber auch mit Ehrfurcht. Seine erste Fahrt in seinem eigenen Boot. Er war aufgeregt. Und mich machte es stolz.
Es war nicht nur seine erste Gondel. Es war auch die meine. Das war etwas, das uns verband. Ein großer Moment.

2.

»Und, wie war es so?« Ich befand mich auf dem Lido, bei Pirro. Zum Draußenschlafen war es zu kalt, also verbrachten wir die Nächte bei ihm, im Souterrain. Es war der 15. April, ein Tag nach meinem Geburtstag.
»Er hat's angenommen.«
Pirro freute das. Er sagte nichts dazu, aber ich konnte es ihm ansehen. Er war gerade dabei, ein paar seiner undefinierbaren T-Shirts zum Trocknen aufzuhängen. Grüngraubeige, das war seine Farbe.
»Lust, auszugehen?«, fragte ich. »Komm, ich lad dich ein.«
»Du hast gerade eine Gondel verschenkt, du Heiliger, meinst du denn, du kannst dir das noch leisten?«
»Solange du dich auf Pizza und Bier beschränkst, sehe ich da keine Gefahr.«
Eigentlich ging es mir vor allem darum, aus diesem Kellerloch zu kommen. Ich konnte Pirros Fluchttendenzen zur Luft gut verstehen, wenngleich es dafür ja andere Gründe gab.
Zudem hatte er nie damit angefangen, etwas aus seinem Zimmer zu machen. Eine fleckige Matratze, ein Stuhl, eine Kleiderstange – das war sein Inventar. Selbst von der Decke hing nur eine einfache Glühbirne. Die allerdings leuchtete türkis. Es war – trostlos, irgendwie.
»Warum soll ich mir was anschaffen, das ich durch die Gegend schleppen muss, wenn es mich woanders hinzieht?«, lautete seine Antwort auf meine Frage, ob er daran nicht mal etwas ändern wolle.

Das einzig Persönliche waren eine Unmenge von Fotos an den Wänden, die er mit meiner Kamera geschossen hatte. Gewürze, Kräuter, aber auch Pflanzen und Früchte waren darauf abgebildet. Und von Woche zu Woche wurden es mehr. Irgendwie passte es in seine Philosophie. Selbst wenn er Hunderte dieser Bilder an die Wand heften würde, sie alle fänden in einer kleinen Schachtel Platz.

»Wir haben seit Neuestem fertige Gewürzmischungen im Programm«, erzählte er mir später. Wir saßen an der Granviale, aßen Calzone und tranken Perroni.

»Jetzt frag ich dich, was soll das? Bislang haben wir die selbst angemischt. Das war die Spezialität des Hauses.« Er klang besorgt. Und ich wusste auch, was er meint. Er fürchtete um seinen Arbeitsplatz. Das konnte ich gut verstehen.

»Irgendwelche *Meisterköche* überschwemmen auf einmal den Markt mit ihren sogenannten *Créationen*. Dabei ist da auch nichts anderes drin als das, was wir in unsere Päckchen packen. Und wir sind frischer!« Er trank einen Schluck. Nach einer Weile grinste er über sein Glas hinweg. »Ich bin mir ziemlich sicher«, sagte er leise, »ein Filippe Berretti, Luca Lauro oder Angelo Licello sind nicht in der Lage, ihren Freund am Geschmack zu erkennen, so wie du es kannst.«

Tatsächlich hatte ich mittlerweile eine gewisse Fertigkeit darin entwickelt, herauszufinden, in was Pirro gebissen hatte, vor unserem Liebesspiel. Eine sehr sinnliche Form von Warenkunde. Ich stieß mit meinem Glas an das seine.

»Auf den Kardamom!«, sagte ich.

»Auf den Kardamom!«

Als wir zwei Stunden später auf seiner Matratze lagen, satt und glücklich, kam Pirro auf Viola zu sprechen.

»Mit deinem Geschenk an Leo hast du ihr den Dolchstoß versetzt, mio Carissimo«, sagte er, »ist dir das überhaupt klar?«

Stimmt. All ihr Bestreben, mir zu schaden, war mit dieser Gondel ausgehebelt. Ich erinnerte mich noch gut, wie abwertend sie damals meiner Arbeit gegenüber gestanden hatte. Wie schwer musste es ihr jetzt fallen, Leos Freude über seine Gondel zu ertragen.

»Das ist ein Knochen, an dem sie lange kauen wird«, stellte ich befriedigt fest.

»War sie wirklich so schlimm?«

»Nein, war sie eigentlich überhaupt nicht.«

»Aber?«

»Der Auftritt bei meinen Eltern war übel. Und das, was sie mit Leo durchzieht ...«

»Schön ist das nicht«, stimmte er mir zu.

»Ganz sicher nicht.«

»Ich würd ihn gern mal wiedersehen, unseren Leo.«

»Ich glaube, er dich auch.«

»Mal wieder zu dritt rausfahren ...«

Eine Zeit lang lagen wir nur so da, ich mit meinem Kopf auf seinem Bauch, er seine Finger in meinem Haar, und wir starrten diese nervige Glühbirne an, die den Raum in fahles Licht tauchte.

»Vielleicht wäre es mal an der Zeit, sich zu viert zu treffen«, schlug er vor.

»Das ist jetzt nicht dein Ernst?«

»Wieso nicht? Großes Versöhnungskuscheln.« Er grinste. »Das wär was.« Er zog aus Spaß ein bisschen an meinen Locken. »Es kann natürlich auch echt gruselig werden.«
»Würde es!«, war ich mir sicher.
»Einen Versuch wär's wert, finde ich.«
»Da überschätzt du Viola, Pirro.« Seine Antwort war ein vielsagendes Grinsen.

»Cesare, ich würde gern mal mit dir sprechen.« Ich war gerade dabei Lärchenholz für den Boden einer neuen Gondel auszuwählen. Sie war am Abend zuvor gewendet worden. Der zweite Bauabschnitt konnte beginnen.
»Klar, was gibt's?«
Paolo reichte mir einen Becher Tee. »Lass uns nach draußen setzen, ja?« Also machten wir das. Es war bewölkt, doch nicht kalt. Ich mochte diese Zeit. Der klamme Winter lag hinter uns. Die Gerüche veränderten sich, die Farben ...
»Du bist ja recht häufig bei Pirro«, begann er unbeholfen.
»Ja?«
»Na, du weißt ja, wie ich dazu stehe.« Nun, eigentlich wusste ich es nicht. Paolo war kein Mann großer Worte. »Ja, wie denn?«, fragte ich daher gespannt.
»Ich habe damit kein Problem«, überraschte er mich. »Deine Onkel haben mir beigebracht, dass da nichts ist, wofür man sich schämen muss. Für nichts. Am Anfang war das nicht so. Ich musste es erst lernen.« Nun lächelte er etwas verschämt. »Jetzt weiß ich es besser.« Ich schwieg, saß einfach da und hörte ihm zu.
»Aber ich mache mir Sorgen um dich.« Er trank einen Schluck Tee, ließ sich Zeit damit.

»Wird das jetzt so ein Vater-Sohn-Gespräch?«, fragte ich etwas beunruhigt.
»Ich denke – ja!«
»Worüber machst du dir Sorgen?«
»Dass andere dir das Leben schwer machen könnten. Weißt du, mein Junge, nicht alle stehen diesem Thema so offen gegenüber wie deine Mutter und ich.« Da hatte er recht. Und ich verstand auch seine Sorge. Nur, was erwartete er jetzt?
»Pirro ist ein netter Kerl«, fuhr er fort. »Etwas eigenartig, aber nett. Deine Mutter hält große Stücke auf ihn. Etwas sorglos ist er, aber nett ... wirklich.«
»Was willst du mir sagen?«, fragte ich direkt.
»Es geht um die Gondel, Cesare. Um die Gondel, die du für Leonardo gebaut hast.« Nun verstand ich überhaupt nichts mehr.
»Was ist mit ihr?«
»Er wird sie dir zurückbringen!« Da war es raus. Und es war ihm unglaublich schwergefallen, mir das zu sagen. Das konnte ich ihm ansehen.
»Sein Vater möchte nicht, dass er die Gondel von dir annimmt«, sprach er weiter.
»Ich habe sie nicht seinem Vater geschenkt, sondern Leo«, sagte ich fassungslos.
»Das interessiert ihn aber nicht.«
»Findet er, dass das Geschenk zu groß ist?«
»Das ist es ... glaube ich nicht.«
»Ja, was ist es dann?«

»Wie ich schon sagte«, er sah hilflos himmelwärts, »es gibt Menschen, die dir das Leben schwer machen können«, er lächelte traurig, »weil du eben so bist, wie du bist!«

Ich wollte, dass Perlucci es mir ins Gesicht sagt. Es war für mich unfassbar. So, als ob jemand behauptet, ich mag dich nicht, weil du braune Augen hast. Du bist mir unangenehm, weil mir dein Name nicht gefällt, weil du einsachtundsiebzig groß bist, weil du*, du bist!*
Viola! Ich war mir sicher, dass sie dahintersteckte. Und ich regte mich auch über Leo auf. Verdammt, Leo! Einmal musste es doch auch ihm möglich sein, für etwas einzustehen, zu sagen: Stopp, bis hierhin und nicht weiter. Doch Leo kniff – mal wieder!
Ich würde all meinen Mut zusammennehmen müssen. Francesco Perlucci war nicht gerade der Typ, dem man sagte, wo es lang ging; eher umgekehrt. Aber ich wusste, dass ich mich nicht so verletzen lassen durfte. Instinktiv. Und darum musste ich mich dem stellen.

»Ah, Cesare ...«
Riccarda Perlucci war am Telefonieren, als sie mir die Tür öffnete. Sie winkte mich herein, wies mir mit wedelnder Hand einen Stuhl zu, auf den ich mich wohl zu setzen hatte, und fuhr mit ihrem Palaver fort.
Mein letzter Besuch lag eine ganze Weile zurück. Der *Schwarm* aus der Galerie hing im Entree, gekonnt ausgeleuchtet. Das Bild passte großartig zu einem seidig schimmernden, blaugrundigen Teppich. Es duftete zart nach Parfum. Alles wie immer. Offensichtlich waren wir allein.

Genau das bestätigte sie mir, als sie das Gespräch beendet hatte.

»Leonardo ist nicht da, Cesare. Das ist er nie um diese Zeit.« Sie tippte auf das Ziffernblatt ihrer Armbanduhr. »Da hast du dich wohl umsonst herbemüht.«

»Ich möchte mit Ihrem Mann sprechen«, sagte ich betreten. »Können Sie mir vielleicht sagen, wo ich ihn um diese Zeit finden kann?«

»Das ist leicht«, sie lachte humorlos. »Auf einem der Kanäle. Wo sonst sollte man einen Gondoliere wohl antreffen?« Und dann fragte sie: »Worum geht es denn?«

»Es geht darum, dass Leo ... dass Leonardo meine Gondel nicht behalten darf, die ich für ihn gebaut habe«, sagte ich leise. »Ich möchte, dass Ihr Mann, oder meinetwegen auch Sie mir erklären, was Sie an meiner Gondel stört. Sie ist handwerklich völlig in Ordnung, und ich ...«

»Halt, halt, *halt!*«, unterbrach sie mich. »Stopp, Cece!« Sie setzte ihre Brille von der Stirn auf die Nase, wohl um mich genauer betrachten zu können. »*Wer* sagt hier was davon, dass Leonardo deine Gondel nicht behalten darf?« Sie schien ehrlich erstaunt.

»Mein Vater hat mir erzählt, dass Ihr Mann nicht möchte, dass Leo die Gondel behält. Wissen Sie denn überhaupt, um welche Gondel es geht?«

»Ja, ja, natürlich weiß ich das«, wiegelte sie ab, »aber was bitte sollte Francesco denn gegen deine Gondel haben? Sie ist, wie soll ich's sagen? Sie ist ganz außergewöhnlich – *gelungen*.«

»Danke. Doch Tatsache ist ...«

»Ja?«

»Er will nicht, dass Leo sie behält.«
»Nun, warum denn nicht?«
»Weil ich ...«
»Weil – du?«
»Weil ich ...«
»Ja?«
»Weil ich ... wie ich ...«
»Weil du schwul bist, Cesare? Ist es das, was du mir sagen willst, mit diesem Gestammel?« Sie lachte hell auf. »Oh, dio mio, dieser Kretin!« Und dann bot sie mir etwas zu trinken an.

Riccarda Perlucci betrachtete den Lack ihrer Fingernägel, während sie mit mir sprach. Ich saß vor einem Glas Diät-Cola, in ein gewaltiges, unglaublich weiches Sofa versunken, sehnte mich nach einem Wasser und hörte ihr zu.
»... über die Hälfte der Bilder hier könnte ich abhängen, wenn das ein Entscheidungskriterium wäre. Oper? Theater? Ballett? Gestrichen! Wahrscheinlich müssten wir sogar dieses Haus abreißen lassen, wer weiß das schon?« Sie schlug die Beine übereinander, lehnte sich zurück und betrachtete mich aufmerksam.
»Cesare, Francesco weiß es einfach nicht besser, und glaub mir ... Verstand lässt sich leider nicht erzwingen!« Sie verdrehte die Augen und seufzte.
»Was ist mit der Gondel?«, fragte ich. Darum ging es schließlich auch noch.
»Darum musst du dir keine Sorgen machen, ich kläre das mit Francesco. ... Du magst keine Cola?« Ich schüttelte den Kopf.

»Warum ihr *nie* den Mund aufmacht ...«
»Wissen Sie«, setzte ich an, beließ es dann aber doch dabei.
»Ja, Cesare?«
»Eigentlich habe ich immer gedacht, dass Sie mich nicht mögen.« Ich lächelte etwas unbeholfen. Sie nahm ihr Glas, sah mich eine Weile an und trank einen Schluck.
»Wer sagt, dass ich das tue?«, fragte sie in mein verblüfftes Gesicht. »Das eine hat mit dem anderen nichts zu tun, Cece.«
Fünf Minuten später stand ich auf der Straße. Und hatte Durst.

3.

Sie gingen aufeinander zu. Umarmten sich. Lange. Ich war erleichtert. Nun waren wir wieder zu dritt. Vereint ... So war es richtig.

Wir trafen uns auf dem Lido. Die Saison hatte gerade begonnen, daher war der Strand noch frei von Touristen. Leo überreichte mir einen Umschlag.

»Das Geld für die Stühle!«, sagte er. Sein Lächeln gefiel mir. »Sie sind perfekt, Cece!« Ich hatte vier bequeme Holzsessel mit Strohgeflecht besorgt, diese mit Halterungen versehen und so in seiner Gondel verankert, dass sie einen sicheren Stand hatten. Wir saßen im Sand und beobachteten Pirro dabei, wie er am Wassersaum seine drei Angeln überprüfte und nach kleinen Muscheln und Steinen Ausschau hielt.

»Er ist gewachsen«, sagte Leo. Ich musste lachen. »Wie bist du denn drauf? Das klingt wie meine Großmutter.«

»Ich meine ... wir haben uns so lange nicht gesehen, dass mir das auffällt.«

»Es liegt aber auch daran, dass du abends meist arbeitest.«

»Stimmt.«

»Wie ist das eigentlich mit deinem Vater und der Gondel ausgegangen?« Nun war es Leo, der lachen musste.

»Das hätte dir gefallen. Riccarda hatte ihren Auftritt.« Er äffte er seine Mutter nach: *»Wenn du schon ein Problem mit Cesare hast, dann sag mir jetzt mal bitte: Welche Gondel sieht wohl schwuler aus? Deine oder die von Leonardo?«*

Das war grandios. Ich brach in schallendes Gelächter aus. Kaum eine Gondel auf Venedigs Canälen war derart reich verziert, gold-gesäumt, plüsch-bestückt und troddelbehangen, wie die von Francesco Perlucci. Paolo hatte seinerzeit alles gegeben, um jeden noch so ausgefallenen Wunsch von Leos Vater zu berücksichtigen.

»Und dein Vater?«

»Na, er war todbeleidigt. Jedenfalls ist das Thema durch. Ich darf sie behalten.«

»Warum hast du eigentlich nicht darauf bestanden?« Ich wusste, es war heikel, doch ich wollte es wissen.

»Habe ich ja!«, versicherte er. »Aber leg dich mal mit meinem Vater an.« Das konnte ich mir allerdings vorstellen. Gerade im Bezug auf Gondeln.

»Es tut mir leid, dass du mitbekommen hast, wie mein Vater so tickt.« Seine dunklen Augen hafteten an Pirro, der scheinbar einen Fang zu vermelden hatte. Er winkte uns wild zu. »Ich hasse ihn dafür«, sagte er leise.

»Und ich hasse ihn, weil er dich nicht dein Leben leben lässt«, rutschte es mir raus. Da schaute er zu mir und ließ ein Lächeln über sein Gesicht huschen.

»Daran hast du 'ne Menge geändert, Cece, weißt du das eigentlich?« Ja, das sah ich ihm an. Er war entspannter, mehr bei sich als früher.

»Es ist nur ein Boot«, sagte ich.

»Das ist es nicht, und das weißt du auch.«

»Es gibt Fisch!«, verkündete Pirro fröhlich, während er mit einem Eimer auf uns zu stapfte. »Sie haben gut gebissen.« Er strahlte übers ganze Gesicht. »Also, lasst uns Feuer machen.«

Es war wirklich ein bisschen wie früher. Wieder zu dritt. Und es gab Fisch!

V.

2012

»Konntest du den Bestatter überzeugen?« Paolo sitzt vor der Werft, seine Pfeife zwischen den Zähnen, einen Strohhut auf dem Kopf. Ich setze mich neben ihn, ein Glas Rotwein in der einen, die Flasche in der anderen Hand und schenke ihm nach.

»Ich weiß es nicht«, sage ich müde, »ich fürchte, ich habe ihn beleidigt.«

»Beleidigt? Du?« Er trinkt einen Schluck. »Wie willst du das angestellt haben?«

»Ich habe versucht, ihn zu bestechen.« Paolo lacht.

»Dann hast du ihn nicht beleidigt, du hast ihn in Verlegenheit gebracht. Da ist ein Unterschied.«

»Glaubst du? Aber es hilft mir nicht weiter.«

»Hat er um Bedenkzeit gebeten?«

»Hat er!«

»Dann wird er dein Angebot annehmen.« Er lehnt sich zurück, streckt genüsslich die Beine aus und pafft kleine Rauchwölkchen in die Dämmerung.

»Du baust gerade an einer Sanpierota?«, wechselt er das Thema.

»Padini hat sie in Auftrag gegeben.«

»Schönes Boot ... gute Arbeit.«

Ich nicke. Tatsächlich ist sie auch mein Lieblings-Bootstyp. Dass man sie sowohl rudern als auch segeln kann, macht sie vielseitig. Doch vor allem gefällt mir ihre Eleganz. Ich habe selbst eine, mit der ich in meiner freien Zeit gerne mal

rausfahre, den Wind arbeiten lasse. Dieses flappende Geräusch vom Segeltuch – ich liebe es.
»Wie kommst du darauf, dass er es annehmen wird?«, schwenke ich zurück.
»Hm?«
»Der Bestatter! Wie kommst du darauf, dass er mein Angebot annehmen wird?«
»Hättest du ihn tatsächlich beleidigt, Cesare, hätte er dir dein Geld vor die Füße geworfen. Das hat er aber nicht getan.« Er schiebt sich den Hut etwas tiefer in die Stirn, sodass er von der Abendsonne nicht geblendet wird. »Er hat jedoch um Bedenkzeit gebeten, das heißt: Er will sein Gesicht nicht verlieren. Hast du ihm das Geld dagelassen?«
»Das habe ich.«
»Ausgezeichnet! Er wird es nicht mehr erwähnen. Und wenn ich dir einen Rat geben darf, sprich du es auch nicht wieder an. Er wird dir sicher mitteilen, dass er einen Weg gefunden hat, deiner Bitte nachzukommen.« Er stößt mit seinem Glas an das meinige. »Gut gemacht, Cece!«, sagt er launig. Ein eigenartiges Lob.
»Findest du wirklich?«
»In diesem speziellen Fall, ja.« Einen Moment schweigen wir. Wir sitzen nur so da, trinken Wein. Schauen der Dämmerung beim Dämmern zu.
»Ich bin so traurig«, sage ich leise.
»Ich weiß, mein Junge.«
Seine Hand sucht die meine, drückt sie leicht. Und ich die seine.

2007

1.

Ich schätzte Marco Marianelli. Ein nach vorn gebeugter Mittsiebziger, in dessen grauem Vollbart sich an diesem Tag etwas geraspelte Möhre verfangen hatte.
»Grüß dich, Cece. Ist er hinten?«
Ich nickte. »Er erwartet Sie schon.« Marianelli war nicht irgendwer. Er war Besitzer des Gewürzkontors, und damit Pirros Vorgesetzter. Er war aber auch sein Freund und Mentor.
Im Laufe der letzten Monate hatte sich eine ganz erstaunliche Beziehung zwischen dem alten Mann und seinem ungelernten Packer entwickelt, eine, die sich aus der Leidenschaft für die Sache und gegenseitigem Respekt zusammensetzte. Schon längst war Pirro nicht mehr nur für das Abwiegen und Eintüten der Gewürze zuständig.
An diesem speziellen Tag besuchte uns Marianelli, um mit ihm die Fotos für den neuen Katalog durchzugehen. Die Verantwortung dafür oblag jetzt Pirro. So wie er mittlerweile auch Angebote internationaler Lieferanten verglich. Doch vor allem war er für Qualitätsprüfung und Sicherheit zuständig.
»Diesen Anis können wir so nicht verkaufen!«, hatte er eines Tages zu Marianelli gesagt und ihm eine halbgefüllte Apothekerschaufel unter die Nase gehalten.
»Was soll damit nicht in Ordnung sein? Er duftet, wie er soll.«
»Er riecht nicht gesund ... wirklich!«

Eine chemische Analyse bestätigte dann tatsächlich eine Pestizidbelastung, die über den zugelassenen Grenzwerten lag. Nur, riechen konnte man dies eigentlich nicht.

Seit rund vier Monaten bewohnten Pirro und ich eine eigene Wohnung in Santa Croce. Zwei Zimmer, ein Bad und eine Wohnküche mit Blick auf einen kleinen Hinterhof – wir hatten es richtig gut. Es war schon eigenartig. Ich verließ nach meiner Arbeit mein altes Zuhause, um mich in etwas völlig neues zu begeben, das denselben Namen trug. Irgendwie war es aufregend. Eigene Töpfe, eigenes Geschirr. Möbel, die man selbst ausgesucht hat. Ein Mensch, auf den das ebenfalls zutraf. Teil des Erwachsenwerdens. Ich liebte es.
Wir genossen die Zeit miteinander. Dieses Freie, Unbeobachtete. Jeder von uns bewohnte ein Zimmer und Pirro konnte auf dem Flachdach des Hauses seine Nächte verbringen, wann ihm danach war. Das Badezimmer hatte er zu einem kleinen Studio ausgebaut.
Die alte Kamera, die ich ihm vermacht hatte, war inzwischen einer schicken Nikon gewichen. Über einem Leuchttisch angebracht, ermöglichte sie es ihm, die unzähligen Gewürze des Kontors optimal ins Bild zu setzen. Pirro war glücklich! Es tat ihm gut, vor Herausforderungen zu stehen. Er bemühte sich, neue Ideen zu entwickeln, die das Geschäft voranbrachten. Der Katalog, an dem er arbeitete, war eine solche.
Neben hochwertigen Aufnahmen würde jedes Gewürz einen Steckbrief erhalten, der über Herkunft, Pflanze und

Einsatzmöglichkeiten informierte. Es war eine Zeit des Aufbruchs. Und eine Zeit der Veränderungen.

»Ich komme gerade von meiner Nonna«, erfuhr ich von Pirro. »Sie wird sterben.«
»Woher willst du das wissen?«, fragte ich zweifelnd. »Vielleicht erholt sie sich wieder.«
»Sie hat aufgehört zu essen ... Außerdem hat sie keine Freude mehr am Leben. Es tut ihr zu viel weh«, erklärte er verloren. »Und sie sieht auch nicht mehr richtig. Mit der Stickerei ist es vorbei.«
»Wir sollten sie besuchen«, schlug ich vor.
»Ich besuche meine Familie sowieso dreimal die Woche.« Mit dieser Aussage überraschte er mich nun komplett.
»Immer montags, mittwochs und freitags mache ich das. Seit ich ausgezogen bin. Ich helfe ein bisschen.«
»Aber du hast nie was davon erzählt.« Ich konnte es nicht fassen. »Ich hätte doch auch mal mitkommen können.«
»Deswegen sage ich es dir ja jetzt. Nonna möchte uns beide sehen.«
»Sie *weiß* von uns?« nun wechselte mein Erstaunen in Fassungslosigkeit.
»Ja klar. Meine Nonna weiß alles von mir. Und ich alles von ihr.« Er lächelte traurig. »Das war schon immer so.«
»Und was sagt sie zu ... *uns?*«
»Sie freut sich. Sie hat mir erzählt, wie das zu ihrer Zeit war, als sie jung war, im Faschismus, und wie erleichtert sie ist, dass das heute alles so möglich ist.«
»So was erzählt sie?«
»Sie erzählt sehr viel.«

»Und sie möchte *mich* sehen?« Das wollte einfach nicht in meinen Schädel.
»Sie hat dich immer sehr gemocht«, versicherte Pirro mir. »Ihre Kekse hat sie wirklich nicht jedem angeboten.«

Die Küche hatte sich verändert. Der Fernseher lief nicht. Und das Klappsofa war einem richtigen Bett gewichen. Darin lag Signora Lecco. Für mich war es wichtig, das zu wissen, denn ich hätte sie wohl niemals wiedererkannt.
Ihre Gesichtsfarbe war unfassbar fahl, beinahe schon wächsern, so als ob jeder Tropfen Blut aus ihrem Körper entwichen sei. Es roch eigenartig. Und anders als bei Leos Blässe sah man in diesem Fall, dass hier das Leben dabei war, sich zu verflüchtigen.

Pirro trat an das Bett seiner Großmutter, griff vorsichtig ihre Hand und streichelte sie sanft. Es lag so viel Hingabe und Obacht in dieser kleinen Geste, dass ich begriff, welch enge Bande die beiden miteinander teilten.
Nach einer Weile öffneten sich die Augen der alten Frau und ein ruhiges Lächeln zauberte sich auf ihr Gesicht. Pirro schaute zu mir und gab mir mit einer Kopfbewegung zu verstehen, näher an das Bett zu treten. Es war ein friedlicher, ein beruhigender Anblick. Alles war richtig so. Der sterbende Körper, der schwindende Geist. Die sichtbare Schwäche, der Geruch, der ihr entströmte.
Pirro legte ihre Hand in die meine und ich versuchte es ihm gleich zu tun, strich vorsichtig über diese alten, gezeichneten Finger – dann kamen die Tränen. Gesprochen wurde

kein Wort. Irgendwann spürten wir einfach, dass es an der Zeit war, wieder zu gehen. Das sagte uns ihr Lächeln.
Für sie und mich war es ein Abschied. Pirro sollte sie noch zwei Mal wiedersehen.

2.

Die Bestattung fand auf dem Cimitero in Mestre, auf dem Festland statt. Pirros Großmutter hatte es so gewollt. Aus Kostengründen. Alles war in die Wege geleitet. Auch das war Nonna Lecco zu verdanken. Und dank einer Sterbegeld-Versicherung kamen auf die Girandolos keine weiteren Verpflichtungen zu.

»Ihre Großmutter war eine bemerkenswerte Frau«, versicherte der Bestatter Pirro in meinem Beisein. »Vorausschauend! Das findet man heute nicht mehr so oft.«

»Sie wollte eben niemandem zur Last fallen, wissen Sie.«

Alles war gut vorbereitet für diesen Tag. Alles, nur ich nicht.

»Was hat *der* hier zu suchen?«, fragte einer der kleineren Girandolos. Ich schätzte ihn auf etwa fünfzehn. Sein Blick taxierte mich giftig.

»Dasselbe wie du, Mario!«, erwiderte Pirro ruhig. »Er nimmt Abschied von Nonna.«

»Der hat in unserer Familie nichts zu suchen«.

»Er gehört zu mir«, nahm Pirro mich in Schutz. »Also gehört er zur Familie.«

»Dann verschwindet ihr besser beide. Sonst ...!«

»Sonst *was?«*

Dass es nicht leicht werden würde, hatte Pirro schon angekündigt. Dass es so hart kommen würde, allerdings nicht. Fünf seiner Geschwister zeigten unverhohlen Ablehnung,

drei von ihnen gaben uns zumindest die Hand, einer war schwer einzuschätzen. Er schien allerdings interessiert.
»Und *da* bist du jede Woche hingefahren, um sie zu unterstützen?«, fragte ich später fassungslos.
»*Gerade* deshalb«, erklärte er mir. »Hast du den kleinen Blonden, schmalen, hinten links bemerkt?«
»Den, der humpelt?«
»Genau!
»Was ist mit ihm?«
»Das ist Filippo.«
»Ja, und?«
»Er befindet sich in der Hackordnung ganz unten.« Ich hatte nur eine vage Vorstellung, was das bedeuten konnte.
»Das heißt«, erklärte Pirro mit verhangenem Blick, »dass er derjenige ist, der draußen schläft.«

Gabriela Leccos Tod brachte uns noch näher zusammen. Auf eine Weise, die ich mir anders gewünscht hätte. Doch auf einmal begriff ich Pirro. Ich verstand nun, warum er sich zurückhielt, wenn ich ihn drängte, mehr von sich zu zeigen. Da war zu viel, was man nicht einfach so preisgibt. Jetzt wurde mir auch klar, wie Pirro einst zu uns gefunden hatte, zu Leo und zu mir. Wie er unser Freund geworden war, ganz ohne unser Zutun. Welche Bedeutung dies für ihn gehabt haben musste. Eine todtraurige Geschichte eigentlich. Nach wie vor konnte ich bloß ahnen, in was für einem Konstrukt Pirro aufgewachsen war.
»Gibt es wirklich eine Mutter?«, fragte ich irgendwann zweifelnd. Ein paar Tage waren vergangen.

»Ja, natürlich. Wir wurden ausgetragen, alle von derselben Frau, wenn du das meinst ...« Nein, das meinte ich nicht. So zumindest nicht. Aber ich verstand, was er damit sagen wollte. Aber vorstellen konnte ich es mir nicht.
»Daher war deine Nonna ...?«, versuchte ich es weiter.
»Sie kümmerte sich ums untere Feld!«
»Ums untere ... Feld ...?«
»Um die, die alleine nicht klarkamen. Die Kleinen von uns, und um solche wie Filippo und mich.«
Das musste ich erst mal auf mich wirken lassen. Und plötzlich erinnerte ich mich an die Zeit, in der meine Adoption mir wie eine Lebenslüge vorgekommen war. Voller Zweifel wollte ich mich von denen abwenden, die mich liebten.
Da hatte Pirro mich zurückgeschickt, wissend, welchen Schatz ich bereit gewesen war, leichtfertig wegzuwerfen. Keinen Ton hatte er damals über sich selbst verloren. Er hatte mich einfach nur wieder in die Spur gebracht, auf den richtigen Weg, weil er genau wusste, dass ich dort hingehörte, in mein Zuhause. Weil er einschätzen konnte, was es bedeutet, überhaupt eins zu haben.

»Verstehst du nun, warum ich dich von meiner Familie ferngehalten habe?« Ja, nun verstand ich es. Trotzdem hätte ich mir gewünscht, dass da mehr Vertrauen zwischen uns gewesen wäre.
»Jetzt, nach Nonnas Tod ist alles anders«, sagte Pirro leise. »Der Zusammenhalt ist auseinandergebrochen.«
»Und was bedeutet das?«
»Das bedeutet, dass ich nun eine Aufgabe übernehmen muss.«

Warum nur gefiel mir nicht, was ich da hörte? Er lächelte in mein besorgtes Gesicht, strich mir über die Stirn, über meine Lippen, küsste sie zart und fragte dann: »Wenn wir hier vielleicht ab und zu mal Unterschlupf bieten müssten, wäre das okay für dich?«
Ich war erleichtert. Ja, das war es. Natürlich war es das.

Viel später, am Abend, wollte er wissen: »Kennst du eigentlich *Herr der Fliegen*?« Ich verneinte. Kannte ich nicht. Klang komisch.
Am nächsten Morgen, als ich erwachte, lag neben mir auf seinem verlassenen Kopfkissen ein Buch. Von Kindern war darin die Rede. Und von Hierarchien.

Filippo tauchte etwa zwei Wochen nach der Beisetzung zum ersten Mal bei uns auf. Ein wenig war es wie ein Déjà-vu, denn Filippo stand ähnlich mager und zerrupft vor uns, wie Pirro es einst getan hatte. Und ähnlich wie Pirro erzählte auch er nicht viel, sondern fügte sich mit seiner Anwesenheit einfach nahtlos in die unsere.
Sein Instinkt sagte ihm wohl, wie er sich zu verhalten hatte. Weder plünderte er unseren Kühlschrank, noch bat er um etwas. Er wartete ab und nahm an, was wir ihm boten. Eine kluge Strategie, denn er blieb eine Weile. Nachts verhielt er sich allerdings komplett anders als sein Bruder, denn im Gegensatz zu Pirro suchte Filippo die Nähe.
»So war er schon immer«, erklärte Pirro mir nach der ersten Nacht. »Er fühlt sich sicher, wenn er nicht alleine schlafen muss. Außerdem war er es auch so gewohnt, bis er in den

Hof musste.« Das erweichte natürlich mein Herz, also durfte er bleiben. Eigenartig fand ich es trotzdem.
In der Regel gingen wir zu dritt ins Bett, und am Morgen wachten Filippo und ich gemeinsam auf. Pirro schlief entweder noch auf dem Dach, oder er war schon dabei, sich für die Arbeit fertigzumachen.
»Morgen Cece«, sagte dann ein ziemlich ausgeschlafener Filippo und ein Strahlen flog mir entgegen. »Cappuccino?« Nach meinem Nicken flitzte er los, kümmerte sich ums Versprochene, packte noch ein Cornetto dazu und brachte mir das Ganze ans Bett.
Filippo gab mir Rätsel auf. Mit seinen dreizehn Jahren war er besonders freundlich, clever und aufmerksam. Eigentlich musste man ihn ohne Wenn und Aber gerne haben. Was also war da los, bei den Girandolos, dass sie gerade auf ihm rumhackten? Ich verstand es nicht. Auf mein Nachfragen bekam ich allerdings nur ein: »Ist halt so!« zu hören, gleichgültig, welchen der beiden ich befragte. Entweder mochten sie nicht darüber sprechen, oder sie wussten es selbst nicht genau.
Wenn Pirro und ich alleine sein wollten, war das auch kein Problem. In solchen Fällen verzog Filippo sich ins zweite Zimmer und schlief dort. Doch am darauffolgenden Morgen war er wieder an meiner Seite, zusammengerollt wie ein junger Hund, während Pirro auf dem Dach lag, in den Himmel schaute, oder sonst was tat. Ich gewöhnte mich daran. Was blieb mir auch anderes übrig.

»Wie, Cesare? Willst du mir Sperrholz andrehen?« Paolo stritt mit mir mal wieder über Zukunftsfragen. Sperrholz war dabei eines seiner Lieblingsthemen. »Soll ich Hunderte Jahre traditionellen Bootsbau einfach ignorieren, für Holz, das nicht mehr lebt, das man getötet, zerschreddert und mit Leim zu einer Masse gewalzt hat? Das den Namen Holz nicht mehr verdient!« Ich sagte nichts dazu.

Von außen betrachtet hatte er ja recht. Doch die Zeit war nicht stehen geblieben. Die Konkurrenz produzierte günstiger, aber vor allem schneller als wir. Irgendwann würde das auch Paolo einsehen müssen. Trotz unterschiedlicher Sichtweisen arbeiteten wir sehr gut zusammen.

Das kam sicher auch daher, dass ich nicht mehr zu Hause lebte. Dadurch war meine Anwesenheit nun zu etwas Besonderem geworden.

»Man sieht euch so selten«, jammerte Francesca dann. »Ihr fehlt mir, ihr beide.« Sie meinte es nicht ganz so melodramatisch, wie es klang, es setzte mich aber schon unter Druck.

»Wie kommt es eigentlich, dass du Pirro so sehr magst?«, wollte ich irgendwann mal von ihr wissen. Erstaunlicherweise reagierte sie verhalten auf meine Frage.

»Wieso?«, antwortete sie ausweichend. »Er ist ein netter Junge … das merkt man doch sofort.«

Gut, nette Jungs gab's wie Sand am Meer. Pirro war damals nicht netter als andere, zerzauster höchstens. Wir waren Kinder gewesen, und nicht auf *nett* oder *un-nett* geeicht. Aber Francesca blieb verschlossen, was das anging.

»Das liegt an der alten Lecco!«, erklärte mir Paolo irgendwann nebenbei. Dass nun ausgerechnet er zur Erhellung dieser Frage beitragen würde, hätte ich wirklich nicht erwartet.

»Francesca und Pirros Nonna kannten sich?«, fragte ich erstaunt.
»Du wirst kein Küchenhandtuch bei uns finden, das nicht durch die Hände von Gabriela Lecco und ihre Nadeln gewandert ist.«
Da war was dran. Nur, dass ich mir über die Stickereien auf den Leinentüchern nie Gedanken gemacht hatte.
»Weißt du da Näheres?«, fragte ich neugierig.
»Nun, die Lecco hat wohl ein bisschen aus dem Nähkästchen geplaudert ...« Er lachte über seinen kleinen Witz. »Deine Mutter hat das damals sehr beschäftigt, wie es bei den Girandolos zuging. Du weißt ja, wie das da so läuft. Und darum hat sie stets darauf geachtet, dass er es gut bei uns hatte.«
»Wie läuft es denn da so, bei den Girandolos?« Das fand ich nun hochinteressant. Paolo hielt inne, sah mich groß an und fragte: »Hat Pirro nie mit dir darüber geredet?« Ich schüttelte mit dem Kopf.
»Tja, Cesare, so genau weiß ich es auch nicht. Es hat irgendwie mit Pirros Mutter zu tun.« Er wusste nicht so recht, wie er weitermachen sollte. Ihm war nicht ganz wohl bei der Sache.
»Ja?«, drängte ich unbarmherzig. Ich wollte es wissen.
»Nun ...«, druckste er rum. »Eigentlich solltest du das lieber Pirro fragen. Aber man hat ihr wohl das Sorgerecht entzogen und damals auf die Großmutter übertragen. Das ist das Einzige, was ich weiß.«
»Und warum?«
»Das kann ich dir wirklich nicht sagen. Ich weiß es nicht. Doch deine Mutter hat sich daraufhin immer bemüht,

besonders nett zu Pirro zu sein. Frag sie!«, riet er mir. Mir war klar, dass das wenig Sinn haben würde. Doch meine Neugier war geweckt.

3.

»Ich bekomme eine eigene Wohnung«, erzählte Leo uns stolz und überglücklich.
»Wow, das ist klasse«, gratulierte ich. »Wo denn?«
»In der Fondamenta Frari. Vier Zimmer, zwei Bäder, Balkon zum Canal.« War ja klar. Es war früher Abend. Wir saßen zu dritt in unserer Küche, tranken Campari-Soda und aßen Salat.
»Eine Wohnung aus eurem Fundus?«, witzelte Pirro, aber das schien Leo nicht weiter zu stören.
»Genau!«, bestätigte er. »Herrliche alte Substanz ... wird gerade renoviert. Ihr werdet sie mögen.« Daran hatte ich nicht den geringsten Zweifel. Und noch etwas hatte sich in seinem Leben verändert. Leo zeigte sich genervt von Viola.
»Ich bin etwas auf Abstand gegangen«, teilte er uns mit. Sein sparsames Lächeln spiegelte Erleichterung.
»Und? Wie ist das so, mit – auf Abstand?«, fragte Pirro, während er in seinem Salat rumstocherte, grüne Oliven aussortierte und sie mit Schwung auf meinen Teller bugsierte.
»Oh – ich hab etwas mehr Zeit jetzt. Und das ist so gut.« Sein Blick pendelte erwartungsvoll zwischen uns hin und her, als ob er uns sagen wollte, *hey, ihr zwei, lasst sie uns nutzen, diese Zeit.*
»In den letzten Wochen gab's nur noch Streit!«, komplettierte er seinen Bericht.
»Du machst nichts richtig«, ließ ich meiner Erinnerung freien Lauf. »All deine Ideen sind uninteressant, und egal welche Meinung du hast, es ist die Falsche, so in etwa?«

»Ich sehe, du warst mit ihr zusammen!« Wir lachten befreit. Waren wir auch. Leo sah gut aus. Er hatte sich optisch seiner Gondel angepasst und trug schwarze Kleidung. Beim Hut war er allerdings der Tradition treu geblieben. Gefertigt aus zartem Marostica-Stroh wurde er nur von farbigem Saum und Band geziert. Da hatte er sich für ein warmes Grün entschieden.

Leo fuhr inzwischen exklusiv für ein Hotel, das *Onda Verde*. Die Gäste, die dort abstiegen, legten besonderen Wert auf Nachhaltigkeit, eine ökologisch orientierte Küche und waren in der Regel kulturell interessiert. Da passte Leo mit seiner puristischen Gondel stilistisch perfekt ins Konzept.

»Zumindest muss ich nicht ständig mit aufs Foto«, hatte er uns seinerzeit erklärt. »Ich funktioniere eher wie ein Taxi, nicht als *Liebes-Barke*. Und ich singe nicht!« Nicht singen zu müssen war für ihn ein Hauptkriterium gewesen. Immer schon. Er war wirklich ein ungewöhnlicher Gondoliere. Aber er war einer. Durch und durch. Schön, das so sagen zu können, nach all den Zweifeln und seinem Gebaren. Bloß glücklich – glücklich war er immer noch nicht. Das konnte man zwar nicht sehen, aber ich spürte das. Wie bei einem Bruder.

»Gehört sie dir?«, fragte ich, obwohl mir die Antwort eigentlich hätte klar sein müssen. Leos Wohnung war ein Traum. Mein Blick wanderte ehrfürchtig über die kobaltblauen Wände des dritten Zimmers. Sie schimmerten sanft. Man nennt diese Technik Tadelakt, das hatte Leo zuvor erklärt. Eingefärbtes Kalkpulver wird mit einem Stein solange auf die Wand gerieben, bis eine dichte, glänzende

Oberfläche daraus entsteht. Mit einem Stein! Ich fand das ziemlich irre. Es sah aber auch irre schön aus.

»Eigentlich gehörte sie mir schon immer«, holte Leo mich zurück. »Aber es war klar, dass ich sie erst nach meiner Ausbildung bekommen werde.« Ich nickte, sagte jedoch nichts weiter dazu. Perlucci-Kram eben.

»Was willst du hier drin machen?«

»Ich verstehe nicht ... na, wohnen natürlich.«

»Ja gut, nur, vier Zimmer! Was willst du mit vier Zimmern?« Er betrachtete mich verständnislos.

»Also da wäre erst einmal der Raum, in dem ich lebe. Sofas zum Fernsehen, Lesen, Entspannen, so stell ich mir das vor. Dafür nehme ich das grüne Zimmer, das mit dem Balkon. Außerdem gibt's ein Esszimmer, das ist das türkisfarbene neben der Küche, logisch. Und da wäre schließlich noch der himmelblaue Raum, der kleinste. Der ist für Gäste, wenn ich mal Besuch bekomme. Na, und dann dies hier«, er machte eine allumfassende Handbewegung. »Hier werde ich schlafen! Daher auch das Nachtblau. Wie findest du es?«

»Also, Leo, ehrlich, es ist wunderschön.« Das war es wirklich. Geschmack schien erblich. Der Perlucci-Stil war unübersehbar.

»Und endlich hat mir mal niemand reingeredet«, kam er mir zuvor. »Keine Tapeten! Ich hasse Tapeten!«

»Womit hast du das alles finanziert?«, fragte ich beeindruckt. »Ich meine ... mit *Steinen* polierte Wände. Das muss doch ein irrsinns...«

»Sprich nicht weiter!«, unterbrach er mich lachend. »*Hat es*, Cece. Die Wohnung war vorher all die Jahre vermietet. Die

Hälfte dieser Einnahmen ist auf ein Konto geflossen, das mir jetzt zur Verfügung steht. Ich habe dadurch ...« Plötzlich hielt er inne, so als beginne er erst in diesem Moment darüber nachzudenken, was er da eigentlich von sich gab, betrachtete mich betroffen und sagte: »Ich bin unmöglich, nicht wahr?«
Ich schüttelte den Kopf, aber er beruhigte sich nicht. »Wie muss das für dich klingen? Du musst verstehen, ich ...«
»Leo, ich verstehe absolut«, versicherte ich ihm. »Mach dir da keine Gedanken. Es ist alles in Ordnung.«
»Ich will nicht prahlen, weißt du, ich ...«
»Leo! Es ist alles okay. Und es wird wunderschön. Außerdem haben deine Eltern das klug geplant, mit dieser Miethalbierung.«
»Meine Mutter!«
»Sicher – deine Mutter!«
»Trotzdem, es ist ...«
»Es ist alles in Ordnung«, wiederholte ich.

Wir waren erwachsen geworden. Abgenabelt. Keiner von uns dreien wohnte nun noch zu Hause. Wir begannen auf eigenen Beinen zu stehen. Der eine mehr, der andere weniger. Unsere Voraussetzungen waren unterschiedlich. Doch unser Wunsch derselbe. Das spürte ich an diesem Nachmittag, in Leos *Palast*. Unabhängigkeit, lautete er. Zwei von uns hatten es schon geschafft. Ich musste noch dran arbeiten.

Den Abend verbrachten wir gemeinsam, um Leos neue Bleibe zu feiern. Entspannt gegen Kalksäcke gelehnt, lagen

wir auf seinem frisch versiegelten Intarsien-Parkett, tranken Rotwein aus Pappbechern und träumten bei Kerzenlicht von der Zukunft.
»Wie soll es weitergehen, mit dir und Viola?«, wagte ich irgendwann zu fragen.
»Ich hoffe, es ist nur eine Phase«, sagte er nachdenklich.
»Könntest du dir vorstellen, sie zu verlassen?«
Er schüttelte den Kopf. »Das ist nicht meine Art, Cece. Ich glaube ja auch, dass man Probleme lösen kann. Eigentlich bin ich fest davon überzeugt.«
Ich lauschte halb ihm, halb dem Treiben auf dem Canal, das durch das offene Fenster zu uns drang. Mir gefielen Leos Worte. Sie klangen richtig für mich.
»Wie willst du das hinbekommen?«, fragte ich ihn.
»Das kann ich nicht allein. Wir sind zwei bei diesem Problem, also müssen wir es auch zu zweit lösen.«
»Hast du schon mit ihr darüber gesprochen?«
Er lächelte leicht. »Sie findet es eine gute Idee«, sagte er verhalten.
»Aber?«
»Aber wenn ich sie darauf anspreche, gibt es sofort Streit. Ich denke, du weißt, was ich meine.«
»Klar! Sag mal«, ich drehte den Becher in meinen Händen, »was trinken wir hier gerade?«
Leo hob die Schultern »Magst du ihn? Einen Brunello, glaube ich.«
Dumme Frage eigentlich. Natürlich einen Brunello. Nun wusste ich endlich mal, wie der so schmeckt.

»Ich habe mir das damals auch nicht ausgesucht«, erinnerte ich mich. »Es ist einfach alles gekommen, wie es gekommen ist. Da war kein Plan.«
»Pirro und Plan. Eine eigenartige Vorstellung.« Er lächelte.
»Denkst du!«, korrigierte ich ihn. »Im Kontor ist er wie ausgewechselt.«
»Ihr seid glücklich.« Es war keine Frage, es war eine Feststellung. Und es war seit Langem das erste Mal, dass wir über uns sprachen. Über ihn und Viola, über Pirro und mich, aber auch über uns beide.
»Ich bin glücklich«, bestätigte ich ihm. »Ich hoffe, Pirro ist es auch, doch mit seiner Familie läuft es aus dem Ruder. Ich durchschaue es nur noch nicht.«
Einen Moment lang tranken wir still unseren Wein, beobachteten das Flackern der Kerzen, das sich im malerischen Tiefblau der Wände widerspiegelte.
»Du hast es wirklich wunderschön hier, Leo. Dieses Blau ...« Ein Lächeln huschte durch die Luft.
»Wie ... ist es so, mit einem ... Mann?«, fragte er vorsichtig und sehr unvermittelt.
»Wie es so ... Nun, es ist sehr unkompliziert.«
»Findest du?« Er schien erstaunt. »Keine Probleme?«
»Nein.«
»Schön«, sagte er leise.
»Ist es!«, bestätigte ich, und freute mich über Leo. »Ist es wirklich ...«

4.

Pirro schob gefüllte Brassen in den Ofen. Zu Ehren von Marco Marianelli, den wir zum Essen erwarteten. Er war aufgeregt, den ganzen Tag über schon.
»Es geht um meine Zukunft!«, erzählte er mit leuchtenden Augen.
»Vielleicht bekommst du mehr Geld«, mutmaßte ich.
»Das sowieso. Aber er sagt, dass er auch eine Überraschung für mich hat.« Ein Kuss landete auf meinen Lippen. Der Geschmack von Zitrone. Passend zum Salat. Für den war ich zuständig. Endivie und Radicchio lagen vor mir auf dem Tisch. Ich fing an die Köpfe auseinander zu rupfen, die Blätter in eine Salatschleuder zu füllen und das Dressing zu mixen. Filippo holte Brot. Ein einfaches Essen an einem besonderen Tag.

»Du wirst nach Indien reisen, Pirro, wenn du das möchtest!« Der Alte lehnte sich zurück, lächelte still in sich hinein, strich durch seinen Bart und sah in die Runde. »Zu Vanille und Kurkuma!«
Seine Worte verfehlten ihre Wirkung nicht. Alle am Tisch wussten, wie sehr Pirro es sich wünschte, *seinen* Pflanzen einmal in Natura begegnen zu dürfen.
»Natürlich erwarte ich da einiges von dir«, fuhr Marianelli fort, führte die Gabel zum Mund und genoss die krosswürzige Haut des Fisches.
Pirro entwich für einen Moment etwas Farbe aus dem Gesicht. Er legte sein Besteck zur Seite, schaute kurz aus dem Fenster. Dann begann er zu lächeln.

»Zunächst würdest du einen Intensivkurs in Englisch absolvieren. Ich weiß, du sprichst es passabel, aber Voraussetzung wäre, dass du dich wirklich sicher in der Sprache bewegen kannst.«

Pirro nickte. Mehr an Regung offenbarte er nicht.

»Im Anschluss hättest du die Aufgabe, mit den dortigen Lieferanten in Kontakt zu treten. Sie werden dir ihre Plantagen präsentieren, und ihre ...« Eine Gräte unterbrach für einen Augenblick Marianellis Ausführungen. Gebannt verfolgten wir, wie er sie geschickt mittels Daumen und Zeigefinger zwischen seinen Zähnen herausbugsierte. »... ihre Warenbestände, werden sie präsentieren«, fuhr er fort. »Deine Aufgabe wäre es, die unterschiedlichen Angebote vor Ort zu überprüfen. Ich, sowie ein beteiligtes Handelskonsortium, werden anschließend auf Grundlage deiner Expertisen Entscheidungen treffen. Was sagst du dazu, Pirro? Würde dir das gefallen?« Die Gräte wanderte an den Tellerrand. Er lehnte sich abwartend zurück.

Natürlich würde es das. Daran gab es nicht den geringsten Zweifel.

Wir lagen zu dritt auf dem Bett. Filippo war eingeschlafen. Ein leises Schnorcheln ließ auf zufriedene Träume schließen.

»Ich werde auf einem Elefanten reiten«, malte Pirro ein Bild in meinen Kopf. Er flüsterte, um Filippo nicht zu wecken.

»Oder von einem Tiger gefressen!«, bot ich als Alternative.

»Oder das, ja, stimmt.«

Seine Hand kraulte mechanisch mein Haar, drehte Locken, ließ sie wieder los, zog an ihnen. Er liebte dieses Spiel.
»Wirst du die Zeit über auf die kleine Schnarchnase hier aufpassen?«, fragte er nach einer Weile. Das Weiß seiner Augen leuchtete im Dunkel. Ich wusste, dass er mich ansah. »Er kommt noch nicht alleine klar, weißt du.«
»Eigentlich ziemlich unglaublich, dass du mir diese Frage stellst«, flüsterte ich etwas böse zurück.
»Glaubst du, ich setze ihn einfach vor die Tür?«
»'tschuldige, hab nicht nachgedacht.«
»Mach dir keine Sorgen.« Und dann, einen Moment später: »Du wirst mir fehlen, Pirro.«
»Du mir auch.«
»Glaub ich kaum. Du wirst auf einem Elefanten sitzen.« Einen Moment erfüllte nur Filippos Geschnarche den Raum. Ein anheimelndes Geräusch. Schließlich sagte Pirro: »Da ist eine Stelle in meinem Kopf, Cece, die gehört nur dir. Das ist schon immer so gewesen.« Seine Hand verschwand aus meinem Haar, strich über meine Wange.
»Ich kann dich also gar nicht vergessen, verstehst du?« Vor allem glaubte ich ihm das. Ein schönes Gefühl.

VI.

2012

Es ist eine dieser Nächte, in denen ich nicht schlafen kann. In meiner Hand ruht ein Kugelschreiber, und genau da liegt das Problem – er ruht! Mir wollen die passenden Worte nicht einfallen.
Ein weiterer Schluck Rotwein ändert auch nichts daran. Mir fällt auf, dass ich es gut finde, nach dem Tod eines geliebten Menschen mit organisatorischen Aufgaben überschüttet zu werden. So funktioniere ich und gerate nicht ins Grübeln. Nur nachts, da passiert es dann eben doch. Zurzeit schlucke ich Tabletten, die das verhindern sollen, die Gedanken, die mich nicht schlafen lassen, sind zu stark. Bilder ...
Ich bin nicht allein, das macht es einfacher. Macht es wirklich. Doch nicht leichter. Es ist, als wäre ich nicht mehr komplett. Letztlich kein Wunder, denn genau so ist es ja. Damit fange ich an. Ich schreibe auf den Zettel: *Ich bin nicht mehr komplett!*
Keine Meisterleistung, ist mir schon klar, aber immerhin, es ist erst mal ein Satz. Ich erinnere mich. Sein Lächeln, seine Stimme. Eine Kombination aus beidem, sie ergibt ein Lachen. Ich hab es so sehr geliebt, dieses Lachen. Der Gedanke macht mich traurig.
Sein Lachen fehlt mir, schreibe ich, und daneben: *Seine Sicht auf die Dinge*. Dann lege ich den Stift beiseite, betrachte das Geschriebene, lasse es eine Weile auf mich wirken und schüttele schließlich den Kopf. Innerlich zumindest. Ich

zerknülle das Blatt, ziele auf die Spüle und, hey, ich treffe sogar. Das hätte ihm gefallen. Ich lächele still bei diesem Gedanken. Und plötzlich verstehe ich. Ich weiß nun, was zu tun ist! Ich entschließe mich, es einfach auf mich zukommen zu lassen. Ich werde frei sprechen. Anders geht es nicht. Alles andere wäre irgendwie falsch. Genau darum ging es doch eigentlich auch immer. Frei sein, so gut es eben geht. Genau darum ging es! Ihm vor allem. Ganz sicher!

2008

1.

Leos Unfall ereignete sich in einer regnerischen Sommernacht. Die Arbeit lag bereits zwei Stunden hinter ihm. Er hatte sich überreden lassen, mit ein paar Gästen des *Onda Verde* noch einen Drink an der Bar zu nehmen. Eigentlich ging es danach nur noch darum, die Gondel zu ihrem Anlegeplatz zu bringen, eine Sache von wenigen Ruderschlägen. Dafür extra noch einmal die Schuhe zu wechseln, sah Leo an diesem Abend nicht ein. Ein Fehler, wie sich zeigen sollte. Die Lagune war bewegt in dieser Nacht. Dadurch verlor er auf dem feuchten Pontapiè den Halt, stürzte, und rutschte so unglücklich über Deck, dass sein Fuß bei dem Versuch, das Boot von der nahenden Wand abzustoßen, zwischen Gondel und Kaimauer geriet. Ich erfuhr sechs Tage nach seiner Operation davon.

»Welcher ist es?«, fragte ich besorgt. Leo hatte mich in der Werft erwischt, an einem diesigen Mittwoch, gegen Mittag.
»Der linke!«
»Oh NEIN!« Das war schlimm.
»Ich komme so schnell zu dir, wie ich kann, ja?«
»Danke, Cece ...« Leo klang verzweifelt. Gut, er klang sehr schnell verzweifelt. Ich legte auf.
Zwei Dinge braucht ein Gondoliere, um sein Boot steuern zu können: das Ruder und seinen linken Fuß. Mit diesem manövriert er in engen Kanälen, er hilft beim Anlegen oder wird auch dazu benötigt, um sich von anderen Booten

abzustoßen. Der linke Fuß des Gondoliere – er ist unerlässlich.

»Hör zu, Filippo, ich kann die Verabredung mit Paolo heute Abend nicht einhalten. Sagst du ihm das, wenn er zurück ist?« Filippo nickte ernst.
»Willst du mir noch einen Gefallen tun?«, fragte ich ihn. Wieder ein Nicken, ein freudiges diesmal.
»Kannst du meinen Arbeitsplatz aufräumen? Ich hab's total eilig.« Nun zog sich ein Strahlen über sein Gesicht.
»Klar, mach ich gern.« In der Werkstatt mitarbeiten zu dürfen, war für Filippo das Größte. Seit er mein altes Zimmer in der Werft bewohnte, verfolgte er mit riesigen Augen und wachem Verstand so ziemlich alles, was mit dem Bootsbau zu tun hatte. Es gab Tage, da wich er nicht von meiner Seite.
»Danke, Kleiner!« Ich strich durch sein Haar. Dass ich mich auf ihn verlassen konnte, wusste ich.

Auf die Idee, Filippo bei Francesca und Paolo unterzubringen, war ich etwa sechs Wochen nach Pirros Indien-Abreise gekommen. Irgendwann war klar, dass Filippo viel mehr brauchte als drei Mahlzeiten pro Tag und ein Dach über dem Kopf. Über ein Jahr war das her.
»Wie stellst du dir das vor, Cesare?«, war seinerzeit Paolos Frage gewesen, als ich ihm und Francesca meine Idee unterbreitet hatte, Filippo in ihre Obhut zu geben. »Wir sind froh, gerade mal aus dem Gröbsten mit dir raus zu sein, und nun soll alles wieder von vorne beginnen?«

»Jetzt seht ihn euch doch erst einmal an«, beschwichtigte ich. »Er ist wirklich lieb. Und wenn es nicht geht, geht es halt nicht.«
Da letztlich Francesca in dieser Frage das Sagen hatte, wusste ich, dass ich mich auf sicherem Terrain bewegte. »Bring ihn einfach mal mit«, lautete denn auch ihr Vorschlag, »und dann sehen wir weiter.« Gut so!

»Ich will aber bei dir bleiben!«, quengelte Filippo in ständig wiederkehrender Folge, während ich *Bibi* durch die schmalen Kanäle steuerte. Er hatte todtraurig ausgesehen, seinen herzzerreißendsten Blick aufgesetzt und irgendwann beleidigt reagiert, als er feststellen musste, dass er so nichts bei mir erreichen konnte.
»Jetzt sieh sie dir doch erst einmal an«, schlug ich vor. »Und wenn es nicht geht, geht es eben nicht.«
»Es geht garantiert nicht!«, bekam ich zu hören. »Sie werden mich bestimmt nicht mögen!«
Und dann hatte er trotzig seine Arme vor der Brust verschränkt, was ihn in der nächsten Kurve sein Gleichgewicht kosten sollte. Er war schon süß, auf seine Weise.

Da war die Werft. Ihr Anblick hatte ausgereicht, die Skepsis des Kleinen wie einen lästigen Knochen vom Geflügelteller beiseite zu schieben. Staunend, von Ehrfurcht erfüllt schlich er an den prachtvollen Booten vorbei, an aufgebockten, aber auch wassernden Gondeln, bewunderte all die Werkzeuge und das Material, das rundherum gelagert wurde. Dazu der Duft von Holz und Farbe.

»Soll ich dir das alles mal zeigen?« Paolo schenkte Filippo ein Lächeln, das dieser überrascht zur Kenntnis nahm. Dann, nach einer kurzen Zeit des Zögerns war seine Antwort ein stummes Nicken, und vertrauensvoll ließ er seine Hand in der von Paolo verschwinden.
»Komm rein, Cece«, hatte Francesca mich daraufhin aufgefordert. »Lassen wir die beiden einander beschnuppern.« Sie lächelte ihr Lächeln, das mir stets versicherte, dass nun alles seinen Gang gehen würde. Auf dieses Lächeln konnte ich bauen.

2.

Leo befand sich in einem ziemlich aufgelösten Zustand. Humpelnd hatte er mir die Tür geöffnet, um sich anschließend frustriert auf sein Sofa zurückzuziehen. Der Fernseher lief. Ich betrachtete mir seinen Gips genauer.
»Wie schlimm ist es?«, fragte ich.
»Sie sagen, sie wissen es nicht«, sagte er deprimiert. »Sie ziehen irgendwelche Drähte in meinen Fuß und sagen *sie wissen es nicht.* Kannst du so was glauben, Cece?« Das klang nicht gut.
»Wie ist das denn pas...«
»Frag nicht nach dem *Wie*, Cece! Bitte erspar mir das. Es ist passiert, Okay? Schluss, vorbei!«
Ich griff nach der Fernbedienung und schaltete den Fernseher aus. Danach öffnete ich die Flügeltüren, die auf den breiten Balkon führten. Die Luft war feucht, doch gut.
»Willst du mich umbringen?«
»Ich versuche gerade genau das Gegenteil, Leo. Die Luft hier steht. Und wie siehst du überhaupt aus?«
Ein Zopf, den er sich gebunden hatte, entsprang aus seiner Kopfmitte, sodass sein Haar wie ein Springbrunnen zu allen Seiten abstand. Er trug ein dunkelbraunes Sweatshirt, auf dem sich allerlei Essensreste versammelt hatten, und er steckte in einer blauen Synthetik-Jogginghose mit Gummizug.
»Ja, was?«, fragte er giftig, als ich ihn skeptisch musterte. »Bin ich dem Herrn jetzt auf einmal nicht mehr fein genug? Du bist doch sonst nicht pingelig in so was. Wenn ich da an deine Optik denke, oder an die von ...«

»Hör auf, Leo!«, stoppte ich ihn. »Du redest Mist!« Für einen Augenblick starrte er mich feindselig an, dann ließ er die Arme sinken, sackte zurück, legte seinen Kopf auf die Lehne der Couch und fixierte die Decke.

»Du hast ja recht«, sagte er resigniert. »Du kannst nun wirklich nichts dafür.«

»Hast du Schmerzen?«

»Wenn ich die hier nicht nehmen würde«, er wedelte mit einem Tablettenblister, »wohl ganz sicher. Aber so geht es.«

»Darfst du den Fuß belasten?«

»Aufs Klo, zur Tür, so wie eben: das geht. Für alles andere ...« Er deutete auf ein paar Krücken, die neben dem Sofa auf dem Fußboden lagen.

»Hör zu«, sagte ich bestimmend. »Ich besorge dir, was du brauchst, und ich kümmere mich darum, dass du hier zurechtkommst.«

Er nickte als Antwort. Ich sah, wie unangenehm ihm das Ganze war. Zunächst begann ich damit, aufzuräumen. Leo hatte offensichtlich alles, was er nicht mehr benötigte, einfach fallen gelassen. Bringdienst-Pappkartons, Einweg-Bestecke, Plastiktüten und Getränkedosen wanderten in den Müll, diverse Hosen, Shorts, Shirts und Socken in die Waschmaschine. Ein Blick in den Kühlschrank offenbarte Leere. Einkaufen also.

»Worauf hast du Lust?«, rief ich aus der Küche. »Pasta, Steak, Fisch, Risotto?«

»Wann kommt Pirro zurück?«, ignorierte er meine Frage.

»In drei Wochen.« Der Gedanke entlockte mir ein Lächeln.

»Also«, rief ich erneut, »worauf hast du Lust?«

»Südamerika oder Afrika, wo steckt er gerade?«

Ein eigenartiges Hin und Her. Ich klappte den Kühlschrank zu, griff mir Block und Stift.
»Ägypten, also Afrika«, antwortete ich, nachdem ich mich zu ihm aufs Sofa gesetzt hatte. Ich betrachtete ihn abwartend.
»Steak fänd' ich klasse!« Nun schenkte er mir ein Lächeln. »Und Salat dazu!« Ich notierte es.

Seit drei Wochen war Pirro nun schon unterwegs. Inzwischen gehörte das zu unserer Realität. Es war Alltag. Diesmal halt Afrika. Davor war es Ostasien gewesen, anschließend Serbien, und als Grundstein dieser Entwicklung eben Indien. Marianellis Plan war aufgegangen.
»Es ist unglaublich, Cece«, schwärmte Pirro nach seiner ersten Rückkehr. Er hatte mir die Hand entgegengestreckt und mich dabei angestrahlt. Ich entnahm ihr ein Pfefferkorn. Wir spielten unser sinnliches Spiel.
»Schöneres habe ich nie gesehen«, versicherte er später und begann vom Urwald der Peryar-Region zu erzählen, dort, wo zermahlene Gewürze durch die Bauern noch in Handarbeit über offenem Feuer geröstet wurden, um Currypaste daraus herzustellen.
»Da werden Pfeffersorten angebaut, die weitgehend als verschollen galten.«
Ich saß ihm in unserer Küche gegenüber, an jenem Tisch, an dem die Entscheidung für diese Reise gefallen war, betrachtete versunken seine braun gebrannte Haut, entdeckte das Leuchten in seinen Augen, seine Lippen, die mir von Indien erzählten, und erkannte – etwas Entscheidendes war geschehen.

Pirro war mit sich im Reinen. Eigentlich war er das immer schon gewesen, so hatte ich es zumindest geglaubt, doch das stimmte nicht. Blickte ich nun in Pirros Augen, so tat sich da eine Tiefe auf, die es so vorher nicht gegeben hatte. Sein Haar war gewachsen. Schulterlang rahmte es auf ungewohnte Weise sein schmales Gesicht, und ich wusste plötzlich ganz genau, was mir die Zeit über gefehlt hatte. Es war sein Lachen! Dieses befreiende, jungenhafte Lachen. Er war zurück. Bei mir ... Nur um sich zehn Wochen später erneut auf den Weg zu machen.

Leo genoss es. Nach Klinikessen und selbst gewählter Bringdienst-Versorgung war das Steak, das sich halbroh auf seinem Teller befand, wohl *der* kulinarische Höhepunkt seit Langem.
»Es ist fantastisch, Cece ...«, murmelte er zwischen gierigem Gekaue. Sein Lächeln war ungewöhnlich breit und glücklich für seine Verhältnisse. Dazu tranken wir Rotwein. Ich hatte mir vorgenommen, seinen Unfall nicht weiter anzusprechen. Wenn, lag es jetzt an ihm, darüber zu reden.
»Deinem Boot ist nichts passiert«, erzählte er tatsächlich irgendwann. »Das hat mein Fuß erfolgreich zu verhindern gewusst.«
»Mann, Leo, Gondeln lassen sich reparieren!«
»Füße hoffentlich auch. Es war ein Reflex. Ich hab nicht nachgedacht.« Er wischte sich mit einer Serviette etwas Butter aus den Mundwinkeln. »Pech halt. Nichts Neues für mich.«
Innerlich verdrehte ich die Augen. »Leo, du ...«

»All die Dinge, die mir wichtig sind, die, die *wirklich wichtig* sind, misslingen, Cece, das ist nun mal so bei mir!« Eine Handbewegung von ihm hielt mich davon ab, etwas einzuwenden.
»Mir ist klar, wie das klingen muss«, fuhr er fort, »mit all den Möglichkeiten, die ich habe, aber hier drin«, er klopfte sich auf die Brust, »hier drin sieht es anders aus. Nimm Viola!«
Gut, Viola! Sie hatte sich vor rund einem halben Jahr von Leo getrennt. Gott sei Dank hatte sie das. Halleluja. Ich denke mal, alle Beteiligten in Leos näherem Umfeld sahen das ganz genauso. Und doch war er danach am Boden zerstört gewesen. In seiner Vorstellung hätte es funktionieren müssen, mit ihr. Trotz all den Schwierigkeiten zwischen ihnen. Also kreidete er sich das Scheitern dieser Beziehung als sein ureigenes Unvermögen an. Leo war überzeugt davon, dass er versagt hatte. Es war so typisch. Und ich sah keine Chance, das zu durchdringen.
»Wie soll es hier jetzt weitergehen, Leo?«, fragte ich ihn, auch um das Thema zu wechseln.
»Keine Ahnung.« Die gute Laune durch das Steak, sie war verflogen. Stattdessen stand die trostlose Tatsache im Raum, dass Leonardo Perlucci es mal wieder geschafft hatte, sich und seine Existenz als ein einziges Jammertal darzustellen.
Blass und ernst saß er mir gegenüber, den Blick knapp an mir vorbei ins Nichts gerichtet, voll des Bewusstseins, dass er sich nun einer Zeit stellen musste, die wenig bis gar nichts Erfreuliches für ihn bereithielt.

»Ich werde zurück zu meinen Eltern ziehen.« Das war für ihn wohl der einzig logische Lösungsweg, und so, als würde es den Schritt erträglicher machen, fügte er noch hinzu: »Es sind ja nur ein paar Wochen.«

3.

Das Gästezimmer war größer, als ich es in Erinnerung hatte. Die hellblauen Tadelakt-Wände erinnerten mich zudem an Leos alte Bleibe im Perlucci-Palazzo. Ein schmales, langes Fenster gestattete einen malerischen Blick auf den Canal, ein gewaltiger goldgerahmter Spiegel einen kritischen auf mich selbst. Ich schlief nun in einem Mahagoni-Bett. Ein beeindruckendes Möbel. Die Matratze war allerdings etwas weich.

»Ich weiß nicht, was ich sagen soll«, stellte Leo beschämt fest, während er mich dabei beobachtete, wie ich den Inhalt meiner Reisetasche in den Wandschrank einsortierte. Er stand im Türrahmen gelehnt, den linken Fuß entlastend angewinkelt.

»Du musst nichts sagen, Leo«, versicherte ich ihm. »Ich mach es gern.« Das stimmte auch. Ich sah es als willkommene Abwechslung, um mal aus dem üblichen Trott rauszukommen. Und ob ich von meiner oder Leos Wohnung in die Werft fuhr, spielte keine Rolle.

»Ich bin es nicht gewohnt«, warnte er mich vor. »Aber ich geb mir Mühe.«

»Schon klar, Leo.«

Francesca wollte wissen, wie er sich machte. »Er liegt brav auf dem Sofa, sieht fern oder er starrt an die Decke. Meistens starrt er an die Decke.«

Sie nickte wissend, kannte ihn gut genug, um sich vorstellen zu können, dass *Leo-Sitting* nicht gerade die simpelste aller Übungen war.

»Du weißt, dass du das nicht tun musst.«
»Wieso soll ich nicht? Er ist mein Freund.«
»Weil er dich ganz schön fordert.«
Das stimmte. Einkaufen, Haushalt, Wäsche, Kochen und dazwischen ein Leo, bei dem es von der Tagesform abhing, wie erträglich sich die freie Zeit dazwischen entwickeln würde. Einfach war es nicht. Aber warum sollte es das auch sein. Freunde nach einem solchen Kriterium auszuwählen fand ich falsch.
Leo war komplex, und das hatte seine Gründe. Ich mochte es auch. Und so gestalteten sich die Tage sehr unterschiedlich. Alles in allem hatte ich jedoch das Gefühl, dass meine Gegenwart ihm gut tat. Er haderte nicht mehr so mit seinem Schicksal. Er entspannte sich etwas. Und er gab sich *Mühe*, wie er versprochen hatte.

»Wie geht's dem Fuß?« Ein Nicken.
»Ich habe die Gondel zur Werft bringen lassen«, erklärte ich ihm, stellte die Einkäufe in der Küche ab, schnappte mir eine Banane und setzte mich ihm gegenüber auf einen der Sessel. »Es ist jetzt die ideale Gelegenheit, ein paar Wartungsarbeiten durchzuführen.«
Leo betrachtete mich mit unergründlichem Blick. Er lag auf seinem Wildledersofa, das linke Bein hochgelagert, und lauschte klassischer Musik.
»Die Deutschen und ihre Komponisten ...«, sinnierte er. »Schon komisch, dass ein solch blutleeres Volk solche Musik zustande gebracht hat.«
»Was hören wir da?«
»Telemann, heißt er. Georg Phillip Telemann.«

»Klingt schön«, stellte ich fest. »So fröhlich.«
»Ja, das stimmt.« Er lächelte versonnen. »Es klingt schön, fast schon federleicht. Und doch ist da Tiefe.« Leo hörte gerne klassische Musik. Ich fand das fast klischeehaft – der Junge aus gutem Hause, der selbstredend der ernsten Musik zugetan war. Tatsächlich war er der einzige seiner Sippe, der sich dafür begeistern konnte. Diese Leidenschaft war es auch gewesen, die ihn und Viola ein Stück weit zusammengeschweißt hatte.
»Ich verpasse der Gondel einen neuen Anstrich«, sprach ich das Thema erneut an. Leo nickte, schien aber nicht weiter daran interessiert.
»Ich habe nie ein Instrument gelernt«, teilte er mir mit. »Obwohl ich Musik so liebe, habe ich das nie getan.«
»Was für ein Instrument wäre es denn geworden?« Ich dachte an Klavier.
»Querflöte«, sagte er etwas verträumt. »Ich mag ihren warmen, jubilierenden Klang. Eigentlich widerspricht sich das ja, aber bei dieser Flöte klappt das irgendwie.«
»Und warum hast du es nie gelernt? Deine Eltern haben dir doch sicher nicht im Weg gestanden.«
»Sie hätten mich vielleicht unterstützt.« Er hob die Schultern, so, als ob es ihm gleichgültig wäre. »Ich hab mich einfach nicht getraut. Hatte wohl Angst, dass ich es nicht kann.«
»Man muss so was versuchen. Sonst wirst du nie erfahren, ob du etwas kannst oder nicht.«
Er schien über meine Worte nachzudenken, wippte mit dem Kopf zur Musik und lächelte still in sich hinein. Ich

stellte ihn mir mit Querflöte vor. Ein wirklich schönes Bild. Es passte für mich.
»Gibt es noch andere Dinge, die du gerne gemacht hättest?« Leo lachte hell auf.
»Wie viel Zeit hast du, Cece? Ich wüsste gar nicht, wo ich da anfangen sollte.«
»Es ist nie zu spät dafür!« Mir war klar, es klang wie ein Spruch vom Kühlschrankmagneten, aber für Leo schien es eine neu gewonnene Erkenntnis zu sein.
»Meinst du ehrlich, Cece?«, fragte er interessiert.
»Pirro hat mal über dich gesagt, du wärest ein Künstler«, erinnerte ich mich. »Das ist ewig her, ich habe es jedoch nicht vergessen. Ich wusste damals nicht, wie er das meinte, aber heute habe ich eine Idee dazu.«
»Und wie sieht die aus, deine Idee?« Er hatte seinen Oberkörper aufgerichtet, das Haar aus der Stirn gestrichen und betrachtete mich aufmerksam.
»Ich denke, das musst du selbst herausfinden, Leo«, enttäuschte ich ihn. »Schau dir genau an, was dir dein Innerstes sagt, sammle deinen Mut, und geh es an.«
»Dottore Selva hat gesprochen!«, konterte er sarkastisch, griff zur Fernbedienung und stellte die Musik etwas lauter. Dennoch – in seinem Kopf hatte es begonnen zu arbeiten.

»Ich darf Gondelbauer werden«, überraschte mich ein überglücklicher Filippo. Den *Gondelbauer* hauchte er, so ungeheuerlich war diese Neuigkeit wohl für ihn. »Paolo hat mir gesagt, dass ihr es mir beibringen werdet.« Selig leuchtende Augen und ein staunendes Strahlen auf seinem Gesicht ließen daran keinen Zweifel.

Paolo stand im Hintergrund, kaute grinsend auf einem Bleistift rum und hob die Schultern. »Was meinst du, Cesare, bekommen wir das hin, wir zwei?«
»Da habe ich nicht den geringsten Zweifel«, versicherte ich, während ich Filippo durch sein Haar kraulte. »Da hast du dir was vorgenommen, Kleiner«, sagte ich zu ihm. »Siehst du das?« Ich fuchtelte mit meinen Händen vor seinem Gesicht rum. »Alle noch dran!«
Es war ein gutes Gefühl das zu erleben. Sowohl für Paolo und Francesca, doch vor allem für Filippo war es ein wichtiges Jahr gewesen. Und schon nach kurzer Zeit hatte er mich als großen Bruder adoptiert. Gut, darin war er geübt. Aber tatsächlich veränderte sich unser Verhältnis durch diesen Schritt. Seine großherzige Akzeptanz wich einem tiefen Vertrauen.
»Der Junge ist wirklich ein Glücksfall«, sagte Francesca mir einmal in einer stillen Stunde, bei einem kalten Bier, draußen vor der Werft. Paolo war mit Filippo unterwegs, um Einkäufe zu erledigen. »Ein kleiner Pirro, wenn du mich fragst.«
»Sie haben Ähnlichkeiten«, stimmte ich zu, »aber Pirro tut sich mit einigen Dingen schwerer als Filippo. Auch wenn er nach außen so locker wirken mag. Innen ist er das nicht.«
»Ich weiß«, sagte sie leise, und sie klang ein bisschen traurig dabei. »Kommst du damit zurecht, Cece?«
»Ja«, antwortete ich erstaunt. »Es ist alles gut.« Da schenkte sie mir ein Lächeln. Mehr folgte nicht. Das Thema war damit beendet.

Violas Geige hatte ich noch gut in Erinnerung. Leos Querflöte ging einen Schritt weiter. Die Töne drangen tief in meinen Schädel und sorgten dort für spontane Fluchtgedanken.
»Das ist Gina!«, stellte Leo mir feierlich eine üppige Brünette vor, deren Lockenberg wie eine prachtvolle Federboa über ihre Schultern fiel. Sie hatte sich offensichtlich eingefunden, um ihm das Spiel mit der Querflöte beizubringen. Gina nickte, reichte mir ihre Hand und versicherte mit dunklem Timbre, dass in wenigen Wochen das Schlimmste überstanden sei.
»In wenigen Wochen bin ich nicht mehr hier«, antwortete ich lächelnd und schaute zu Leo. »Toll! Du überraschst mich.« Das tat er tatsächlich. Mit einer solch unmittelbaren Reaktion auf unser Gespräch hätte ich nicht gerechnet.
»Ich überrasche mich gerade selbst«, gab er zu und betrachtete das blank polierte Instrument, als sei es ein Fremdkörper in seiner Hand. »Es macht Spaß. An den Lippen ist es komisch.«
»Das gibt sich«, versicherte Gina. Ich fand es in den Ohren komisch. Aber ich freute mich. Leo tat innerlich einen Schritt nach vorne.
Seine Blässe war etwas gewichen. Ein zartrosa Schimmer zog sich über sein Gesicht. Er war aufgeregt. Das war unübersehbar. Leo war auf dem Weg.

»Ich komme etwas früher zurück als geplant. Wie findest du das?«
»Gibt es Probleme?«

»Nicht direkt ...« Pirros Stimme klang angestrengt. *»Es ist einfach nicht entspannt hier. Ich bin aber auch früher fertig geworden. Außerdem bin ich erkältet, ich will nach Hause.«*
»Ich freu mich natürlich.«
»In fünf Tagen bin ich bei dir.«
»Ich liebe dich, Pirro.«
»Darauf bau ich! Ah, und Cece? Ich wünsch mir Pasta mit Muschelragù. Dazu alles, was Hirse vergessen lässt, ja? Schokolade vielleicht. Vor allem aber viel Pasta, viel Muscheln.«
Ich versprach es ihm. So war es eigentlich immer. Unsere Gespräche verliefen banal. Wie sollte es auch anders sein.
Diese Entfernungen machten uns sprachlos. Ein Gespräch mit Substanz war frühestens zwei Tage nach Pirros Ankunft möglich. Vorher war nicht daran zu denken. Jetlag, Erholung, Kulturschock ...
Es brauchte seine Zeit. Und das war auch richtig so. Denn auch ich musste mich erst mal wieder daran gewöhnen, dass er zurück war. Auch ich brauchte meine Zeit.

Normalerweise schlafe ich sehr gut. Tief und traumlos. Im Gegensatz zu Pirro ist es mir möglich, zehn Stunden am Stück durchzuschlafen, ohne Probleme.
In dieser Nacht war das anders. Ich weiß nicht, woran es lag, aber ich erwachte. Es war ein ganz allmähliches Aufwachen, kein abruptes, wie ich es von Albträumen her kannte. Ich glitt behutsam von der Schlaf- in die Wachphase, und da merkte ich es plötzlich: Es war etwas anders, als es sein sollte. Etwas stimmte nicht.
Die bodenlangen Vorhänge waren zugezogen, sodass durch einen schmalen Spalt des Stoffes Licht durchs Fenster fiel.

So war der Raum fast völlig verdunkelt. Doch eben nur fast. Und da wusste ich es. Ich war nicht allein. Das hörte ich eher, als dass ich es sah. Ruhiges, tiefes Luftholen. Auf dem Stuhl neben meinem Bett, da saß jemand. Dort zeichnete sich ein dunkler Umriss ab. Leo ...
Er hatte sich zurückgelehnt, schien mich zu betrachten. Rasch schloss ich meine Augen, um nicht ertappt zu werden, wartete angespannt ab, versuchte meinen Atem so ruhig wie möglich zu halten und stellte mir die Frage, was das hier werden sollte.
Nach einer Weile wagte ich es, etwas zu blinzeln. Ja, es war Leo. Sein Umriss war unverkennbar. Er saß bei mir und bewachte in aller Ruhe meinen Schlaf. Und dann, irgendwann, nach einer halben Stunde vielleicht, strich seine rechte Hand sacht über meine Decke und zeichnete die Konturen meines Körpers nach, ganz so, als wolle sie mich streicheln, sehr behutsam, ohne Eile, mit Bedacht. Und da begann ich endlich zu begreifen.

VII.

2012

Die halbe Nacht habe ich alleine in der Küche zugebracht. Der Rotwein ist Geschichte. Und ich etwas ruhiger. Als ich die Augen aufschlage, ist Leo schon aus dem Haus. Er schläft kaum in der letzten Zeit. Sein Duft haftet noch am Laken.
Der Entschluss, es auf mich zukommen zu lassen, frei zu sprechen, ist auch nüchtern betrachtet die richtige Entscheidung, stelle ich fest.
Ich stehe auf, trinke nach dem Duschen einen doppelten Caffè, beiße in einen Apfel und mache mich auf, zur Werft. Dort wartet Filippo auf mich. Er ist fertig geworden, nun will er mir das Ergebnis zeigen. Das sagt mir das Display meines Smartphones. Ich kann nicht gerade sagen, dass ich besonders erpicht darauf bin, besagtes *Ergebnis* zu begutachten, doch es ist wichtig für Filippo, also werde ich es mir natürlich ansehen.
Es ist ein ruhiger Morgen auf den Canälen, kein Gedrängel. Ein milchiger Dunst steht über der Lagune, taucht die Gebäude in sanftes, goldenes Licht. Postkarten-Wetter. Die Touristen werden davon nichts mitbekommen, sie schlafen noch. Also steuere ich das Boot, ein motorisiertes Topo, mit mäßigem Tempo, schön leise. Ich genieße diese seltene Stimmung auf dem Wasser, freue mich über die freien Canäle und die bewegte Luft, die trotz des heißen Sommers durch die Gassen und über das Wasser streicht.

Ein solches Klima ist selten. Alle fünf Jahre vielleicht. Ein Wind ist dafür verantwortlich, der von Nordwesten zu uns zieht.

Als ich die Werft erreiche, erwartet Filippo mich bereits. Er ist ungeduldig, nimmt sich aber Zeit für eine Umarmung.

»Ich bin so gespannt, wie du ihn findest«, sagt er zu mir und zieht mich an meinem Ärmel in die Werkstatt. Da steht er nun also, der Sarg. Filippo lächelt stolz. »Und? Wie findest du ihn?«

»Er ist schön!«, sage ich, und das ist er wirklich. Filippo hat die unterschiedlichsten Holzsorten aus den unterschiedlichsten Ländern und Kontinenten verwendet, daher ist es ein sehr bunter Sarg geworden. Das milchige Gelb des Ahorns ist ebenso vertreten wie tiefrotes Nussholz aus Nordamerika.

»Du weißt schon, dass er verbrannt wird?«, frage ich nur noch mal zur Vorsicht.

»Ja, sicher, aber was soll's? Es hätte ihm gefallen, guck mal hier ...« Filippo tritt einen Schritt auf seine Arbeit zu, macht sich am Deckel zu schaffen und schiebt an einem verborgenen Mechanismus eine Klappe zur Seite.

»So kann er rausgucken!«, erklärt er, und rührt mich damit. Tatsächlich hat er an alles gedacht. Die intensive Arbeit an dem Sarg kommt nicht von ungefähr. Francesca war auf diese Idee gekommen.

»Gebt ihm was zu tun, das ihm den Abschied erleichtert«, hatte sie zu uns gesagt. »Lasst ihn doch einfach den Sarg bauen.«

Nun, wo das Ergebnis dieser *Therapie* vor mir steht, weiß ich, dass es eine gute Entscheidung gewesen war, ihm diese Aufgabe zu übertragen.

»Wie geht es dir?«, frage ich ihn. Er schaut mich an, aus großen grauen Augen, streicht sich eine Strähne aus dem Gesicht und lächelt.

»Gut! Es geht mir gut«, sagt er, klopft auf den Sargdeckel, kommt auf mich zu und stellt sich neben mich, betrachtet prüfend sein Werk.

»Und du?«, fragt er nach einer Weile. »Wie ist das mit dir? Wie fühlst du dich?«

»Besser«, sage ich wahrheitsgemäß. »Doch ich brauche noch etwas Zeit.«

Dann schweigen wir, betrachten den bunten Sarg, gehen unseren eigenen Gedanken nach.

»Willst du mir beim Ölen helfen?«, fragt er irgendwann, und als ich schon verneinen möchte, erkenne ich seine Absicht dahinter.

»Brauchst du denn Hilfe?«, frage ich.

»Ich könnte sie schon gut gebrauchen, ja!« Er lächelt lieb, so wie es eigentlich nur Filippo kann. Ich weiß, dass er lügt. Er kommt wunderbar ohne mich aus. Ich bin ihm dankbar dafür.

»Wenn es so ist, helfe ich gerne«, sage ich und beginne damit, mich umzuziehen.

1.

2008

»... und darum komme ich mit denen nicht klar.« Vor Pirro stand eine Schüssel mit Spaghetti Vongole, die er leidenschaftlich verschlang. Währenddessen erzählte er.
»Arbeitsbedingungen, die wir so nicht unterstützen können, dazu der Druck der dortigen Kommunen.« Seit vier Stunden war er aus Ägypten zurück. Kein Pfefferkorn. Wenig Euphorie. Pirro wirkte desillusioniert, vor allem aber erledigt.
»Es wird nicht miteinander geredet«, erklärte er mir gerade die Stimmung dort. »Da gibt es nur Schwarz und Weiß, richtig und falsch. Zack und aus!«
»Hauptsache, dir ist nichts passiert!«, sagte ich, während ich ihm Bier nachschenkte.
»Die Gefahr bestand nicht einen Moment«, versicherte er. »Doch es wirkt sich natürlich auf unsere Verhandlungen aus. Ich werde Marco empfehlen, Saflor, Mastix und Nelken aus anderen Regionen zu beziehen.«
Er hatte abgenommen. Das war nach seinen Reisen bislang zwar meist der Fall gewesen, diesmal fand ich es allerdings auffällig. Bei jemandem, der kein Gramm zu verschenken hat, fällt ein Kilo gleich ins Auge.
»Ich hatte einfach keinen Hunger«, spielte er es herunter. »Und bei dir? Wie lief es bei dir?«
Ja – wie lief es bei mir? Es gab eine Menge zu erzählen. Viel war passiert. Nur wie ich es ihm sagen sollte, das wusste ich noch nicht.

Leos Besuche ... Nicht, dass etwas zwischen uns geschehen wäre. Dazu hätte ich es nie kommen lassen. Doch meine Sicht auf ihn begann sich zu verändern. Vieles ergab plötzlich Sinn für mich. Seine Tränen, die Enttäuschungen, seine Wut, sein Trotz.

Und so hatte ich die kommenden Nächte wach gelegen, darauf wartend, dass sich Leos Besuch wiederholte. Einfach, um sicherzugehen, dass es sich dabei nicht nur um einen fantastischen Wach-Traum gehandelt hatte. In der dritten Nacht tat er es. Er besuchte mich wieder. Vielleicht kam er nicht zur Ruhe, und so verbrachte er diese Zeit an meinem Bett, betrachtete still meinen Schlaf und verabschiedete sich irgendwann mit einer kleinen Zärtlichkeit. Leo war in mich verliebt. Dieser Gedanke ließ mich schlucken. Es war die einzige Erklärung. Leo. Mein bester Freund. Dieser scheue weiße Vogel, ungelenk, doch wunderschön. Verstockt, wirr, verwöhnt, mit diesem unergründlichen Blick, seinen spöttischen Lippen. Er war verliebt. In – mich!

»Du musst zu ihm zurück«, appellierte Pirro an meine Hilfsbereitschaft. Ich hatte ihm zunächst von Leos Bootsunfall berichtet.

»Und ehrlich gesagt«, hängte er noch an, »ich kann auch mal ganz gut eine Zeit für mich alleine gebrauchen, nach all dem.«

Also willigte ich ein. Eine aufregende Vorstellung. Leos nächtliche Besuche bildeten bis zu diesem Moment noch mein Geheimnis. Sehr sinnlich. Es lockte mich. War verstörend ...

Meine Fantasie begann zu wandern. Da waren Bilder, die mich die Augen schließen ließen, so aufregend waren sie für mich. Verführerisch ... Dennoch: Irgendwann sprach ich es aus.
»Leo hat sich in mich verliebt«, sagte ich. »Das solltest du wissen.« Meine Stimme kippte ein wenig. Pirro stand am offenen Fenster. Er rauchte. In Ägypten hatte er wieder damit angefangen.
»Ich glaube, das weiß ich ungefähr seit unserem zwölften Lebensjahr«, überraschte er mich. Ich wusste nicht, was ich dazu sagen sollte. Pirro blies etwas Rauch ins Zimmer.
»Er hat immer zu dir aufgeschaut, Cece. Und da lag nicht nur Bewunderung im Blick.«
»Ja, aber ...«
»Warum ich nie was gesagt habe, fragst du dich jetzt, stimmt's?« Ich nickte.
»Habe ich mich auch gefragt. Ich weiß es nicht.« Einen Moment betrachtete er gedankenverloren die Glut seiner Zigarette, drehte sie spielerisch in seinen Fingern.
»Ich hab dich ja auch geliebt«, sagte er schließlich. »Vielleicht darum.«
Dann lächelte er etwas traurig. »Einem Vergleich hätte ich doch nie standgehalten, überleg mal ... wenn du die Wahl gehabt hättest ...«
Ich schüttelte den Kopf, wollte das nicht hören.
»Cece«, sagte Pirro schließlich in einem Tonfall, der so klang, als würde er letztlich alles erklären. »Du hast Leo eine Gondel gebaut.«
Da hatte er natürlich recht. Aber das hieß gar nichts.

2.

Da war sie also wieder. Meine Gondel. Unsere ... Träge schaukelte sie in der Einfahrt zu unserer Werft. Schmucklos, doch vollkommen.
»Wie findest du sie?«, fragte ich Filippo. Der betrachtete sie skeptisch.
»Da fehlt so einiges«, sagte er schließlich. Kein Wunder. Er kannte nur die reich verzierten Boote.
»Es ist Leos«, erklärte ich ihm. »Das soll so sein. Er will sie ganz schlicht.«
Filippo zuckte mit den Schultern. Es war ihm egal. »Und nun?«, wollte er wissen. »Was machen wir jetzt?«
»Ich werde den Rumpf neu versiegeln. Wenn du Lust hast, kannst du mir dabei helfen.« Das gefiel ihm.
»Es war meine erste Gondel«, erzählte ich ihm später, nachdem das Boot seitlich aufgebockt vor uns stand. Ich sah, dass er sie nun mit anderen Augen betrachtete. Mit sorgfältigeren. Sein Blick wanderte gewissenhaft die Details entlang. Er versuchte, die einzelnen Arbeitsschritte nachzuvollziehen.
»Wie lange hast du gebraucht?«, wollte er wissen. Ich erzählte ihm die Geschichte, erinnerte mich an unsere allererste Ausfahrt. Pirro, Viola, ich – und ein völlig verstörter Leo, der an diesem Tag zumindest im Ansatz begreifen sollte, dass in ihm ein Gondoliere steckte, wenn auch ein eigenwilliger. Ob ihm das nun passte oder nicht.
»Es war eine mühsame Arbeit gewesen«, erklärte ich ihm. »Das Begutachten der einzelnen Hölzer, das Fällen der Entscheidung, welche Planke tatsächlich ausgetauscht

werden musste und welche nicht. In mancher Hinsicht ist es mit mehr Aufwand verbunden ein altes Boot zu restaurieren, als ein völlig neues zu bauen.« Ich strich über den schwarzen, stumpfen Rumpf.

»Du musst ihn sehr mögen, wenn du ihm deine erste Gondel geschenkt hast«, stellte er fest und er klang sehr weise dabei. Ich dachte an Pirro, schloss für einen Moment meine Augen.

»Glaub mir, es war nicht ohne, das durchzusetzen. Paolo ist ein zäher Brocken, das wirst du auch noch merken.«

Da lachte Filippo. »Ich mag Paolo!«, sagte er und verschwand im hinteren Teil der Werkstatt. Dort begann er summend einen Rollwagen mit den nötigen Werkzeugen zu bestücken, die wir für unsere Arbeit benötigten. *Filippo ist ein Glücksfall* – da hatte Francesca recht. Diese Werft war nicht mehr dieselbe, seit der Kleine hier rumwuselte. Wie konnte es sein, dass jemand mit einer solchen Geschichte wie Filippo, eine so positive Sicht auf das Leben hatte? Es war ein Rätsel für mich.

Und wie war es möglich, dass ein Mensch wie Leo, dem eigentlich alles zu Füßen lag, es nicht fertigbrachte, sein Glück mit den Händen zu greifen? Die Antwort war simpel. Zumindest bei Leo. Er konnte es nicht erkennen. Er war blind für Glück, schritt einfach darüber hinweg, ließ es liegen.

Das Boot zu sanieren war eine Sache. Leos Herz zu öffnen, eine ganz andere. Einen Versuch war es wert. Und das sah nicht nur ich so. Das hatte ich nun verstanden. Dank des Abends zuvor.

»Eigentlich habe ich mir immer gedacht, dass es einmal dazu kommen wird«, hatte Pirro da zu mir gesagt. Die Zeit war vorangeschritten. Wir saßen uns am Küchentisch gegenüber, Bier in unseren Gläsern. Durch das geöffnete Fenster drangen vertraute Nachtgeräusche.
»Wozu kommt?«, wollte ich von ihm wissen.
»Du und Leo! Dass ihr zusammenfindet.«
»Warum sagst du das?«, fragte ich aufgebracht. »Wie kommst du jetzt darauf, so was daraus zu machen?« Eine Weile sah Pirro einfach nur auf die Tischplatte. Dann griff er den überfüllten Aschenbecher, leerte ihn, setzte sich wieder zu mir und zündete sich eine weitere Zigarette an. So ging das schon den ganzen Abend.
»Eigentlich ist es das Beste, was uns passieren kann«, sagte er schließlich, trank einen Schluck und nickte still.
»Was uns *passieren* kann?«
»Gut – was mir passieren kann.«
»Pirro, ich verstehe dich nicht. Ich weiß nicht, was hier gerade passiert, aber es gefällt mir nicht. Du verhältst dich wie ... ja, wie Leo!«
Er lachte laut auf. »Da ist was dran!«, stimmte er mir zu.
»Von meiner Seite passiert da überhaupt nichts«, versicherte ich ihm. »Ich habe dir das mit Leo erzählt, damit du weißt, was mich hier beschäftigt. Das ist alles.«
»Und dafür danke ich dir.« Nun lächelte er. Minuten vergingen, ohne dass einer von uns etwas zu sagen wusste. Schließlich ergriff Pirro das Wort. Und damit änderte sich alles für uns.
»Eigentlich mag ich es nicht besonders, berührt zu werden«, sagte er. Seine Stimme klang völlig normal dabei,

ohne jedes Pathos. Es war keine nennenswerte Emotion herauszuhören. Ich verstand zuerst nicht, was er mir damit sagen wollte. Also wiederholte er es für mich.
»Es hat nichts mit dir zu tun, Cece«, versicherte er. »Das bin ich. So ist es halt: Ich mag es eigentlich nicht, angefasst zu werden.« Nun wurde es kompliziert.
»Was habe ich falsch gemacht?«, lautete meine erste Reaktion.
»Du hast überhaupt nichts falsch gemacht, Cece. Ich weiß nicht, woher es kommt. Frag meine Familie, frag meine Geschwister. Vielleicht hat es damit was zu tun, vielleicht nicht. Es ist etwas, das ich einfach nicht brauche.«
»Ja, aber wir ...«
Er schüttelte traurig den Kopf. »Ich habe es erst auch nicht verstanden«, erklärte er mir. »Weißt du, ich habe Sehnsucht nach den Menschen. Nach dir. Doch da ist kein ... da ist nichts.«
»*Ist nichts*?«, echote ich seine Worte.
»Kein Verlangen. Im Gegenteil. Ich bin heilfroh, nicht berührt zu werden und ich berühre auch nicht gerne.« Für einen Moment starrte er an die Zimmerdecke, dann zog er ein letztes Mal an seiner Zigarette und drückte sie aus.
»Deine Nähe, die liebe ich. Versteh das nicht falsch. Aber dieser Akt drumrum. Der Sex, dieser ... Aufwand ... dieser Stress. Ich mag es halt nicht.«
»Also war alles nur ... gespielt?«
Einen Moment überlegte er, dann ein Nicken. »Was den Sex angeht, dieses ganze Tamtam, wenn du so willst – ja! Ich wollte doch, dass du glücklich bist, Cece ... dass du mich magst.«

Wir haben noch Stunden weitergeredet. Verstehen konnte ich es nicht. Ich kann es immer noch nicht richtig, bin aber, glaube ich, auf einem guten Weg. Begriffen hatte ich, dass es nichts mit einem Mangel an Zuneigung zu tun hat. Das glaubte ich Pirro. So wie ich ihm alles geglaubt habe. Pirro ist der glaubwürdigste Mensch, dem ich je begegnet bin.
»Kannst du dir vielleicht vorstellen, zwei Menschen zu lieben?«, hatte er mich irgendwann, sehr spät in der Nacht gefragt, hoffnungsvoll gelächelt und seine Hand nach mir ausgestreckt. Und dann, bevor ich etwas erwidern konnte, noch hinzugefügt: »Eigentlich tust du es ja schon. Du siehst es nur noch nicht.«
Was sollte ich darauf schon erwidern? Er hatte ja alles gesagt, aus seiner Sicht. Was spielte die meine da noch für eine Rolle?

3.

»Dass du noch bleibst, finde ich toll.« Wir saßen am offenen Balkon, den Blick auf den Canal gerichtet und folgten dem gemäßigten Treiben unter uns. Leos Fuß ruhte auf einem kleinen Schemel. Ich trank Chino, er seinen üblichen Rotwein.
»Warum suchst du dir nicht jemanden, der hier mit einzieht?«, fragte ich. »Platz genug hast du, und du wärest nicht so alleine.«
»Und wenn es schief geht, Cece?« Leo schüttelte den Kopf. »Ich weiß, dass es nicht einfach ist, mit mir klarzukommen. Und außerdem: Ich mag das Alleinsein.« Das stimmte nicht, da machte er sich was vor, aber ich schwieg dazu.
»In ein paar Tagen kommt der Gips runter, dann sollte ich auch wieder solo funktionieren.« Nun hatte er mal wieder alles missverstanden.
»Das wollte ich damit nicht sagen, Leo. Ich bin gerne hier. Schön, dass der Gips runterkommt.«
»Meinst du das ernst?«
»Was?«
»Dass du gerne hier bist?« Er hatte sich zu mir gedreht und betrachtete mich aufmerksam. »Ich meine, ich mache eigentlich nur Arbeit, bin launisch und ungerecht, lasse alles um mich herum liegen, nerve mit meinem queren Geflöte ...«
»Stimmt!«, bestätigte ich lachend. Einen Moment lang folgte mein Blick einer Gondel, die ruhigen Ruders unter dem Fenster vorbei glitt. Lautlos, anmutig ...

»Ich mag dich sehr, Leo«, sagte ich nun leiser, »darum bin ich hier. Darum, und weil du mein Freund bist. Verstehst du?«
Leo musterte mich ratlos. »Nein«, antwortete er schließlich. »Doch ich danke dir dafür.«

Noch in derselben Nacht fand er zu mir. Lautlos schlich er durch den Türspalt, setzte sich, wie schon die Male zuvor zu mir und gab sich seiner Betrachtung hin. Und wieder lag ich nur da, still, stellte mich schlafend, hielt meinen Atem unter Kontrolle, spürte meinen Herzschlag, und wartete ab. Etwas war allerdings anders in dieser Nacht. Denn meine Gedanken kreisten nicht um Leo.
Ich dachte an Pirro, dachte daran, wie er jetzt, genau zu diesem Zeitpunkt, alleine auf seinem Dachlager schlief, oder er aber wach lag, so wie ich selbst, und sich vielleicht gerade überlegte, wie es wohl mir ergehen würde, in diesem Moment, oder – uns. Daran musste ich denken. Ein trauriges Bild. Ich hatte Sehnsucht nach ihm.

Der Rumpf der Gondel erstrahlte in neuem Glanz. Stolz begutachteten Filippo und ich das Ergebnis unserer Arbeit. Im Grunde war es ja nichts Besonderes; ein lackiertes Boot eben. Doch die gemeinsame Zeit, die wir darauf verwendet hatten, die war es schon.
Filippo und ich, wir begegneten uns nun auf Augenhöhe. Für ihn war es das allererste Mal gewesen, an einer Gondel mit Hand angelegt zu haben, für mich die Premiere, zu erklären, wie man so etwas tat. Es ließ mich vier Jahre zurückdenken. Da war es Paolo gewesen, der mich in die

Restaurierung dieser Gondel eingewiesen hatte. Ein unvergesslicher Prozess. Ich zweifelte nicht daran, dass es für Filippo und mich eine ähnliche Bedeutung haben könnte.
»Sie ist wirklich schön!«, sagte Filippo, nachdem wir das Boot wieder zu Wasser gelassen hatten. Sein Blick wanderte anerkennend die klaren Linien entlang. Pomp und Pracht spielten auf einmal keine Rolle mehr für ihn.
»Es hat Spaß gemacht, mit dir zusammenzuarbeiten.« Er schenkte mir ein Lächeln, und dann fragte er: »Wird Leo sie wieder fahren können? Du wohnst doch zurzeit bei ihm.«
»Woher weißt du, dass ich bei ihm wohne?«
»Na, von Pirro. Ich hab ihn gestern besucht.«
»Wie geht es ihm?«
Nun erntete ich einen etwas schrägen Blick. »Gut«, antwortete er verhalten. »Wir haben Pizza gebacken.«
»Er wird sie wieder fahren können«, antwortete ich. »Genau kann man das allerdings erst sagen, wenn der Gips ab ist.« Das sollte schon am kommenden Mittag der Fall sein.

»Wie geht's dir?« Das Gewürzkontor. Dort hatte ich ihn abgefangen.
»Alles bestens «, antwortete er. »Aber dir wohl nicht, wenn du hier auf mich wartest.«
»Trinken wir einen Caffè zusammen?«
»Wenn es auch was anderes sein darf? Mein Magen ist noch nicht so fit!« Er lächelte schief. Wir entschieden uns für eine Bar um die Ecke. Ein Tisch unter der Markise war noch frei.
»Ich habe viel an dich gedacht«, sagte ich ohne Einleitung. »Du fehlst mir, Pirro.«

Er trank von seinem Tee, für den er sich entschieden hatte. »Sind ja nur noch ein paar Tage.«
»Ich würde gerne noch die nächste Woche abwarten«, sagte ich. »Dann weiß ich genau, wie gut er alleine klarkommt.«
Pirro steckte sich eine seiner Zigaretten an, inhalierte tief den Rauch und nickte.
»Wir befinden uns in einer eigenartigen Situation«, sagte er schließlich. »Ich bin echt froh, dass es raus ist, ehrlich. Aber ich weiß nicht, was ich tun kann, Cece.« Eine Rauchschwade wanderte über den Tisch. »Ich bin völlig hilflos«, gestand er leise. So saßen wir uns gegenüber, sahen schweigend aneinander vorbei, beobachteten die Touristenströme, tranken unsere Getränke und sehnten uns zusammen.
»Ich weiß es auch nicht«, sagte ich irgendwann leise. Ich spürte seine Liebe, zumindest ahnte ich sie, und er sicher auch die meine, doch wir waren allein damit, jeder für sich. Mein Impuls, ihn in den Arm zu nehmen, war sofort der Befürchtung gewichen, dass er das ja vielleicht nicht mochte. Und wenn er mir seine Hand reichte, so wie an jenem letzten Abend, dann wusste ich nicht, ob ich sie ergreifen sollte. Denn was, wenn er es nur mir zuliebe tat, einfach, um mir einen Gefallen zu tun? Unsere Leichtigkeit, sie war dahin.
»Ich habe versucht dir alles aufzuschreiben«, sagte Pirro plötzlich, griff etwas hektisch in die Tasche seiner Jacke und zog ein ziemlich zerknicktes Papier hervor. Er schob es mir über den Tisch. »Vielleicht hilft dir das ja, es besser zu verstehen.«

Ein Brief. Ich betrachtete die vertraute, ungelenke Handschrift, strich das Papier etwas glatt und faltete das Geschriebene sorgfältig zusammen.

»Eine gute Idee, Pirro.«

Er lächelte. Mehr war nicht drin.

4.

»Und, wie ist es so?«, rief ich gegen den Fahrtwind.
»Er juckt und fühlt sich kalt an!«
»Aber hast du das Gefühl, dass er wieder in Ordnung gekommen ist?«
»Es tut weh, aber das ist normal, sagen sie.« Nach einem weiten Bogen über die offene See drosselte ich den Motor und steuerte die Perlucci-Riva hinein ins nächtliche Venedig.
Leo genoss es. Für ihn war es das erste Mal seit Wochen, dass er sich für längere Zeit außerhalb seiner Wohnung befand. Für seine Verhältnisse strahlte er regelrecht.
»Wie lange können wir sie behalten?« Ich klopfte auf das blau-weiße Steuerrad.
»Auf jeden Fall so lange, bis ich wieder komplett hergestellt bin. Sie sind dir übrigens sehr dankbar.« In diesem Moment war ich es ihnen auch. Mit einer 58er Riva durch Venedig zu cruisen hieß für mich nicht weniger, als einen wunderbaren Wimpernschlag lang in eine einzigartige Lebensart abtauchen zu dürfen. Deren berauschende Epoche hatte nur unwesentlich länger als diese Spritztour angedauert.
An diesem Abend gingen wir Essen. Ein gipsloser Leo lud ein. Zum Feiern! Und so landeten wir in einem feinen, kleinen Restaurant, das etwas versteckt in einem verschwiegenen Hinterhof mit lauschigen Außentischen, wunderschönem Kerzenlicht und einer Fischkarte lockte, die ihresgleichen suchte.
»Vertraust du mir?«, fragte er mich mit dunklem Blick. Ein besonderes Lächeln huschte über den Tisch.

»Blind«, versicherte ich ihm.
»Dann verwöhne ich dich jetzt mit gegrilltem Hummer und eiskaltem Pinot. Wie klingt das für dich?«
»Absolut unglaublich.«
»Ist es auch, Cece, glaub mir. Dieses Gericht verändert einen.« Leo so sprechen zu hören, war neu für mich. Seine sinnliche Ader war für mich bislang im Verborgenen geblieben.
»Du hast mich die letzten Wochen wirklich gerettet«, fing er wieder an, sich zu bedanken.
»Es war eine schöne Zeit«, wiederholte auch ich mich. Ein Gespräch zum Laufen zu bekommen, und es dann auch noch am Leben zu erhalten, fiel mir in einem solchen Rahmen nicht so leicht. Das musste ich noch üben. Nicht jedoch das Genießen. Hummer und Wein waren sensationell. Zwar hatte ich hie und da schon mal einen Pinot getrunken, aber das, was uns da im Kühler serviert wurde, hatte nichts mit den Trauben gemein, die ich sonst so kannte.
»Zum Hummer gibt's nichts Schöneres«, versicherte mir Leo, der Kellner nickte beflissen und fügte hinzu, »zumindest wenn es die gegrillte Variante betrifft.« Der erste zarte Bissen überzeugte restlos. Besser hatte ich nie zuvor gegessen. Ich sagte es Leo und ich sah die Freude, die ihm das bereitete.
»Das macht mich glücklich«, rutschte es ihm raus. Das wiederum gefiel mir. Glücklichmachen gehörte zu meinem Ziel in dieser Nacht. Ich war aufgeregt, hatte eine Idee dazu, wie mir das gelingen konnte. Nur brauchte ich Mut dafür. Der Pinot! Er war wirklich gut.

Die Straßen hatten sich geleert. Die Stadt konnte ein wenig durchatmen. Wir gingen langsam. Es war noch etwas Besonderes für Leo und die Krücken machten deutlich, dass auch noch nicht alles überstanden war. Doch der kurze Weg vom Restaurant zur Riva bildete kein Problem. Unsere Schritte hallten zwischen den Häusern wider, wodurch eine eigenartig intime Situation entstand, eine beinahe unheimliche, da differenzierte Geräusche dieser Stadt meist fern waren.
»Trinken wir noch was?«, fragte Leo mich. Sein breites Grinsen sagte mir, dass es eine fragwürdige Idee war.
»Zuhause«, schlug ich vor. Da hatte ich ihn auf der sicheren Seite.
»Du bist wunderbar«, ließ der Pinot ihn schwärmen.
»Du auch Leo. Und jetzt guck nach unten, wenn du den Schritt machst.« Mit *dem Schritt* bezeichneten wir die Spanne vom Anleger zum Boot. An sich keine große Sache, aber in Leos Fall zumindest eine Hürde, eine schwankende. Er meisterte sie mit Bravour.
Weit hatten wir es nicht, daher drehte ich noch eine Kurve, um das Boot etwas zu bewegen, den malerischen Blick vom Wasser aus genießend, vor allem jedoch, um etwas Zeit zwischen jetzt und gleich zu bringen. Ich war wirklich sehr aufgeregt. Vor allem nicht sehr geübt in so was. Also wurde es Zeit, bevor mich der Mut verließ.
»Es war ein großartiger Abend«, verkündete Leo wiederholt, als wir endlich die Fondamenta Frari erreicht hatten. Er freue sich auf einen Grappa, hatte er mich wissen lassen. Nun, das war auch eine Idee.

»Cece«, sagte er schließlich, als ich dabei war, die Tür aufzuschließen, »ich weiß nicht, wie ich das je wieder gut machen kann.«
Da fasste ich mir ein Herz, zog ihn zu mir, in den Schatten des Torbogens, strich behutsam durch sein Haar. Meine Lippen flüsterten sacht: »Da hätte ich schon eine Idee, Leo.«
Und dann küsste ich ihn. Lange und lustvoll.

Es geschah im Einklang, was es besonders machte. Wir beide, wir wollten es. Wir beide wollten uns! Mit Haut und Haar. Und zum ersten Mal überhaupt erlebte ich, was es heißt, begehrt zu werden.
Nun, nach dieser Nacht, konnte ich das so sagen. Ich hatte den Vergleich. Zum ersten Mal spürte ich die hingebungsvolle Leidenschaft eines anderen. Ich konnte sie riechen, konnte sie schmecken. Es bedurfte keiner Gewürze. Die Aromen, die uns anhafteten, bildeten das Laken für unsere Lust. Das Zittern spiegelte unseren überwältigten Unglauben wider, dass dies nun tatsächlich und wahrhaftig mit uns geschah. Leos Blässe ließ ihn so verwundbar erscheinen. Unberührt.
Ich saß auf ihm, bewegte mich vorsichtig, strich leicht über seine Brust, ließ meine Finger wandern – über Rippenbögen, die Taille hinunter, hin zum Bauchnabel. Umkreiste ihn dort, wanderte wieder hinauf, strich seinen Hals entlang, bewegte mich etwas geschmeidiger, erreichte seine Lippen; ließ ihn knabbern, ließ ihn tiefer hinein, gab meinem Körper einen schnelleren Rhythmus, umfasste seine Schultern, konzentrierte mich ganz auf ihn – und sah,

dass es gefiel. In diesem Spiel hatte ich das Ruder in der Hand. Da war ich der Gondoliere.

Mein Cece,

wie mache ich das jetzt?
Eigentlich hatte ich vorgehabt, dir schon viel eher von mir zu erzählen, aber dann habe ich mich nicht getraut. Mir ist klar, dass das jetzt das Ende unserer Beziehung sein kann. Nur warum? Eigentlich bin ich ganz normal. Ich liebe ganz normal. Nähe finde ich auch gut, und das Küssen liebe ich. Da bist du mein Magier. Das war nie gelogen. Glaub mir das.
Frag nicht, wieso das so ist, wieso ich das eine mag und das andere eben nicht.
Ich habe versucht es zu verstehen, wirklich, aber es gibt da keine Erklärung für. In der Medizin nennt man es Asexualität. Es gibt da verschiedene Typen. Ich bin noch nicht mal einer der ‚Schlimmen'. Da gibt es welche, die gar nichts zulassen können. Vielleicht ändert sich das auch noch mal bei mir.
Ich hab ja so eine Vision. Nur weiß ich nicht, ob das funktionieren kann. Ich möchte so gerne dein Freund bleiben, dein Pirro, ich möchte aber auch, dass du glücklich bist, mit allem, was dazugehört.
In meiner Vision gibt es zwei Menschen in deinem Leben. Mindestens. Beide liebst du – und beide lieben dich.
Jeder, so gut er es kann. Jeder auf seine Weise.
Das ist die Vision. In ihr taucht keine Eifersucht auf, einfach deshalb, weil sie überflüssig ist. Weil es um Liebe geht.
Zwei Dinge sind mir wichtig. Es ist mir wichtig, dass du mir glaubst, dass meine Art, so zu sein, nichts mit dir zu tun hat, und zweitens,

dass du weißt, dass du völlig frei bist. Dieser letzte Punkt ist mir besonders wichtig.
Es tut mir leid, dass ich dir nicht von Anfang an gesagt habe, wie es in mir aussieht. Oder ‚mit' mir.
Aber irgendwie war da auch immer noch die Hoffnung, dass sich da vielleicht noch was für mich ändern würde.
Das ist nun nicht passiert.
Ich liebe dich so sehr,

dein Pirro

Ich hatte ihn Leo vorgelesen. Der Brief war für mich so etwas wie eine Legitimation. Die schriftliche Erlaubnis meines Liebsten. Und nun, nachdem es geschehen war, um mich und Leo, stellte ich voller Erleichterung fest, dass ich dazu stehen konnte, ohne ein schlechtes Gewissen.
»Was denkst du darüber?«, fragte ich ihn.
»Gerade bin ich ganz woanders, Cece«, sagte er. »Können wir das vielleicht verschieben?« Ich betrachtete Leo, ließ meinen Blick über seine weiße Haut wandern, zu diesem vertrauten Gesicht, das mir jetzt aus einem Berg von Kissen verschlafen entgegen sah.
»Natürlich, entschuldige.«
»Weißt du, ich bin gerade etwas durch den Wind.« Ein Lächeln. Entrückt, süß. »Hiermit hätte ich nie gerechnet.«
»Ich ehrlich gesagt auch nicht«, gab ich zu, schmiegte mich an ihn und strich über sein Haar. »Pirro ... der hat's von Anfang an gewusst.«
»Was hat er gewusst?«
»Im Grunde das mit uns.«

Einen Moment lagen wir nur so da, betrachteten die dunkle Balkendecke, lauschten den Geräuschen der Morgendämmerung, tauschten beiläufige Zärtlichkeiten aus und genossen unsere neu gewonnene Nähe. Irgendwann sagte Leo: »Deswegen hat er uns ausgesucht!«
»Wie meinst du das?«
»Er hat das gesehen, damals. Er hat's gewusst, er hat das gespürt. Wie auch immer. Als wir beide noch an überhaupt nichts dachten. Da hat er es schon gewusst. Überleg doch mal: Was für ein irrer Zufall soll das denn sein, mit uns? Pirro war schon immer so. Wie ein *Seher*.«
Da hatte er recht. Pirros Antennen waren sehr fein justiert, seit jeher. Seine Menschenkenntnis trog ihn eigentlich nie. Ebenso wenig sein Instinkt.
»Was soll nun mit uns werden?«, fragte Leo irgendwann. Die Frage stellte ich mir auch. Es galt sie zu klären.

Wir saßen nebeneinander auf dem Dach, auf Pirros Nachtlager. Ich hatte ihm irgendwann ein einfaches Gestell mit einem Baldachin gebaut. Es glich die leichte Neigung und die Unebenheiten der flachen Ziegel aus. Darauf hatte er seine Matratze ausgerollt. Ich hatte ein bisschen Platz mit eingeplant, um Büchern, einer Laterne oder Getränken Raum zu geben. Und es gab Hakenverbindungen, damit sich das Ganze bei Regen mit einer Plane wasserdicht abdecken ließ.
»Ich hatte immer Angst, dass du hier irgendwann mal runterfällst, darum habe ich damals die hintere Kante höher gezogen«, erzählte ich ihm mit Blick auf die Konstruktion.

Er strich über die besagte Leiste und lächelte. »Mein erstes, für mich gebautes Bett.«
Ich sah über die Dächer, über das warme Ocker der Ziegel, machte ein paar Tauben aus, die Unterschlupf in einem Glockenturm gefunden hatten. Hier oben war eine andere Welt. Es gab keine Canäle, kaum Geräusche, die Sicht war ungehindert, menschenleer. Eine goldgelbe Wüste aus Ziegeln.
»Dein Brief, Pirro«, begann ich.
»Ja, was ist damit?« Ich hörte die Aufregung aus seiner Stimme heraus.
»Wir glauben, es könnte funktionieren ... so.« Nun lächelte er unergründlich. Dann, nach einer Weile: »Es gibt jetzt also ein – *wir?«* Ich nickte, hätte gerne seine Hand ergriffen, in diesem Moment, ließ es jedoch.
»Und? Ist es ein *wir* für euch«, fragte er zögerlich, »oder auch eins für uns?«
Ich lächelte und sagte: »Ich möchte mit dir zusammen sein, Pirro. Bedingungslos.« Ich küsste seine Stirn. »Ohne dich gibt es mich nicht.«
Pirro hob den Kopf. Tränen hatten sich in seinen Augen gesammelt. »Das ist schön«, sagte er leise. »Du kannst dir gar nicht vorstellen, wie sehr.«
Ich hatte eine ungefähre Ahnung. Aber das sagte ich ihm nicht. Lieber ließ ich den Magier sprechen, den er so sehr an mir mochte.

Die Nacht verbrachten wir auf seinem Dach. Es kostete mich Überwindung, doch mit Pirro an meiner Seite verschwand meine Furcht etwas. Eng an ihn geschmiegt. Das

ging also. Es gefiel ihm sogar. Küssen und Nähe waren erwünscht. Alles darüber hinaus eben nicht. Einfache Spielregeln. Es war die innerliche Verbundenheit, die zählte, die Liebe, die zwischen uns bestand. Und die war da. Sie war gefestigt, saß tief in mir drin und machte mich stark. Bevor ich wegdämmern konnte, verlor sich mein Blick im Sternenhimmel.
Pirros Beckenknochen drückte im Schlaf fest gegen den meinen, und wenn ich versuchte ein wenig Abstand zu gewinnen, rückte er sofort nach. Nähe war ihm also nicht nur *nicht* unangenehm, er suchte sie sogar. Irgendwann ergab ich mich, rollte auf die Seite und schmiegte mich direkt an ihn. Ich spürte seinen Atem an meinem Hals, seinen Arm auf meiner Brust, und fühlte mich geborgen, in diesem Moment. Trotz der schwindelnden Höhe, in der wir uns befanden, trotz der unendlichen Weite über mir.
Und dann tauchte plötzlich Leo in meinen Gedanken auf. Leo, mit seinem Hunger auf mich. Das war etwas, das mich besonders überrascht hatte, in der vergangenen Nacht. Mein verhaltener, in sich gekehrter Leo – er konnte auch ganz anders. Aber diese Bilder vertrieb ich wieder. Denn nun war ich hier. Nirgends sonst. Und genau das wollte ich auch spüren. Pirro und mich.

VIII

2012

»Ich mache mir nach wie vor Vorwürfe!«, sagt er zu mir. Leo spricht nicht gerne darüber, aber nach dem dritten Glas Rotwein kommt es dann doch mal dazu.
»Das musst du nicht«, sage ich ihm, wie schon so oft zuvor. »Du konntest es nicht wissen. Außerdem ist alles richtig, so wie es gekommen ist. Unter den Umständen, meine ich. Du hast dir nichts vorzuwerfen.«
»Ich habe nicht nachgedacht.«
»Worüber hättest du nachdenken sollen, Leo? Er hat dich losgeschickt, und du wolltest ihm einfach nur helfen. Du wusstest nicht, was er vorhat, und selbst wenn ... wie sollte man denn auf eine solche Idee kommen?«
»Wie weit bist du mit deiner Rede?«, wechselt er das Thema.
»Ich bin fertig damit. Ich werde sie frei halten.«
»Und sonst so?«
»Filippo hat einen Sarg gezimmert«, erzähle ich. »Er wird dir gefallen. Mit einer Klappe zum Rausschauen. Er ist wirklich schön geworden. Und der Bestatter hat sich gemeldet. Es wird alles so laufen, wie wir es möchten.«
Leo nickt. »Wenn das hinter uns liegt, möchte ich gerne mit dir wegfahren, wieder ins Apennin, wenn das okay für dich ist?« Er liebt die Berge. Die Ruhe dort. Die Abgeschiedenheit. Der perfekte Ort für meinen Gondoliere.
»Eine wunderbare Idee«, versichere ich ihm.

Wir stoßen an, trinken einen Schluck, schauen zum Canal hinaus.
Ich erinnere mich an die erste Zeit hier, in Leos Refugium. Er mit seinem Gips und ich als sein – ja, was? Sein Betreuer? Sein Aufpasser? Als sein Freund! Das war der einzige Grund gewesen, seinerzeit.
Leos nächtliche Besuche an meinem Bett. Ich muss lächeln bei dieser Erinnerung. Irgendwann hat er es mir gebeichtet.
»Du hast mich nicht bemerkt«, hat er mir da gesagt, »aber ich habe nachts oft bei dir gesessen, und dir beim Schlafen zugeschaut.«
»Warum hast du das getan?«
»Ich wollte dir nah sein. Und ich war dir so dankbar.«
»Was hättest du getan, wenn ich aufgewacht wäre?«, habe ich ihn daraufhin gefragt. Dafür schenkte er mir ein Lachen.
»Oh Gott, ich weiß es nicht! Es wäre so peinlich geworden. Ich wäre vermutlich im Boden versunken.«
Ich habe ihm einen Kuss gegeben. Er weiß bis heute nicht, dass ich es weiß. Wozu auch? So ist es viel schöner.

1.

2008

Angelo fehlte. Einer unserer erfahrensten Bootsbauer. Eine Prellung der rechten Hand. Das bedeutete Verzug und schlechte Stimmung.
»Stillstand!«, jammerte Paolo fortwährend. »Jetzt haben wir den vollkommenen Stillstand!« Das war natürlich völlig übertrieben.
»Wir können doch erst mal von hinten wegarbeiten«, schlug ich vor. »Es muss Material vorbereitet und nachbestellt werden, da sind noch Lackierarbeiten offen und die Werkstatt müsste auch mal wieder aufgeräumt werden.«
»Ich kann helfen!«, warf ein begeisterter Filippo ein.
»Trotzdem werden wir die Abgabetermine nicht einhalten können.«
Auch das stimmte so nicht, aber ich verstand seine Sorge. Paolo ging gerne auf Nummer sicher und schätzte ein entspanntes Arbeitstempo. Damit war es nun vorerst vorbei.
»Wir werden um Überstunden nicht herumkommen, Cece«, prophezeite er denn auch mit düsterem Blick, nachdem er den Kleinen aus der Werkstatt gescheucht hatte. Ich versicherte ihm, dass das nicht das Problem sei.
Als ich mich mittags mit einem Panini in der Küche versorgte, fragte Francesca: »Wie geht's dir, Junge?«
»Wir haben viel zu tun. Angelo fehlt an allen Ecken.«
»Das meinte ich eigentlich nicht.«
»Was meinst du dann?«

»Filippo hat so eine Bemerkung fallen lassen. Dass es bei dir und Pirro Probleme geben würde. Ist da was dran?«
»Wie kommt er drauf?«
»Das kann ich dir nicht sagen. Er hat ihn besucht, vor ein paar Tagen. Und danach hast du mit ihm an Leonardos Gondel gearbeitet.«
»Es ist alles in Ordnung«, sagte ich knapp. »Da bastelt er sich was zusammen.«
Ich sah ihr Nicken, erkannte jedoch auch die Skepsis in ihren Augen. Sie glaubte mir nicht. Zumindest glaubte sie eher Filippo. Ich konnte es ihr nicht verdenken.
Wenig später, in der Werkstatt, erkundigte sich auch Paolo nach meinem Befinden. Das fand ich nun schon etwas eigenartig.
»Was willst du wissen?«, fragte ich gröber als beabsichtigt.
»Nur wie es dir geht«, antwortete er etwas erstaunt. »Du versorgst zurzeit Leonardo, und nun musst du auch noch Doppelschichten schieben. Da will ich halt wissen, wie es dir damit geht. Aber entschuldige, wenn der Signore damit ...«
»Nein, nein«, unterbrach ich ihn. »Nett, dass du fragst. Das mit den Doppelschichten ist in Ordnung. Mach dir keine Sorgen. Und Leo kommt schon wieder alleine zurecht. Es geht mir also gut – um deine Frage zu beantworten.« Ging es ja auch wirklich. Ich wurde sehr geliebt. Wie soll es einem da gehen.

Ich hörte die Flöte schon von Weitem. Wie all die Passanten um mich herum, die mit ihren Blicken irritiert die umliegenden Fassaden absuchten, um zu ergründen, woher

es kam, dieses enervierende Gefiepe. Mit Betreten der Wohnung setzte ich dem ein Ende.
»Ich hab da einen schrecklichen Fehler gemacht«, gestand ich, nahm ihm die Flöte aus der Hand, gab ihm einen Kuss, packte das Instrument in seinen Koffer und klappte ihn zu. »Die verstecke ich jetzt so, dass du sie nie wiederfindest.«
Leo nickte enttäuscht.
»Es klingt noch nicht so toll, aber Gina meint, das vergeht, und dann soll es wunderbar sein.«
»So lange lebe ich nicht.« Ich verlor mich einen Moment in seinen dunklen, ernsten Augen, strich durch sein Haar und schickte einen weiteren Kuss hinterher. Leo lächelte verlegen.
»Wie geht es dir?«, fragte er, während er nebenbei begann, eine vorsichtige Übung mit dem linken Fuß auszuführen. Sie unterstützte den Muskelaufbau.
»Die Frage des Tages!«, teilte ich ihm mit. »Danke, geht so.« Ich erzählte, wie es bei uns in der Werft lief.
»Du weißt, dass ich nur noch bis Sonntag hier bin«, schloss ich meinen Bericht. »Wirst du dann alleine klarkommen?«
Leo nickte betreten. »Wird schon klappen.«
Wir hatten im Vorfeld lange darüber gesprochen, wie es weitergehen sollte, zum einen praktisch, auf Leos Handicap bezogen, zum anderen aber auch mit uns. Es würde nicht einfach.

Leo hatte nie gelernt zu teilen. Er war es gewohnt zu bekommen, was er wollte. Zumindest auf praktischer Ebene. Zwischenmenschlich sah es hingegen ganz anders aus. Er hatte nur wenig Freunde. Seine einzige Beziehungs-

erfahrung war die mit Viola, und was seine Familie anging – die hielt er, so gut es eben ging, auf Abstand.
Und dann platzte ich auf einmal in dieses vertraute, perfekt zurechtgerückte Konstrukt, riss Mauern ein, schnappte mir diesen scheuen Gondoliere, erstürmte sein Herz, riss ihm die Klamotten vom Leib – und machte Abstriche.
»Wie willst du denn uns beide lieben?«, hatte Leo mich Tage zuvor gefragt. Er klang unglücklich dabei. »Wie soll das gehen, Cece?«
Eine Antwort hatte ich da auch nicht für ihn. Allein den tiefsitzenden Wunsch, das wahr zu machen, was Pirro sich in seinem Brief erträumt hatte. Innerlich kam ich jedoch nicht weiter, verdrängte es auch, mich darauf einzulassen. Leo war da schneller.
»Ich weiß überhaupt nicht, wie ich Pirro jetzt gegenübertreten soll«, sagte er abends im Bett. »Einerseits habe ich ein schlechtes Gewissen, andererseits bin ich total eifersüchtig auf ihn. Diese eine Nacht, als du da auf seinem Dach ...«
»Lass es, Leo!«, bat ich. Ich konnte ihn ja verstehen. Wir drehten uns im Kreis.
»Liebst du mich denn überhaupt?«
Ein großes Wort. Wann *liebte* man schon? Bei Pirro hatte es eine ganze Zeit gedauert. Zunächst war da Prickeln, etwas Neues, Reizvolles, was gelebt werden wollte, aber – Liebe? Die war erst später gekommen. Mit dem Vertrauen, das zwischen uns gewachsen war. Ja! Genau! Das war es! Plötzlich konnte ich den Zeitpunkt benennen, besser noch: Ich konnte Liebe benennen.

Wie war das damals, als ich von meiner Adoption erfuhr? Das Vertrauen war dahin, und mit ihm – die Liebe. Es musste erst wieder wachsen, um sie erneut zulassen zu können.
»Ich habe dir eine Gondel gebaut, Leo!«, bediente ich mich Pirros Antwort und ich beließ es dabei. Ihm zu sagen, dass uns da noch ein langer Weg bevorstehen würde, behielt ich lieber für mich. Denn mein Vertrauen in ihn hielt sich in Grenzen. Doch ich war bereit diesen Weg zu gehen, denn ein Keim war gesetzt. Natürlich liebte ich Leo auf eine gewisse Weise. Das Vertrauen zu ihm musste nur noch wachsen, sichtbar werden.
»Du hast recht«, sagte er leise. Die Antwort schien ihn zufriedenzustellen. »Du hast mir eine Gondel gebaut!«

Irgendwie war es schon verrückt. Wäre Leo nicht auf diese durch und durch schräge Idee gekommen, sich nachts heimlich zu mir an mein Bett zu setzen, hätte Pirro vielleicht nie den Mut gefunden, mir von seinen Berührungsängsten zu erzählen.
Und ich? Ich wäre wohl kaum auf den Gedanken gekommen, mich in Leo zu verlieben. Den ... Gedanken. Diese Vorstellung hakte. So etwas *dachte* man sich nicht herbei – es flog einen an.
Ich setzte mich auf, lehnte mich an die Wand und betrachtete Leo im Schlaf. Was mag da in seinem Kopf umhergegeistert sein, als er dasselbe mit mir getan hatte? Sein schwarzes Haar bedeckte fast völlig sein Gesicht. Er lag auf der Seite, mir zugewandt, die Hände unter seinem Kopf gelagert. Gleichmäßiges, pfeifendes Atmen. Ein durch und

durch friedliches Bild. Wenn Leo eine Schlafposition gefunden hatte, blieb er auch dabei. Für jemanden, der innerlich so zerrissen wirkte wie er, hatte er ein erstaunlich entspanntes Schlafverhalten.

Noch drei Tage, und ich sah mich einer neuen Herausforderung gegenüber. Wieder zu Hause. Und dann? Eine eigenartige Vorstellung. Alles war auf den Kopf gestellt. Ich lebte ein Experiment. Wir – lebten es. Wir alle drei. Eins, das mich nicht schlafen ließ.

2.

Nachdem ich meine Tasche im Flur abgestellt hatte, ging ich in die Küche, öffnete den Kühlschrank, holte eine Flasche Chino heraus, trank sie aus und sah mich um. Was hatte sich verändert?

Der Abwasch ließ auf Pasta mit irgendeiner Sahnesoße schließen. Ein paar Tomaten mussten aussortiert werden. Sie waren aufgeplatzt, an den Rändern hatte sich bereits Schimmel gebildet.

Auf der Wäscheleine, die vom Fenster zur gegenüberliegenden Hauswand gespannt war, hing sein üblicher Khaki-Mix. T-Shirts, Hosen, Unterwäsche. Ich begann damit, sie abzunehmen und zusammenzulegen. Dann der Rest der Wohnung. Unser, oder – mein Schlafzimmer war unberührt.

Klar, es hatte die letzte Zeit über nicht geregnet. Er hatte all die Nächte auf seinem Dach verbracht. Wahrscheinlich auch die Abende. Pirro ging es ja nicht um bestimmte Zeiten, die er draußen verbringen wollte. Lief es nach ihm, fände sein ganzes Leben außerhalb von vier Wänden statt. Hielten wir uns gemeinsam in der Küche auf, stand er eigentlich immer am Fenster. Überhaupt ...

Ich packte die Wäsche in sein Schrankfach, schnappte mir zwei Birnen und machte mich an den Aufstieg.

Pirro saß unter seinem Baldachin und las. Er hatte sich ein Sonnensegel gespannt, sodass man es dort gut aushalten konnte. Eigentlich ein anheimelndes Bild, solange man

nicht darüber nachdachte, dass er sich nicht ganz aus freien Stücken dort befand.
Ich kletterte über einen kleinen Holztritt aus dem Fenster zu ihm. Es war angenehm hoch, sodass man es fast schon als kleine Tür bezeichnen konnte. Drei heikel knirschende Schritte über Ziegel – dann war ich bei ihm.
Er lächelte, legte sein Buch zur Seite, nahm die Birnen entgegen und machte mir etwas Platz. »Wie schön«, sagte er mit einem Lächeln, und: »Willkommen Zuhause!«
Ich schaute mich um, nahm für einen Moment diesen weiten Blick in mich auf, anschließend sah ich direkt in sein Gesicht, in diese weichen, braunen Augen über dieser wirklich bemerkenswerten Nase, unter diesem völlig wirren Haarschopf, und lächelte ebenfalls. Er duftete nach Muskat. Ganz leicht nur. Es stimmte. Ich war zu Hause.

»Da wären ein paar Bedingungen«, sagte ich später.
»Noch vor ein paar Tagen hast du das ausgeschlossen.«
»Was – ausgeschlossen?«
»Bedingungen! Du hast von Bedingungslosigkeit gesprochen.« Er hatte recht. Ich erinnerte mich.
»So meine ich es auch nicht«, beschwichtigte ich. »Nennen wir es Bitten, ja? Ich habe einige Bitten an dich.« Er sagte nichts dazu – wartete ab.
»Ich möchte ein Treffen zu dritt!«, erklärte ich. »Es ist alles so schwierig, so kompliziert und unausgesprochen. Ich möchte, dass wir versuchen, da einen gemeinsamen Weg zu finden.«

Nun lächelte er. »Wenn du das nicht vorgeschlagen hättest«, sagte er erleichtert, »hätte ich es getan. Hast du schon mit Leo darüber gesprochen?«

»Noch nicht«, gab ich zu.

»Soll ich das machen?« Die Idee gefiel mir. Ich nickte.

»Mach ich gerne. Und weiter?«, fragte er.

»Weiter?«

»Bedingung*en* ...« Stimmte ja!

»Ich möchte dich bitten, dir zu überlegen, ob wir nicht vielleicht in die Werft ziehen. Das mit dem Dach hier ist keine Lösung. Für dich geht das vielleicht. Ich bekomme hier Panik. An der Werft haben wir sogar einen kleinen Garten. Den könntest du dir so gestalten, wie du willst.«

»Hast du dir das ausgedacht, oder kommt das von Francesca?«

»Sie wissen nichts von dieser Idee.«

»Und Filippo? Was ist mit ihm? Wo soll er hin?«

»Filippo bleibt natürlich. Unter dem Dach gibt es zwei Zimmer. Das eine müsste nur entrümpelt werden.« Eine Zeit lang sprach keiner von uns.

»Ich mag das hier mit dem Dach«, sagte er schließlich. »Und weißt du, Cece, Familienanschluss ist der Grund, warum das so ist.« Das war mir auch klar, aber ich hatte gehofft, dass er da unterscheiden konnte.

»Was hältst du davon, wenn wir uns nach einer neuen Wohnung umsehen?«, fragte er schließlich. »Das auf dem Lido war doch damals gar nicht so schlecht. Vielleicht finden wir so was wieder. Und mein Bootsbauer spendiert mir dann eine kleine Barke. Wie findest du das?«

Ich begann gerade darüber nachzudenken, als er noch hinzufügte: »Es muss ja keine Gondel sein!« Das fand ich nun allerdings ziemlich überflüssig.

3.

Die Trattoria, in der wir verabredet waren, lag in unmittelbarer Nähe zu Leos Wohnung. So hatte er nur ein paar Schritte zu bewältigen. Und schon da zeigte sich, dass es nicht so leicht werden würde mit uns. Denn als ich Leo um die Ecke humpeln sah, folgte ich nicht etwa meinem Impuls, auf ihn zuzulaufen – ich verharrte bei Pirro und wartete ab.

Die Begrüßung verlief hölzern. Pirro versuchte, entgegen seinem Naturell, Leo in den Arm zu nehmen. Das wiederum scheiterte daran, dass dieser mit seinen Unterarmstützen zu solcherlei gar nicht in der Lage war. Es endete letztlich mit einer Art kumpelhaftem Schultergeklopfe.

Ich selbst wurde von Leo mit einem sehnsüchtigen Augenaufschlag gestreift. Mehr traute er sich nicht. Also trat ich auf ihn zu und gab ihm einen Kuss auf die Wange.

»Schön, dass du da bist«, flüsterte ich. Da lächelte er zum ersten Mal. Ein vorsichtiger Seitenblick zu Pirro zeigte mir, dass dieser sich abgewandt hatte. Offen blieb, ob er es tat, um uns nicht zu stören, oder um dies nicht sehen zu müssen. Einfach würde es wirklich nicht.

»Hummer wirst du darauf nicht finden«, witzelte Pirro über Leos skeptischen Blick in die Karte. Perfekt! Nun musste er denken, ich hätte mit Details unserer *ersten* gemeinsamen Nacht geprahlt. Hatte ich aber nicht. Leo blieb jedoch ganz ruhig. Er lächelte sogar ein wenig.

»Pizza«, sagte er entschieden. »In einem solchen Laden isst man Pizza.«

Dann passierte eine Weile nichts. Wir saßen an einem kleinen, quadratischen Außentisch, dicht am Canal. Mit dem Daumennagel zeichnete ich das Muster des karierten Tischtuchs nach, Pirro spielte gelangweilt mit dem Salzstreuer und Leo rückte immer wieder sein linkes Bein zurecht.

»In zweieinhalb Wochen fliege ich in die Türkei«, beendete Pirro plötzlich das Schweigen. Ich hörte zum ersten Mal davon.

»Das ist ... gut«, sagte ich, ohne nachgedacht zu haben. Beide erstarrten.

»Nein, nein«, beschwichtigte ich rasch. »So war das nicht gemeint. Was ich sagen will ...« Ich wandte mich zu Pirro, sah seine Betroffenheit.

»Was ich sagen will, ist, dass ich mir Gedanken über eine Regelung gemacht habe.«

Nun überlegte ich meine Wortwahl sehr genau. »Eine Regelung, die für uns alle okay ist. Und da war mir die Idee gekommen, vielleicht so was wie einen Zwei-Wochen-Rhythmus auszuprobieren, und als du eben sagtest … Na ja, das würde halt passen. Und du wärst in der Zeit noch nicht mal alleine.« Ich senkte meinen Blick. »Das fand ich halt gut.«

»Die Idee ist wirklich nicht schlecht«, kam mir Leo zu Hilfe. Pirro sagte nichts dazu. Aber es war unschwer zu erkennen, dass er nicht viel davon hielt.

»Mach halt einen besseren Vorschlag!«, sagte ich etwas genervt.

»Habe ich nicht«, gab er zu. »Nur darum geht's doch heute Abend auch nicht.« Er lehnte sich zurück, ließ den Blick

zwischen uns pendeln. »Außerdem bezweifle ich, dass sich so was im Wochentakt organisieren lässt.«
»Worum geht's denn dann?«, fragte ich fordernd.
»Es geht darum, hier zu dritt zu sitzen«, antwortete er, beobachtete aber Leo dabei. »Wie ist das?«, fragte er über den Tisch. »Sind wir immer noch befreundet, wir zwei? Was meinst du?« Leo sah betroffen zu mir.
»Oder bin ich jetzt dein Konkurrent?« Pirro ließ nicht locker. »Wie ist das bei dir, Leo?«
Für einen Moment unterbrach der Kellner das Geschehen, in dem er die Getränke servierte, dann geschah das Unerwartete.
»Ich habe deinen Brief gelesen«, antwortete Leo überraschend. »Und der sagt mir, dass wir es nicht sind. Oder zumindest nicht sein sollten. Du hast Hoffnungen darin beschrieben. Die teile ich mit dir. Auch was dich betrifft.«
»Du hast ihm meinen Brief gezeigt?«, fragte Pirro entgeistert.
Ich nickte stumm. »Ja, wieso sollte er denn nicht?« Leo beugte sich über den Tisch, sodass er Pirro recht nahekam. »Dein Brief war wunderbar. Und dadurch habe auch ich dich verstanden. Und genau deswegen sehe ich dich auch nicht als Konkurrent.« Er lehnte sich wieder zurück. »Bei dir scheint es allerdings anders zu sein.«
Pirro war indes in sich zusammengesunken. Etwas, das ich nicht von ihm kannte.
Ich hatte eine Ahnung, woran das liegen konnte. Es war meine Schuld. Ich hatte ihn gedemütigt. Den Brief an Leo weiterzugeben, war ein Fehler gewesen.

»Ich hätte es nie so gut erklären können«, entschuldigte ich mich.
»Was? Dass ich es nicht bringe?«, fragte Pirro bitter. »Er sagt ja selbst – ich bin kein Konkurrent für ihn! Sag mir, Cece. Wie soll ich denn gegen ... gegen *so was* ... eine Chance haben?«
So was sah erst betroffen zu mir, dann zu Pirro. »Was soll das hier werden?«, fragte er direkt. »Sitzen wir hier nicht zusammen, um genau das zu vermeiden? Tut mir ja leid, Pirro, dass es bei dir so ist, wie es nun mal ist, ehrlich, aber dafür kann an diesem Tisch jetzt wirklich niemand was. Und hätte ich nicht den Brief gelesen, hätte Cece mir davon erzählt. Wäre dir das vielleicht lieber gewesen?« Pirro schüttelte den Kopf.
»Hätte er es für sich behalten sollen?« Wieder ein Kopfschütteln.
»Ja, was dann?«
Pirro senkte den Kopf, sodass wir sein Gesicht nicht sehen konnten, doch irgendwann tropften Tränen auf die Speisekarte vor ihm. Verschämt wischte er sie mit seinem Arm beiseite. Ich rutschte mit meinem Stuhl neben ihn, legte meinen Arm über seine Schulter und sagte: »Wir gehen ein paar Schritte, ja?« Er ließ sich darauf ein. Wenigstens das.

Auch im Nachhinein verstand ich seine Reaktion nicht. Er hatte gewusst, dass ich mit Leo zumindest über den Brief gesprochen hatte. Die Grundlage für all das, was geschehen war, bildete doch eben dieser Brief. Daran hatte ich nie einen Zweifel gelassen. Weder Pirro noch Leo gegenüber.

Ich hatte ihm nichts verschwiegen. Und dann solch eine Reaktion?
»Es ist ihm unangenehm«, sagte Leo später. Pirro war nach Hause gegangen. Auch mein Versuch ihn zu beruhigen hatte nicht weitergeholfen.
»Dass ihm das unangenehm ist, habe ich auch gemerkt«, erwiderte ich kauend. »Nur so erreicht er jetzt genau das Gegenteil.«
»Ich glaube, wir können uns überhaupt nicht vorstellen, wie es ist, in seiner Haut zu stecken«, sagte Leo nachdenklich. »Du bist bestimmt das Beste, was ihm je in seinem Leben passiert ist, Cece. Und auf einmal komme ich, breche mir mal eben den Fuß, und nehme dich ihm weg.«
»Aber das ...«
»So sieht er es scheinbar.« Leo griff zur Serviette, strich über seine Lippen, legte sie zusammen und schob seinen Teller von sich.
»Der Brief, den hat sein Kopf diktiert. All das Gerede von Freiheit und Zukunft miteinander. Doch das heute Abend, das kam von ganz tief innen. Das hatte mit Logik, Wissen und Verstand nichts zu tun. Er hat Angst. Also beißt er um sich. Er ist traurig.«
Leo erstaunte mich. Dass er sich mit den Befindlichkeiten anderer auseinanderzusetzen vermochte, war mir neu.
»Wie kommst du auf all das?«, fragte ich verblüfft.
»Weil ich mich mit Eifersucht gut auskenne, Cece.« Sein Blick blieb unergründlich.
»Und nun?«, fragte ich ratlos. »Was kann ich tun?«
Da lachte Leo. »Bau ihm eine Gondel, Cece!«, lautete seine Antwort. »Beweise ihm, dass du ihn liebst.«

4.

Seit einer Woche hielt sich Pirro nun schon in der Türkei auf. Es war ihm gelungen die Reise vorzuverlegen, sodass es zwischen dem Abend in der Trattoria und seinem Flug nur noch eine knappe Woche zu überbrücken galt.
Noch in derselben Nacht war ich zu ihm auf sein Dach geklettert, hatte mich an ihn geschmiegt und versucht ihn zu trösten. Ob es mir gelungen war, konnte ich nicht sagen. Irgendwann hatten wir wach nebeneinander gelegen, in den wolkenlosen Sternenhimmel gesehen, aber gesprochen haben wir nicht miteinander.
Pirro begann sich zurückzuziehen. Innerlich. Äußerlich hatte er dies durch seine Dachexistenz ja schon längst vollzogen.
»Ich gebe nicht so einfach auf«, sagte ich einmal zu ihm, als er sich mit etwas Obst und einer Flasche Wasser wieder aufmachte, den Rest des Tages unter freiem Himmel zu verbringen. »Aber wie ist es mit dir?«
»Ich auch nicht«, hatte er da geantwortet, mich mit einem traurigen Blick bedacht und sich an seinen Aufstieg gemacht.
Da war es das erste Mal, dass ich an Trennung gedacht hatte, in diesem Moment. An Trennung und an Auszug.
Nun befand ich mich also bei Leo. Und es war ein besonderer, ein völlig anderer Moment gewesen, als jener, in dem ich schon einmal mit meiner rotblau-karierten Reisetasche bei ihm vor der Tür gestanden hatte. Es war neu. Ein Schritt.

Er hatte geöffnet – und da stand ich nun. Ein Lächeln, eine Umarmung und dann ein Kuss, ein nicht enden wollender. Das war seine Begrüßung gewesen. Ein Willkommen. Es folgte das fahrige Entledigen von Kleidung, das beiläufige Entkorken eines Proseccos, die ungeduldige Hingabe gegenseitigen Entdeckens. Leos Körper faszinierte mich. Jede einzelne Partie. Diese unfassbare Blässe seiner Haut, dieses Durchscheinende, fast Transparente. Keine Muskelgruppe, die durch das Rudern nicht beansprucht wurde. Geschmeidig. Und Leo hatte Ideen. Seine Lippen betreffend, seine Zunge, sinnlich diesmal. Sie gefielen mir. Überraschten mich. Sehr!

»Was mich wirklich erstaunt«, sagte ich eine Viertelstunde nach unserem Liebesspiel, »ist, dass du überhaupt keine Probleme damit hast.«
Leo saß gegen die Wand gelehnt, seinen Fuß etwas hochgelagert, und trank Prosecco. Er lächelte verträumt.
»Weißt du noch, damals, auf Pirros Geburtstag, diese Hinterhofparty?«
Wie konnte ich die je vergessen. Ich nickte.
»Seitdem ...«
»Seitdem – *was?«*
»Seitdem träume ich davon.«
»Nicht dein Ernst.«
»Mein voller Ernst.« Er schenkte mir nach, etwas zu stürmisch, sodass Prosecco aufs Laken tropfte. »Eigentlich war ich es gewesen, der Pirro dazu gebracht hatte, nicht umgekehrt«, erzählte er, während er mit seiner Hand die Tropfen unter dem Glas auffing. »Ich wollte es unbedingt wissen.«

»Aber Pirro war es doch gewesen, der den Kuss ...«
»Er hat mich in Schutz genommen. So war das.« Es war für mich unvorstellbar. Leo! Mein schüchterner, immerwährend elegischer Leo schnappt sich unseren Pirro, einfach mal so, zwecks Zungen-Fertigkeiten-Austauschs ... undenkbar. Ich sagte es ihm. Da lächelte er weich.
»Dich hätte ich nie fragen können«, sagte er leise. »Dir gegenüber wäre ich doch viel zu schüchtern gewesen.« Er schlürfte die Tropfen aus seiner Hand.
»Pirro fand es spannend. Außerdem hatte sein Blick immer so was Spezielles.«
Ich wusste, was er meinte, hätte es aber wohl nie auf diese Weise interpretiert. Nicht damals. Da war ich noch so was von unbedarft gewesen.
»Aber was sollte das dann mit Viola?«, fragte ich irritiert. Das passte nun nicht mehr zusammen für mich.
»Ich weiß es auch nicht, Cece.« Er streckte sich, rutschte näher zu mir und begann über meinen Bauch zu streichen. »Ich war allein, vielleicht war es das«, sagte er nachdenklich. »Sie wollte mich. Das war noch nie so gewesen, dass es da jemanden gab, der mich wollte. Außerdem war ich mir sicher, dass ich nie so leben würde, wie ich mir das immer ausgemalt habe. Das hat nie funktioniert, bei mir.«
»Und jetzt ist das so?«
»Jetzt ist das so!« Er lächelte süß. »Zumindest genau jetzt, in diesem Moment.« Ich verstand, was er meinte. Mir ging es ganz ähnlich damit.

Dreieinhalb Wochen blieben uns. Die wollten wir nutzen. Wir wollten uns endlich wirklich kennenlernen. Nach über zehn Jahren. Und wir hatten Zeit dafür. Acht Tage Urlaub waren das Ergebnis meiner Verhandlungen mit Paolo. Wir lebten einfach so vor uns hin.

Manchmal gingen wir aus, ab und zu kochte ich was für uns, oder wir ließen uns ein paar Delikatessen von *Dario*, Leos Lieblingslieferanten bringen. Wir nutzten die Riva für gedehnte Küstentouren, sonnten am Lido und besuchten Galerien. Leo-Livestyle halt.

Vor allem aber verbrachten wir viel Zeit im Bett. Da hatten wir Nachholbedarf. Wir genossen es, liebten uns oft, experimentierten aneinander, erforschten Vorlieben, entdeckten Abneigungen, geheime Wünsche, Tabus. Wir lernten einander kennen. Jede Faser unseres Körpers. Nach über zehn Jahren. Es war verblüffend. Wir passten tatsächlich gut zusammen. Während ich es genoss, von Leo rittlings verwöhnt zu werden, schätzte er es, seine Zungenfertigkeit zum Einsatz zu bringen. *Feinschmecker-Vorliebe* nannte er das. Okay, er mochte auch Austern, so gesehen ...

Über das, was uns nach diesen dreieinhalb Wochen erwarten würde, sprachen wir nicht. Wir klammerten es einfach aus.

»Meinst du nicht, du müsstest es deinen Eltern sagen?«, fragte ich ihn an Tag vier, auf einer unserer Riva-Touren. Wenn wir in diesem Boot unterwegs waren, musste ich zwangsläufig an sie denken.

»Ich weiß nicht, wie ich das machen soll«, sagte er da, und sah plötzlich seit Langem mal wieder so aus, wie ich meinen früheren Leo in Erinnerung hatte. Ein wenig unglücklich, etwas hilflos und hoffnungslos überfordert.

»Aber deine Mutter sieht das doch eigentlich ganz locker«, versuchte ich ihm Mut zu machen.
»Sie schätzt alles, was in ihren Augen exotisch ist«, erklärte er mit einem müden Lächeln, »solange es nur alle anderen betrifft. Und was mit meinem Vater los wäre, kannst du dir ja denken.«
Ich drosselte den Motor, sodass wir mehr dahintrieben als fuhren. Wir hatten die Küste bei Chioggia angesteuert. Es hatte sich nichts verändert. Kaum ging es darum, dass Leo seinen Eltern gegenüber mal Position beziehen sollte, verließ ihn der Mut.
»Irgendwann werden sie es herausfinden«, prophezeite ich.
Er nickte wissend. »Und dann wird es schlimm genug, glaub mir.«
»Aber wenn du es ihnen sagst, hast du es in der Hand, das zu steuern.«
»Was? Ihren Wutausbruch? Da habe ich keinen Einfluss. Entweder ich führe ihn herbei, oder ich warte so lange, bis sie es selbst herausfinden.« Er band sich seine Haare zum Zopf. »Und da warte ich doch lieber ab, wenn ich schon die Wahl habe.«
»Findest du das nicht ein bisschen feige?«
»Weil ich mich nicht dafür rechtfertigen will, wer und was ich bin?« Leo schob seine Sonnenbrille auf die Stirn, sodass wir direkten Augenkontakt hatten. »Ich finde das nicht feige. Es steht mir zu. Ich sage ihnen doch auch nicht, dass ich Ananas mag oder Jeans von Valentino trage.« So gesehen hatte er natürlich recht. Nur, dass ich mich weder mit Designer-Klamotten, noch einer Ananas vergleichen ließ.

Drei Tage später begriff ich ihn. Es war Mittwoch, so gegen halb elf. Wir hatten nichts weiter geplant, als uns einfach treiben zu lassen. Leo stand unter der Dusche, während ich noch im Bett lag, um etwas zu lesen. Da flog die Schlafzimmertür auf – ich führte gerade eine Tasse Caffè zum Mund. Hässliche Flecken, vor allem aber eine geladene Riccarda Perlucci waren die Folge.
»Also *stimmt* es!« Sie verdrehte entnervt die Augen.
»LEO*NARDO!«* Dreimaliges Klatschen in ihre Hände. Es schmerzte fast, als er im Türrahmen erschien, ergeben, demütig, verletzlich, nur mit einem Handtuch um die Hüften.
»Kannst du mir DAS bitte erklären?«, fragte sie im Tonfall bühnenreifer Abscheu, während sie dabei in meine Richtung zeigte.
»Das ist ... Cece«, sagte Leo dünn.
»Dass das Cece ist, sehe ich auch«, erwiderte sie giftig, »aber was hat er in DEINEM Bett verloren?«
»Es ist sein Platz ... an meiner ... Seite«, sagte er da, hob den Kopf, lächelte mir scheu zu und schloss die Augen. Im nächsten Moment schallte eine Ohrfeige durch den Raum. Er hatte sie erwartet. Das machte mich fassungslos.
»FALSCHE Antwort, mein Freund!« Leo rührte sich nicht.
»Also noch einmal ...« Ihre Worte zerschnitten die Luft. »Was hat er da zu *suchen*, in deinem BETT?«
»Er wartet auf mich«, lautete seine Antwort, leise, aber fest. Die flache Hand schlug erneut zu. Dann trat sie einen Schritt in den Raum, musterte mich abfällig.

»Und duuu«, giftete sie, gefährlich leise, unmissverständlich, »du wirst hier verschwinden, kleiner Bootsjunge. Und zwar sofort!« Dann streckte sie ihre Hände gen Himmel, machte auf dem Absatz kehrt, durchschritt energisch die Wohnung und warf krachend die Tür ins Schloss. Riccarda Perlucci. Doch nicht so locker. Das hatte ich nun begriffen.

»Sie hat dich geschlagen!«, stellte ich fassungslos fest, während ich vorsichtig Leos Wange untersuchte. »Und es war nicht das erste Mal, stimmt's?« Ich hauchte einen Kuss auf die gerötete Stelle.
Leo lehnte nach wie vor im Türrahmen, regungslos, ohne Mimik, ohne jeglichen Antrieb, an diesem Verharren etwas zu ändern. Immerhin, er nickte zur Bestätigung.
»Danke«, sagte ich leise, mir seines Mutes bewusst, zu mir zu stehen.
»Du wirst jetzt sicher gehen wollen?«, fragte er einen Moment später, sehr leise, den Blick gesenkt, sodass ich ihn fast nicht verstehen konnte.
»Was?« Ich begriff nicht. »Nein! Quatsch, natürlich nicht. Wie kommst du denn darauf?« Nun huschte ein Lächeln über sein Gesicht.
»Wusstest du, dass sie einen Schlüssel für die Wohnung hat?«, fragte ich weiter. Er schüttelte den Kopf. »Aber ich hätte es mir denken können.«
»Sie schien über uns Bescheid zu wissen.«
»Auch das hätte ich mir denken können.« Nun klang er resigniert. »Sie hat ihre Leute.«
»Die Perlucci-Maffia?« Ich grinste humorlos.
Ein verstohlenes Grinsen. »So ungefähr.«

»Und nun?«
»Keine Ahnung.«
Ich nickte. Mir ging es genauso. »Danke«, sagte ich noch einmal. Dann begann ich das Bett mit dem Kaffeefleck abzuziehen.

Eine halbe Stunde später klingelte es Sturm. Wir zuckten verschreckt zusammen, was mir zeigte, welch tiefe Spuren Riccarda Perluccis Auftritt hinterlassen hatte. Es war Francesca. Das bestätigte uns die Sprechanlage. Muttertag! Mit Erleichterung betätigte ich den Summer. Diese wich jedoch in dem Moment, als sie die Tür hinter sich geschlossen hatte.
»Wie *kannst* du nur?«, zischte sie, packte mich grob am Arm und zog mich einmal quer durch den Raum, zu Leo, der sich auf seinem Sofa zusammengekauert hatte.
»Setz dich!«, forderte sie. Dann taxierte sie uns im Wechsel. »Ihr seid doch das Allerletzte!«
Nun verstand ich überhaupt nichts mehr. »Was soll das?«, fragte ich eingeschüchtert. Ich begriff es nicht.
»Was das soll?« Sie war außer sich. »Habt ihr zwei auch mal einen Moment an Pirro gedacht?«, fragte sie wutentbrannt. »Nur einen einzigen verdammten Moment?«
Und da verstand ich endlich. Aus ihrer Sicht konnte ich es sogar nachvollziehen.
»Als Riccarda mir von euch hier berichtet hat, wollte ich es zunächst nicht glauben«, giftete sie weiter, »aber wenn ich euch jetzt so sehe ...«
»Es ist ganz anders, als du denkst«, sagte ich matt. Leo nickte bestätigend.

»Du willst also behaupten, dass hier nichts zwischen euch vorgefallen ist?« Sie schüttelte missbilligend den Kopf. »Seht euch doch nur mal an.« Tatsächlich trug Leo immer noch sein Handtuch. Ich zumindest T-Shirt und Shorts.
»Es ist einfach enttäuschend ... euch so zu sehen. Euer bester Freund. *Dein* Partner, Cece.«
Ich stand auf, begab mich wortlos ins Gästezimmer, zog Pirros Brief aus meiner Tasche, warf mir einen besorgten Blick im Spiegel zu, ging zu Francesca zurück und reichte ihn ihr.
Sie betrachtete mich skeptisch, doch schließlich griff sie das Schreiben, murmelte irgendwas von *Vertrauenskrise* und begann endlich damit zu lesen.

Den Caffè, den Leo für sie zubereitet hatte, ließ sie unangetastet. »Ich wusste nicht, dass es so schlimm um ihn steht«, sagte sie traurig.
»So sieht es aber nun mal aus.«
»Darf ich ... darf ich fragen, wie du und Pirro ... wie ihr beiden ...?«
Nein! Darfst du nicht, dachte ich müde, antwortete aber: »Wir werden es schon in den Griff bekommen.«
»Und ... *ihr* zwei? Du und Leo?«
Ich lachte verhalten. »Ja, ist schon verrückt, nicht?«
Sie konnte mein Lachen nicht erwidern. Doch zumindest war ihre Wut verpufft. Es tat ihr leid. *Wir* – taten ihr leid.
»Entschuldige Leo, wenn ich dich ...«
Der winkte ab. »Ich mag das, was Sie da getan haben«, sagte er ruhig. »Es war integer.«
»Es war vorschnell«, widersprach sie.

»Es ist egal!«, beendete ich das. Ihr Blick wich mir aus.
»Meint ihr zwei ernsthaft, dass das, was ihr da gerade ... ich meine ... das kann doch keine Lösung sein.« Bevor ich etwas erwidern konnte, ergriff Leo das Wort.
»Sicher muss das schwer für Pirro sein. Aber vielleicht ist es ja in Ordnung, dass es zumindest uns beiden gut damit geht.« Er sagte das ganz ruhig, ohne jeden Vorwurf in der Stimme. Ich spürte jedoch, wie aufgeregt er war. Er hatte sich Francesca gegenübergesetzt und betrachtete sie ernst.
»Könnte das vielleicht eine Lösung sein? Zumindest für Cece und mich?«
»Es ist ... schwierig für ... ich werde das nicht so einfach ...« Weiter kam sie nicht.
»Ich kann mir schon denken, wie das nach außen wirkt«, sagte Leo eindringlich. »Aber Mal ganz ehrlich: Meinen Sie, dass es hier, in diesem Raum, außer Cece und mir noch jemanden gibt, der wirklich beurteilen kann, ob das der richtige Weg ist oder der falsche?«
Und als Francesca betroffen schwieg, fügte er noch hinzu: »Pirros Meinung dazu kennen Sie ja nun. Und ich weiß, wie sehr Sie ihn schätzen. Vertrauen Sie ihm doch einfach, wenn Ihnen das bei uns nicht gelingen will.« Dann lächelte er. »In der Regel liegt er mit seinen Einschätzungen ganz richtig.« Da hatte er allerdings recht.

5.

Leo hatte gekämpft. Um mich! Zweimal an diesem Tag. Das hatte Folgen. Tiefe Zuneigung. Ich sah ihn an, und mein Herz quoll über davon, so stark war dieses Gefühl auf einmal. Was war nur passiert, mit meinem verzagten, in sich gekehrten Freund, dass er auf einmal aus sich herausgehen konnte?

»Ich hatte bislang noch nie etwas gehabt, für das sich das gelohnt hätte, Cece«, erklärte er mir. Und er lächelte ein Lächeln, das es so bislang auch nicht bei ihm gegeben hatte. Wahrscheinlich gab es früher auch nicht viel zu lachen.

»Was machen wir nun?«, überlegte ich. Francesca war eine Dreiviertelstunde zuvor gegangen. Sie hatte mich in den Arm genommen, um sich mit einem Stirnkuss von mir zu verabschieden. Leo und sie hatten sich zugenickt, in gegenseitigem Respekt.

»Erst mal einen Schlüsseldienst rufen, der das Schloss in der Tür auswechselt«, antwortete Leo in meine Gedanken hinein. »Und zwar für oben und den Hauseingang.«

»Was werden sie nun unternehmen?«, fragte ich besorgt.

»Keine Ahnung. Bis jetzt hat *Nardi* immer brav gespurt, wenn's Ohrfeigen hagelte.«

»Denkst du, dass dein Vater ...« Den Gedanken mochte ich nicht zu Ende denken.

»Ich weiß es wirklich nicht. Auch was dich betrifft, weiß ich es nicht.« Daran hatte ich noch gar nicht gedacht. Stimmte ja.

Wir zogen ins Hotel. Solange die Schließanlage in der Fondamenta Frari noch nicht ausgewechselt war, fühlten wir uns dort nicht sicher.
»Wie wäre es, wenn wir zu mir ziehen?«, hatte mein Vorschlag zunächst gelautet.
Ein langer Blick von Leo beendete diesen Gedankengang kommentarlos. Hotel also.
Eine kleine, unscheinbare Pension namens *Orion* war es geworden, in Dorsoduro. Ein einfaches Zimmer, mit einem Fenster zur Straße. Es war nicht schön, und es führte uns überdeutlich unsere Situation vor Augen.
Nach dem Einchecken saßen wir nebeneinander auf unserem Doppelbett, auf einer viel zu weichen Matratze. Wir sahen aus dem Fenster auf die gegenüberliegende, schmucklose Fassade, an der eine flackernde Fujifilm-Leuchtwerbung eine unruhige Nacht versprach, und rührten uns nicht.
Es war eigenartig. So, als hinge in diesem tristen Fenster ein unsichtbares Pendel, dessen Hin und Her uns dazu verdammte, stumpf auf diesem Bett zu verweilen, bis ... Leo griff in mein Haar. Er drehte mein Gesicht zu sich, ganz zart, sehr vorsichtig, strich über meine Wange dabei, die Halspartie entlang, tastete sich zu meinen Lippen hinauf. Seine Finger suchten sich einen Weg dazwischen, behutsam fordernd, die Zunge streichelnd, ein Spiel mit den Zähnen ...
Meine Augen schlossen sich, so wie mein Mund sich öffnete, meine Zunge sein Spiel erwiderte, meine Hände einen Weg suchten, um Haut zu fühlen, sie zu berühren, ihre Wärme, ihren Duft aufzunehmen, sie zu schmecken.

Das Entledigen der Kleidung glich dem Vorspiel zu einem Tanz, in dessen Verlauf sich Fujifilm für den Rhythmus, die Matratze für das Parkett, und wir selbst uns für die musikalische Untermalung verantwortlich zeigten.
Letzteres lasen wir aus den vielsagenden Blicken beim obligatorischen Frühstückscaffè. Wir hatten diesen Tag einfach weggeliebt, uns einander hingegeben, als gäbe es kein Morgen. So war es uns gelungen, aus einem simplen, schäbigen Zimmer eine Suite zu zaubern, in der die gemeinsam verbrachten Stunden für uns zum Fest geworden waren.

Riccarda Perluccis Vorhaben, uns auseinanderzubringen, war gescheitert. Vielmehr hatte sie genau das Gegenteil bewirkt. Ihre Attacke auf unser Zusammensein hatte uns nur noch näher zueinander gebracht.
»Ich möchte für ein paar Tage raus hier«, eröffnete Leo. »In die Berge. Bist du einverstanden? Ich lade dich ein.« Wir waren gerade in seine Wohnung zurückgekehrt. Zuvor hatten wir vom Schlosser die neuen Schlüssel in Empfang genommen.
»In die Berge? Mit *dem* Fuß?«
»Ich will sie mir anschauen, nicht drin rumsteigen. Einfach mal kein Wasser sehen.« Er lächelte sehnsüchtig. Mein Leo mochte Berge, sieh an. Wenig später hatten wir festgestellt, dass die Riva abgeholt worden war. Gut, damit war zu rechnen gewesen. Sanktionen begannen zu greifen. Und nur eine halbe Stunde darauf erreichte uns ein Anruf von Francesca.
»Riccarda hat mir eine Höllenszene am Telefon gemacht«, erzählte sie aufgebracht. *»Ich denke mal, da ist nichts zu kitten.«*

»Was hat sie gesagt?«, wollte ich wissen.

»Dass sie dafür sorgen wird, dass wir unsere Auftragslage vergessen können, wenn wir euch nicht dazu bringen, dass ihr die Finger voneinander lasst.«

Das war hart. »Und wie hast du reagiert?«, fragte ich besorgt.

»Na, ich hab versucht, ihr klar zu machen, dass ihr erwachsen seid, dass das eure Privatangelegenheit ist. Aber das schien sie nicht weiter zu interessieren.«

»Sie hat Leo geschlagen«, erzählte ich ihr. »Zwei Mal!«

»Dreht die völlig durch?«

»Scheint so.«

»Jedenfalls ... nun spricht sie von Enterbung. Sie ist wohl der Ansicht, dass das ein adäquates Druckmittel sei, um Leo wieder auf ihre Linie zu bekommen.«

Keine guten Nachrichten.

»Cece ...?«

»Ja?«

»Wir möchten, dass du weißt, dass uns solche Einschüchterungsversuche nicht beeindrucken. Das habe ich auch Riccarda zu verstehen gegeben.«

»Und wie hat sie reagiert?«

»Unnachgiebig. Leo muss in jedem Fall mit Konsequenzen rechnen. Sag ihm das bitte.«

Ich versprach es ihr. Enterbung also. Es wurde ernst. Leos Reaktion war ein Lachen.

»Ja, aber – Enterbung ... das ist schon heftig.«

»Ist es nicht!« Es schien ihn zu amüsieren. »Sie haben diverse Immobilien und einen Teil ihres Besitzes schon vor

Jahren auf mich überschrieben. Aus steuerlichen Gründen.«
»Und was willst du jetzt tun?«
»Es einfordern. Dieses Haus zum Beispiel – auf dem Papier gehört es schon lange mir. Da können sie überhaupt nichts dran ändern.«
»Können sie das nicht einfach rückgängig machen?«
»Nur, wenn ich bereit wäre, den Besitz wieder auf ihren Namen zu überschreiben.«
Einen Moment dachte ich über seine Worte nach. Dann fragte ich: »Das traust du dich?«
»Ich glaube schon«, antwortete er mit einem Lächeln. Es lag so etwas wie Dankbarkeit darin. Das waren allerdings gute Neuigkeiten. Die Drohung seiner Mutter, unserer Werft schaden zu wollen, behielt ich für mich. Da folgte ich Francescas Rat. ‚Er soll sich nicht auch noch *unseren* Kopf zerbrechen', lautete ihre Haltung dazu. Dafür war ich ihr dankbar. Soweit dies.

Die Berge also. Leo hatte etwas im Apennin gebucht.
»Es wird dir gefallen. Ein Doppelzimmer in einem ehemaligen Kloster. Feine Küche und ein Garten, in dem man es auch einbeinig gut aushalten kann«, so seine Beschreibung. »Ich habe uns einen Wagen gemietet.« Im Gegensatz zu mir hatte Leo einen Führerschein.
»Autofahren? Wie soll das gehen, mit dem Fuß?«
»Indem ich einen Automatik gebucht habe«, ließ er mich wissen. Und so starteten wir tags darauf mit einem schwarzen *Lancia Delta* Richtung Westen.

6.

So viel war passiert. So vieles ungeklärt. Was geschah gerade um mich herum? Ein Blick zur Fahrerseite zeigte mir einen konzentrierten Leo. Einen Leo, der wild entschlossen war, seinem Leben eine neue Wendung zu geben. Es schien, als hätte er sich ein inniges Versprechen gegeben, diesen Weg unbeirrt und geradlinig bis zum Ende zu gehen.
Und dann war da mein Innerstes. Pirro! Mein Pirro, der mit erschreckender Hilflosigkeit versuchte, die Nähe zu mir nicht zu verlieren. Den Anschluss. Ein innerlich zerrissener Pirro. Seine Leichtigkeit hatte er verloren. Und wie es aussah, seine Zuversicht ebenso. Wo war er hin, dieser zerzauste Junge, mit seinem breiten Lachen, dem unbekümmerten Ausdruck und den verträumten Ideen von einem Leben in den Tag? Wohin war er verschwunden? Es tat beinahe weh, dies mit ansehen zu müssen, wissend, ihm dabei nicht helfen zu können.
Obwohl – so ganz stimmte das natürlich nicht. Ich hatte die Möglichkeit, ihm meine Hand zu reichen, ihm mehr Raum in meinem Leben zu geben, mich für *ihn* zu entscheiden. Ein Blick nach links zeigte mir, dass das nicht mehr so einfach möglich war. Es gab nicht mehr nur uns beide. Er und ich – das war vorbei. Es gab jetzt ein Dreigestirn. Wie schon immer eigentlich. Nur, dass der eine Stern dabei war zu verblassen. Ganz von sich aus heraus. Es musste einen Weg geben, das zu verhindern. Einen, der für uns alle gangbar war. Leicht würde es sicher nicht.

Leo und Pirro ... Es war, als hätten die beiden ihre Rollen getauscht. Und ich befand mich mittendrin in diesem Prozedere ...

»Willkommen im *Lauro*«, begrüßte uns ein Hotelangestellter. »Ich bin Adalgiso. Wenn Sie irgendwelche Wünsche oder Fragen haben, wenden Sie sich bitte einfach an mich oder einen meiner Kollegen.«
Er hatte es übernommen, unsere Taschen ins Foyer zu tragen. Seine Förmlichkeit irritierte mich. Wir hatten etwa ein Alter. Aber Leo schien sich nicht daran zu stören. Während er die Formalitäten erledigte, sah ich mich um. Es gefiel mir.
Schon etwas anderes als das *Orion* in Dorsoduro. Ein U-förmiger Gebäudekomplex. Außen Naturstein, innen weiß verputzt, Steinböden, ein alter Mauerbrunnen vor der Einfahrt – es atmete Geschichte.
Das Foyer führte zu einem einladenden Speiseraum, durch dessen geöffnete Flügeltüren sich ein beeindruckender Blick ins Tal erahnen ließ. Wenig später wurden wir über eine schmale Treppe in die erste Etage geführt. Adalgiso öffnete die Tür zu unserem Zimmer, klappte die Schatten spendenden Holzläden vor unserem Fenster nach außen und überreichte uns unsere Schlüssel.
»Von hier hat man einen sehr schönen Nordwestblick«, erklärte er routiniert, um uns danach freundlich zuzulächeln und sich mit einer kleinen Verbeugung zu verabschieden. Leo stützte sich an der Fensterbank ab und begutachtete die Aussicht.

»Weite kann so unterschiedlich ... weit sein«, sagte er träumerisch.
Ich trat einen Schritt auf ihn zu, umfasste seine Taille, legte meinen Kopf auf seiner Schulter ab und folgte seinem Blick. Ich verstand, was er meinte.
Für uns Lagunen-Bewohner war der vertraute Horizont ein Verschmelzen von Wasser und Himmel, zu einer klaren, puren Einheit. Hier bildete das grüne Blätterdach, das sich vor uns ins Tal erstreckte, so etwas wie einen Sog, der einen mitriss.
Es waren unzählige Details zu erkennen: wilde Schattenspiele, ausbrechende Baumwipfel, blanker Fels, ein paar Felder zwischendrin. Für einen Venezianer war das etwas Besonderes.
»Es ist wunderschön«, ließ ich ihn wissen. Er nickte heftig, dann atmete er tief ein.

Leos Idee, an diesem Ort Abstand zu finden, erwies sich als gut überlegt. Denn es funktionierte. Die meiste Zeit verbrachten wir im Garten. Wir lasen, redeten über belanglose Dinge oder genossen einfach den unglaublich schönen Blick ins Tal.
Vor allem Leo strahlte schon nach kurzer Zeit eine innere Ruhe aus, wie ich sie sonst nicht von ihm kannte. Doch auch ich selbst spürte, wie die Anspannung langsam von mir wich. Ich verlor mich in Tagträumereien – und in den Kurzgeschichten von Daphne du Maurier. Einen schmalen Band von ihr hatte ich mir im Foyer aus einem Regal gegriffen.

Wir aßen ganz ausgezeichnet in diesen drei Tagen, tranken großartigen ligurischen Wein und genossen die Ruhe um uns herum.
»Warst du schon einmal hier?«, wollte ich an Tag zwei von Leo wissen. Der schüttelte mit dem Kopf. Wir waren vor der Mittagshitze geflohen, hatten die Leinenvorhänge zugezogen, sodass der Raum in sanftes Licht getaucht wurde. So lagen wir schläfrig auf unserem Bett und ließen die Zeit verstreichen.
»Ich habe nur gehört, dass es hier wirklich schön sein soll. Und ich wollte endlich mal in die Berge. Davon träume ich schon lange.«
Ein verständlicher Wunsch. Flacher als Venedig konnte die Welt wohl kaum sein. Ich selbst hatte es gerade mal bis Lugo geschafft. Und das lag bei uns um die Ecke. Ein leichter Wind bauschte die Vorhänge und strich angenehm über unsere ausgestreckten Körper.
»Wirst du wieder rudern, Leo?«, fragte ich irgendwann. Eigenartigerweise kostete es mich Überwindung, diese Frage zu stellen.
Er betrachtete mich von der Seite. »Ja klar!«, erklärte er leise, hob dabei seinen Fuß an und bewegte ihn vorsichtig hin und her. »Wenn er hier mitspielt, stehe ich in sechs Wochen wieder auf meinem Pontapiè.« Die Antwort erleichterte mich. Sie verhieß so etwas wie Normalität.

In dieser zweiten Nacht hatte ich einen Traum. Ich steige auf unser Dach, in der Calle de Caffetier. Es ist sehr, sehr heiß, und der Weg dorthin dauert ewig. Er ist fürchterlich anstrengend, die Stufen sind hoch und wollen nicht enden.

Aber schließlich habe ich es geschafft. Das Fenster, durch das ich sonst immer klettere, ist einem breiten Tor gewichen. Es kostet mich alle Kraft, es aufzustemmen, doch irgendwann glückt es mir – und da sehe ich ihn. Pirro!

Er sitzt zusammengekauert auf seinen Dachpfannen und beobachtet mich.

Pirro ist nackt, das Haar geschoren, sein Gesicht sehr ernst. Er hat Flügel, die ihn schützend wie eine Hülle umschließen. Dennoch wirkt er verwundet. Innerlich. Wie ein gefallener Engel. Er wartet auf etwas. Nein! Nicht auf *etwas.* Er wartet auf – mich. *Komm* – sagt er mir mit seinem Blick, und er beginnt dabei zu lächeln. *Von hier oben kann man fliegen.* Und dann streckt er sich und breitet, wie zur Demonstration, seine Schwingen aus. Er will mich verführen, doch das schafft er nicht. Ich bin nicht bereit, einfach so vom Dach zu springen.

Ich halte dich – versprechen mir seine Augen, und seine Flügel flattern verlockend auf und ab. Er reicht mir seine Hand. Aber ich ergreife sie nicht, traue mich nicht. Traue – ihm nicht.

Ich weiß, dass er unmöglich das Gewicht von uns beiden halten kann. Wir würden abstürzen, und das will ich nicht. *Lass uns die Treppe nehmen* – gebe ich ihm zu verstehen, da schüttelt er den Kopf. Und als ich mich umschaue, ist das große schwere Tor einer winzigen Luke gewichen, durch die gerade mal ich eine Chance hätte, hindurch zu klettern. *Du musst deine Flügel hierlassen, dann klappt's* – sage ich ihm, aber ich sehe, dass er Angst hat, das zu tun. Und da wachte ich auf.

Bis zu diesem Moment hatte ich mir keine Gedanken darüber gemacht, wie wohl ein Wald bei Nacht klingen mag. Nun wusste ich es. Und schnell kam ich zu dem Ergebnis, dass die Laute, die ich vernahm, für meinen Traum mitverantwortlich sein konnten.
Da war ein Grundrauschen, das von Wind und Blättern herrührte, soweit logisch. Doch ab und zu klang so etwas wie ein Klagen durch die Nacht, das mich nicht zur Ruhe kommen ließ.
Genug Zeit also, um über mein *Dacherlebnis* nachzudenken. Wie gerne hätte ich gewusst, ob er mir irgendwann gefolgt wäre, mein Engel aus dem Traum. Er hätte einfach seine Flügel ablegen müssen. Zum Mensch werden. Dann hätte er durch die Luke gepasst.
Ich meine – es war nur ein Traum, aber die Problematik darin, einander nicht folgen zu wollen, oder zu können, war ja nun mal real. Ein Engel. Ich hatte aus Pirro also einen Engel gemacht. Keinen glücklichen allerdings. Und wie schwer es mir gefallen war, auf dieses Dach zu steigen. Für einen Traum war es höllisch anstrengend gewesen.
Dann klang wieder dieses einsame Klagen durch die tintenschwarze Nacht, das mich näher an Leo rücken ließ. Naturgeräusche kannte ich so nicht, wenn man den Schrei der Möwen und rollige Kater mal beiseitelässt.
Vielleicht würde ich ihm von meinem Traum erzählen – ich wusste es nicht. Das war mein Dilemma. Ich befand mich immer irgendwie – dazwischen.

Ich erzählte ihm nichts davon. Unser letzter Tag sollte von solchen Gedanken nicht überschattet werden. Hier waren

wir ja eigentlich, um genau das nicht zu tun. Venedig hatte hier oben nichts zu suchen.
Abgesehen von einem Spaziergang in dem etwas tiefer liegenden Waldsaum leistete ich Leo Gesellschaft, organisierte ihm seine regelmäßige Koffein-Dosis und genoss ansonsten das Leben vom Liegestuhl aus. Leo gab sich ganz der Landschaftsbetrachtung hin. Auch so ein Wesenszug von ihm, der mir bislang entgangen war.
»Mein Zeitempfinden ist hier anders«, erzählte er mir. »Ist dir aufgefallen, wie sich die Farben der Bäume im Laufe des Tages verändern? Es sind nicht nur die Schatten, wie bei uns. Die Farbe ... es passiert irgendwas mit der Farbe.« Nein – das war mir nicht aufgefallen, und das sagte ich ihm auch, aber ich hatte so eine Ahnung, was er meinte. Leo war glücklich! Es war das erste Mal, dass mir dieser Satz in den Sinn kam. An diesem Ort, in diesem Moment war mein ewig betrübter Freund – glücklich! Und ist man glücklich, sieht man eben auch andere Farben. Meist gehen sie mit einem *Leuchten* einher, so ist das zumindest bei mir. Ein glücklicher Leo. Enorm.

Autofahren schien meine Gedanken zu beflügeln. Wie schon bei der Hinreise wanderte mein Blick nach links. Wieder betrachtete ich meinen wunderschönen, konzentrierten Leo beim Steuern des Lancia, und wieder ging ich innerlich auf Reisen, machte mir Gedanken über uns beide und all das, was noch so kommen mochte. Es waren drei wunderbare Tage gewesen. Wir waren zur Ruhe gekommen.

Mittlerweile praktizierten wir so etwas wie einen selbstverständlichen Umgang miteinander. Vertrauen. Das war gewachsen. Und eines war mir da oben auf dem Berg klar geworden: Ich brauchte Zeit für mich alleine, würde Leo jetzt erst einmal verlassen.
Das war entscheidend. Nur so war unser *Drei-Gestirn* wieder in den Griff zu bekommen. Und ich würde Pirro seine *Gondel* bauen. Leo hatte ganz recht. Ich musste meine Liebe für ihn sichtbar werden lassen.
Und nun, nach dieser letzten Nacht, hatte ich auch eine Idee bekommen, wie mir das vielleicht glücken könnte. Eine vage zwar, aber sie entwickelte sich. Ich würde meinem Engel die Flügel stutzen. Ihn erden. Wieder zum Menschen machen. Das war mein Plan.

7.

Das Dachfenster ließ sich von nun an nicht mehr öffnen. Dafür hatte ich eine simple Konstruktion angebracht, in deren Zentrum ein Vorhängeschloss die entscheidende Rolle spielte. Simpel aber effektiv. Nun war es dicht. Teil eins meiner *Gondel-Bau-Maßnahme.*
Etwas, das Pirro wohl kaum gefallen dürfte. Für die weiteren Schritte waren mir Paolo und Filippo zur Hilfe gekommen. Zweieinhalb Tage intensiven Einsatzes waren nötig gewesen. Dann befand sich das Ergebnis vor uns. Und wir waren zufrieden. Alle drei!

Ich war aufgeregt. Weder wusste ich, in welcher Stimmung er zu Hause eintreffen würde, noch, ob er mit meinen Veränderungen einverstanden war. Von beidem hing eine Menge ab. Und so stand ich hibbelig als sein Ein-Mann-Begrüßungskomitee in unserem Flur zum Willkommen bereit.
Pirro lächelte, als er mich sah und er öffnete seine Arme. Also ignorierte ich die inneren Zweifel, ob er das nun mir zuliebe tat, oder es sich wünschte – ich fiel ihm einfach in die Arme. Es tat gut. Vor allem sein Lachen zu hören. Da war sein Duft. Und nach einem Kuss auch sein Geschmack.
»Ich bin überrascht«, gestand er, und genau so sah er auch aus. »Ich hätte ehrlich gesagt nicht mit dir gerechnet.«
»Es gibt so einiges an Überraschungen«, prophezeite ich ihm – und öffnete die Küchentür.

Zu Beginn hielt sich seine Begeisterung in Grenzen, und, zugegeben, die baulichen Maßnahmen waren optisch auch gewöhnungsbedürftig, doch als er verstand, was sie bezweckten, entspannte er sich. Bedächtig ging er die vier neuen Stufen hinauf.
»Ein eigenartiges Gefühl«, sagte er lächelnd, während er sich umsah.
Das Küchenfenster, das sich früher auf Taillenhöhe befand, schien nun ebenerdig. Setzte man sich an unseren Esstisch, entstand nun der Eindruck von einer schmalen, gläsernen Tür nach draußen. Zwar wurde nun in einer Art Graben gekocht, aber da ich mich bei der Seitenverkleidung des Podests für Regalböden entschieden hatte, machte das Ganze einen gemütlichen Eindruck, fand ich. Zumindest mit wohlwollendem Blick.
»Wir haben jetzt viel mehr Stauraum«, schwärmte ich, die Tatsache ignorierend, dass Platzmangel nun wirklich nie eines unserer Probleme gewesen war. »Und es ist ein bisschen wie *draußen leben*, im dritten Stock!«
Pirro setzte sich an den Tisch, schenkte sich aus einer Karaffe einen Schluck Wasser ein und schaute aus dem Fenster, das nun einen völlig anderen Bezug zur Außenwelt hatte.
»Es ist ganz toll, Cece«, sagte er nach einer Weile. »Es ist ... ist einfach schön, und so ... lieb.« Er lächelte mir zu, und ich sah in seinen Augen das, was ich mir so sehr erhofft hatte. Zuneigung. Blieb noch die Präsentation des Schlafzimmers. Nun wusste ich, dass er es mögen würde.
Ich war erleichtert. Pirro akzeptierte den Kompromiss.

»Ich kann nicht mit dir auf diesem Dach leben«, hatte ich unmissverständlich klar gemacht.
Mittlerweile war es Abend geworden. Wir saßen auf unserer neuen *Terrasse* und tranken eiskaltes Bier.
»Aber um weiterhin zusammenbleiben zu können, muss das gemeinsam geschehen, das Leben meine ich. Und da wir uns kein Haus leisten können, und die Werft für dich auch nicht infrage kommt, dachte ich ...«
»Du bist unglaublich, Cece«, sagte Pirro sehr leise. Wir genossen dieses gute Gefühl zwischen uns. Und dann fragte er irgendwann nach Leo. Ich erzählte ihm vom Auftritt seiner Mutter, von unserer panischen Flucht ins Hotel und der Reise in die Berge. Ich beschrieb ihm, dass wir uns nahe gekommen waren, aber auch, wie sehr wir uns wünschten, das alles gemeinsam hinzubekommen.
Teils waren meine Schilderungen unsicher, teils klar, aber vor allem aufrichtig. Nichts anderes würde funktionieren. Daran hatte ich keinen Zweifel.
»Ich habe mich neulich wie ein Idiot benommen«, entschuldigte sich Pirro daraufhin und als ich etwas erwidern wollte, winkte er ab. »Lass es bitte so stehen, Cece.«
Also tat ich ihm den Gefallen und lauschte weiter seinen Erzählungen, denn er hatte begonnen, von der Türkei zu erzählen.
Später wollte er noch wissen, wie ich auf die Idee mit den Podesten gekommen war, da lagen wir schon im Bett. Ich stützte mich mit der Hand ab und betrachtete ihn, wie er so dalag, seinen Kopf im offenen Fenster, mit seinem ureigenen Lächeln auf den Lippen.

Auch hier begann der Raum jetzt nach ein paar Stufen auf Höhe der Fensterkante. Nun würde sich zeigen, ob meine Konstruktion in der Lage war, Pirros Dach zu ersetzen.
»Los, sag schon«, forderte er, »wie bist du drauf gekommen?«
Meine Antwort war so kitschig wie wahr. »Ein Engel hat es mir geflüstert«, sagte ich mit einem Lächeln. Pirro schaute verdutzt. Aber er gab sich mit der Antwort zufrieden.

IX.

2012

Filippo steht am Anleger und wartet. Ich gehe zu ihm, nicke, und öffne zur Bestätigung die Tasche in meiner Linken. Er begutachtet das weiße Schraubgefäß mit einiger Skepsis.
»Da ist er jetzt drin?«, fragt er mit belegter Stimme.
»Er und dein fantastischer Sarg«, sage ich, während ich tröstend meinen Arm um seine Schulter lege.
»*Und* die ganzen Gewürze, die wir ihm mitgegeben haben«, ergänzt er sanft. »Es muss ziemlich gut gerochen haben.«
So konnte man es auch sehen. Filippo steigt in die Riva, nimmt die Tasche von mir entgegen, legt sie auf die Rückbank und rutscht zum Steuer durch.
»In die Werft oder zu dir?«, fragt er.
Ich weiß nicht, was ich ihm antworten soll. Mir ist weder nach dem einen noch dem anderen. »Hast du Zeit?«, frage ich beim Lostäuen. Er lächelt erleichtert. Ihn zieht es wohl auch nicht nach Hause. »Alle Zeit der Welt!«
»Dann lass uns essen gehen«, schlage ich vor. »Du suchst aus – ich zahle.« Er nickt, legt ab und zieht das Boot in einem geschmeidigen Bogen auf den Canal.
Es wird eine kleine Pizzeria in Castello, nichts Besonderes, aber man kennt Filippo dort. Er wird herzlich mit Umarmung und Handschlag begrüßt.
Wir stellen die Tasche mit Pirros Urne auf den Stuhl zwischen uns. Filippo hatte darauf bestanden, sie mitzunehmen.

»Was, wenn man ihn uns klaut?«, so seine Sorge. *Ihn.* Aber er hat ja recht. Mit beidem. Filippo empfiehlt mir Artischocken-Ravioli, ich will jedoch Calzone. Eigentlich esse ich immer Calzone, wenn es mich mal in eine Pizzeria verschlägt.
»Hast du mit deiner Familie gesprochen?«, frage ich, nachdem die Getränke vor uns stehen. Für mich ein Bier, Filippo trinkt Cola. Er schüttelt verlegen mit dem Kopf. »Ich halte das ehrlich gesagt für keine so gute Idee«, sagt er verhalten.
»Aber meinst du nicht, sie sollten wissen, was passiert ist? Außerdem haben sie doch auch ein Anrecht darauf, sich von ihm zu verabschieden.«
»Das finde ich nicht.«
»Und warum nicht?«
Filippo schweigt.
»Und warum nicht?«, wiederhole ich.
»Weil sie ihn nicht gut behandelt haben, *darum* nicht.« Nun, sicher, das stimmt. Auf der anderen Seite war jetzt vielleicht der Zeitpunkt gekommen, reinen Tisch zu machen.
»Immerhin hat er euch jede Woche besucht, um euch zu unterstützen, obwohl er schon ausgezogen war«, führe ich an.
Filippo nippt an seiner Cola. Ich sehe, dass ihm der Verlauf des Gesprächs nicht behagt. Ich sehe aber auch, wie es begonnen hat, in ihm zu arbeiten. Sein Blick pendelt zwischen mir und der Tasche, so als ob er eine weitreichende Entscheidung treffen muss.
»Er ist nicht freiwillig gekommen«, sagt er schließlich.

»Nicht freiwillig gekommen? Was willst du mir damit sagen?«
»Na, dass er kommen musste!«
Das verstand ich nun nicht. Welche Zwänge konnten Pirro dazu veranlasst haben, das zu tun? Ich frage nach.
»In unserer Familie gab es so was wie eine Hierarchie«, holt Filippo aus. Es ist ihm anzumerken, dass er nicht gerne darüber spricht. »Ich war noch ganz klein«, erklärt er, »da habe ich das noch nicht so gemerkt.«
Ich erinnere mich. Herr der Fliegen ...
»Pirro ist gekommen, um uns zu beschützen«, ergänzt er kleinlaut. »Ich war da gerade mal sechs oder sieben. Jedenfalls hat er sich gegen sie gestellt.«
»Gegen wen?«, frage ich drängend. »Und was bedeutet das?«
Filippo schaut zur Tasche, dann auf den Tisch vor sich. Blickkontakt meidet er. »Sie machten ihn ab da zu ihrem Lakai.« Er hebt seinen Kopf und schaut mir direkt in die Augen. »So haben sie das immer genannt«, sagt er traurig, »Lakai. Wäre er nicht gekommen, hätten wir Kleinen das Dienen übernehmen müssen. Damit haben sie ihm gedroht.«
Für einen Moment stehen seine Worte einfach nur so im Raum, frei von Bildern, ohne Wertung.
»Was heißt das genau, Filippo?«, will ich von ihm wissen. Mich beschleicht eine Ahnung.
»Nicht das, was du jetzt denkst. Das bin ich mir ziemlich sicher.« Er hebt hilflos die Schultern. »Aber ich weiß es eben nicht hundertprozentig. Ich war zu klein um das zu wissen.«

Ich versuche Bilder zu verdrängen. »Du weißt es nicht?«
»Er hat nie mit mir darüber gesprochen«, sagt er betreten. »Aber wir hätten es sicher mitbekommen.«
Ich sehe zur Tasche und schließe die Augen. Ich hoffe inständig, dass er recht hat. Aber ich bezweifle es.

2010

Eine gelungene Stimmung.
Paolo und Francesca hatten mit unserer alten Batera Klappmöbel und Getränke zum West-Strand geschippert.
Pirro und Leo kümmerten sich um die Angeln.
Filippo deckte den Tisch, während Paolo und ich damit beschäftigt waren, den Grill in Gang zu bringen. Marco Marianelli saß derweil auf einem der Klappsessel, strich immer wieder durch seinen weißen Bart, rauchte genüsslich Zigarre und unterhielt sich mit Francesca. Ihnen gefiel das ganze Szenario offensichtlich.
Pirros zweiundzwanzigster Geburtstag. Der Letzte von uns dreien. Eine gewaltige Torta di Mandorle stand zum Anschnitt bereit.
Leo hatte sogar seine Querflöte eingepackt, um ein Ständchen anzustimmen, aber das sollte bis dahin ein Geheimnis bleiben.
Für einen Moment verharrte ich damit, der Glut Luft zuzufächeln, sah hinaus aufs Meer, und dann den Strand entlang, zu meinen beiden.
Pirro und Leo. Sie waren konzentriert dabei, Köder zu erneuern und die Angeln auszuwerfen. Fünf davon hatten sie zu versorgen. Ein schönes Bild. Ein vertrautes. Es hatte sich viel getan. Vor allem hatten wir es miteinander hinbekommen, wir drei. Es grenzte an ein Wunder. Jeder von uns war bereit gewesen, auf die anderen beiden zuzugehen. Jeder auf seine Weise.

Leo! Zunächst mal war da das Ausleben unserer Leidenschaft. Der Kontrapunkt unserer Dreierkonstellation. Ich brauchte das einfach. Und ich brauchte es regelmäßig. Ich liebte Leos ungestüme Lust. Ich liebte seinen sehnigen Körper, der mich forderte, mich nahm, sich hingab. Sein Ideenreichtum ließ mich schwindeln, sein Verlangen tat mir gut. Es stillte all das, was ich mit Pirro nicht leben konnte. Erst Leo ermöglichte es mir, mich voll und ganz auf Pirro einlassen zu können. *Hingabe* war das, was Leo und mich verband.
Ich war überrascht, wie leicht es ihm gefallen war, all das andere einfach so mitzutragen.
»Niemand nimmt mir was weg«, lautete sein nüchternes Fazit, als ich ihn darauf ansprach. Gut, in diesem Punkt hatte er es auch leichter als Pirro.
»Trotzdem«, erwiderte ich. »Es ist ja nicht unkompliziert.«
»Und du meinst, ich steh auf unkompliziert? Du konntest damals auch nicht begreifen, warum ich an der Beziehung zu Viola festgehalten habe, Cece.« Da hatte er allerdings recht.
»Und außerdem ist da Pirro.« Er lächelte. »Glaubst du, ich will ihn verlieren? Er ist mein bester Freund.« Das stand außer Frage.

»Ich werde mit der Gondel abgeholt«, teilte Pirro mir eines Morgens überrascht mit. Er war aufgeregt, was ich verstehen konnte. Denn das war etwas Besonderes. Leo machte Pirro ein Geschenk. Eines, das ihn würdigte. Es kam einer Verbeugung gleich.

Und tatsächlich: Pünktlich, zur verabredeten Zeit stand Leo vor unserer Tür, um ihn abzuholen. An Bord der Gondel warteten eisgekühltes Bier und Panini auf ihn. Was folgte, war eine entspannte Tour entlang des Canal Grande.
Es war der Beginn von etwas Neuem. Denn ab diesem Tag trafen sich die beiden in unregelmäßigen Abständen, um gemeinsam etwas zu unternehmen, nur sie beide.

Entschloss Leo sich allerdings dazu Brücken einzureißen, geschah dies unwiderruflich.
»Du hast einen Schlussstrich gezogen«, erklärte er seiner Mutter am Telefon. »Dafür möchte ich dir danken.« Sollte eine emotionale Regung mit im Spiel gewesen sein, so war sie mir entgangen. Leo akzeptierte die Enterbung und den damit einhergehenden Verlust.
Dafür schöpfte er seine rechtlichen Möglichkeiten aus. Tatsächlich existierten besagte Überschreibungen Riccarda Perluccis an ihren Sohn. Zwei Häuser in San Polo, ein Grundstück in Mestre sowie diverse Kunstgegenstände von erheblichem Wert befanden sich ab da in seinem Besitz. Den Clou bildete jedoch die unsagbar schöne Wohnung seiner Eltern. Sie lief ebenfalls auf Leos Namen.
»Ihr könnt sie behalten«, ließ er sie wissen, und in diesem Falle erwies er sich als wirklich generös. »Dafür bekomme ich die Riva. Wisst ihr, ich schulde Cece noch ein Boot.« Auf diesem Wege bekam er endlich jene Unabhängigkeit, von der er immer geträumt hatte.

Pirro! Mit Pirro war es etwas komplizierter. »Du wärst jetzt lieber bei ihm, oder?«, war anfangs eine nicht selten

gestellte Frage, was schlagartig dazu führen konnte, dass dem genau so war. Was soll man da antworten? In der Regel war ich ehrlich. Ich bejahte, wenn es der Fall war.
»Dann geh zu ihm!«
»Aber *dann* wär ich lieber bei dir!«
»Versteh ich nicht.«
»Weiß ich.«
Ein Blick in sein trotziges Gesicht zeigte mir, dass er mit Nachdenken begonnen hatte.
Ganz behutsam baute sich verloren geglaubtes Vertrauen auf. Irgendwann merkte ich, dass er damit begonnen hatte, unsere Beziehung wieder zu leben, statt sie zu prüfen. Sein Misstrauen machte Neugier Platz. Er begann wieder, seine Erlebnisse mit mir zu teilen. Das war es vor allem, was mir gefehlt hatte: Mit ihm auf Reisen zu gehen.
Pirro besaß das Talent, Worte sichtbar zu machen. Wenn er von Asien, Afrika oder Nordamerika erzählte, dann entstanden Bilder. Eine Auswahl seiner Gewürze ließen diese dann lebendig erscheinen.

»Wollen wir rausfahren ... ich angle uns was?«
»Perfekt.«
»Und dann etwas Strand?«
»Genial.«
»Bier und Fisch?«
»Bier und Fisch!«
»Schlafen im Sand?«
»Auf keinen Fall!«

Wir hatten uns wieder. Uns – auf dem Boot. Ganz wie früher. Wir hatten es fast vergessen. *Uns* fast vergessen. *Verbundenheit* war es, die zu uns gehörte.

Ja, und *ich?* Wie ging es mir damit? Zu Beginn war es nicht leicht. Ich war ein Reisender. Wenn ich bei dem einen war, begann ich den anderen zu vermissen. Ich lebte zwei Beziehungen aus dem Koffer. Das beendete ich, indem ich mich in beiden Wohnungen einrichtete. Es ging sogar so weit, dass ich mir Kleidung gleich zweimal kaufte, wenn sie mir gefiel.
Und so wich meine innere Zerrissenheit nach und nach einer gewissen Routine. Dies war die praktische Seite. Aber auch persönlich beruhigte es sich etwas. Ich liebte Leos Sicht auf die Dinge ebenso, wie die von Pirro. Es war faszinierend.
Man konnte sicher davon ausgehen, dass beide zu ein und derselben Frage eine komplett andere Antwort parat hatten. Beide waren für sich genommen absolut stimmig, aber eben auch gegensätzlich.
Ich befand mich irgendwie dazwischen. Und immer häufiger stellte ich fest, dass ich selbst keine feste Position beziehen konnte. War ich wirklich so formbar, so meinungslos? Nein – war ich nicht. Ich war tatsächlich genau dazwischen. Genau zwischen Leo und Pirro.
Je mehr ich darüber nachdachte, umso einleuchtender fand ich es. Mir wurde klar, dass es auch nur deshalb funktionieren konnte, mit uns drei. *Liebe* war das, was uns einte.

Pirros zweiundzwanzigster Geburtstag. Es war dieser Moment am Strand. Jener, in dem ich gerade dabei war, den Holzkohlegrill anzufachen und meinen Blick aufs Meer hinaus geschickt hatte.
Da waren sie, meine beiden Helden. Pirro und Leo, wie sie gemeinsam die Angeln betreuten. Ich sah, wie sie sich zulachten, spürte die ganze Sympathie, die in dieser einfachen Geste lag. Sie zählten wohl gerade ihren Fang durch, um sich gegenseitig zu übertrumpfen. Es hatte etwas Spielerisches, Federleichtes. Es hatte etwas Selbstverständliches – was es nicht war.
Ich löste meinen Blick von den beiden, schaute zu Francesca und Marco. Sie hatten sich etwas Ernstes zu sagen, stellte ich fest. Paolo war gerade dabei, einen weiteren Sack mit Holzkohle zu öffnen. Ich schwenkte zu Filippo, der mich mit einem breiten Grinsen bedachte, während er dabei war, bunte Pappteller lässig, wie kleine Frisbees, auf dem Tapeziertisch zu verteilen.
Die Menschen um uns herum, sie liebten uns. Sie akzeptierten, was wir taten, was wir *lebten.* Sie hatten sich kein Urteil gebildet, sondern eine Meinung. Auch das war nicht selbstverständlich. Da machte ich mir nichts vor. Wir hatten Glück. Viel davon!

X.

2012

Ich gehe durch unsere alten Räume. Überall stehen gepackte Kisten. In der Küche jault der Akkuschrauber. Filippo hat damit begonnen, die Podeste abzubauen. Tatsächlich existieren von Pirro eigentlich nur seine Kamera-Ausrüstung und ein kleiner Karton mit Bildern. So hatte er sich das immer vorgestellt. Ich blättere die Fotos durch. Gewürze und Pflanzen. Seine Stimulanzien. Sie haben es ihm leichter gemacht als die Menschen. Sie haben seine Sinnlichkeit geweckt, seine Neugier. Die Begeisterung. Was bleibt von einem Menschen, wenn er geht? Bei Pirro sind es die Düfte. Etwas Flüchtiges – das passt. Wo immer ich Vanille, Zimt, Muskat, Kurkuma, Wachholder oder Nelke wahrnehme, befindet er sich plötzlich an meiner Seite. Ob das vergehen wird?

Bei mir wären es Gondeln, ganz klar. Deutlich substanzieller, weniger subtil, und doch sinnlich.

Ich streiche über das Holz unseres Bettpodestes. Alles, was an körperlicher Nähe möglich gewesen war, hatte hier stattgefunden. Es wird mir nicht fehlen. Da waren andere Ebenen, die uns verbunden haben.

Ich glaube kaum, dass es jemand nachvollziehen kann, wenn ich sage, dass die Zeit mit Pirro für mich die zärtlichste war, die ich je erleben durfte. Aber so ist es gewesen. Wir haben es gelernt, mit der Zeit. Gerade in den letzten Jahren. Und zum Ende hin hatten wir die Fähigkeit besessen, nur durch unsere Gedanken, unsere Augen,

unsere Mimik einander fühlen zu lassen. Ohne Berührung meist. Es war keine körperliche, es war eine innere Nähe, die uns verband. Ein Blick hatte genügt, um sich wirklich nah zu sein. Innig.
Ein verstaubter Filippo steht mir im Türrahmen gegenüber. Stimmt – das Geräusch aus der Küche ist schon seit Längerem verstummt.
»Pause?«, fragt er.
Ich nicke, löse mich von meinen Gedanken. Er hievt Francescas Kühlbox auf das Podest, setzt sich im Schneidersitz davor und beginnt sie auszupacken. Kalter Braten, Melone, Brot und Wasser. Ich lehne mich an die Wand und beobachte ihn dabei.
»Bis morgen bin ich hier fertig«, versichert er mir.
»Kommst du alleine damit klar?«
Er nickt über eine Melonenscheibe hinweg. »Es ist mir sogar lieber so.« Das überrascht mich nicht.
»Dann kann ich hier also die Segel streichen?«, frage ich vorsichtshalber nach.
»Das wollte ich damit sagen.« Es tut gut, das zu hören. Eigentlich möchte ich nur weg, von diesem Ort.
»Geh ruhig!«, sagt er und unterstreicht es mit einer verscheuchenden Handbewegung. »Wir sehen uns übermorgen.«
Ich greife mir eine der Kisten. »Danke, Filippo. Du bist ein Wunder!«
Er nickt mir zu. Sieht er wohl auch so. Dann verlasse ich die Wohnung. Und weiß im selben Moment, dass ich sie nie wieder betreten werde.

3 Monate zuvor

1.

Von Pirros Krankheit erfuhr ich zwei Wochen nach seiner Rückkehr aus Indonesien.
»Du solltest mit deinem Husten mal zum Arzt gehen«, riet ich ihm nebenbei, während ich mich an einem Kreuzworträtsel versuchte. »Der wird einfach nicht besser.«
»War ich«, bekam ich als Antwort. Er zögerte, sodass ich von meiner Zeitung aufsah.
»Ich habe Krebs, Cece.« Und dann schenkte er mir ein so unendlich trauriges Lächeln, dass mir der Atem stockte.

Für schlimme Nachrichten ist unser Körper perfekt ausgerüstet. Ein Schock bewahrt uns vor unüberlegten Handlungen, Schmerz und abgrundtiefer Trauer. Das Hirn schaltet auf rationelle Prozessoren um, lässt uns effektiv und überlegen Entscheidungen treffen. Zeitempfinden, Angstgefühle und emotionale Übersteigerungen werden ausgeschaltet.
Warum all dies bei mir nicht zutraf? Vielleicht, weil es eben *kein* Schock war, weil ich insgeheim mit so etwas gerechnet hatte. Vielleicht, weil bei Pirro nichts seinen normalen Gang ging, sondern immer irgendwas im Hintergrund lauerte, etwas Heikles, mit dem man immer rechnen musste. Weil Pirro nun mal Pirro war.
Seine Nachricht zog mir den Boden unter den Füßen weg. Mein Verstand schaltete auf Null. Ich glaubte ihm nicht. Ich wusste, dass alles stimmte, was er mir da sagte, aber –

ich *glaubte* ihm nicht. Weil es nicht sein konnte. Nicht sein durfte.

»Es ist aber so, Cece. Sie nennen es kleinzelliges Lungenkarzinom.«
Ich saß nur da, starrte ihn an, seine Lippen, die sich bewegten, seine Stimme, die ich vernahm, die Worte formulierte, und ich wusste plötzlich, mit hundertprozentiger Gewissheit, dass ich ihn verlieren würde. Es konnte und es durfte nicht sein – aber zu verhindern war es nicht. Ich sagte – nichts.
Und darum redete Pirro. Er setzte mir in aller Ruhe auseinander, warum ein kleinzelliges Karzinom einen negativen Krankheitsverlauf zur Folge hatte, einen rasch tödlichen, bei dem auch radikale Therapien keine Chance auf Heilung versprachen. Er erzählte mir, wie er hin und her überlegt hatte, mir all dies beizubringen, und dass ihm einfach der Mut gefehlt hatte, es mir zu sagen. Dass er selbst nicht gewusst habe, wie er damit umgehen solle, er nun mittlerweile aber nicht mehr traurig sei, darüber. Nicht mehr ... traurig?
»Nicht mehr traurig?«, fragte ich betäubt. *»Nicht mehr traurig?«*
»Ja. Ich bin nicht mehr traurig.«
Ich starrte ihn durch einen Schleier an, wie er mir gegenübersaß, völlig ruhig, sehr gefasst, und doch ganz weit weg, in diesem Moment.
»Bist du jetzt so verdammt emotionslos, dass nicht mal mehr deine Gefühle berührt werden dürfen?« Ich wusste, wie ungerecht und böse das war.

»Nicht, Cece ... bitte.« Und nun erkannte ich, dass auch bei ihm die Tränen flossen, als stille Rinnsale, kaum wahrnehmbar.
»Oh, nein ... es ... tut mir leid«, sagte ich verzweifelt. »Es tut mir *so* leid.«
»Ist schon gut, Cece.« Seine Hand lag beruhigend auf meinem Arm. »Alles wird gut, Cece.«

Dass nichts wieder gut würde, bewiesen die folgenden Untersuchungen. Pirro blieb nicht mehr viel Zeit. Er konnte damit einigermaßen umgehen – ich nicht. Niemand außer ihm konnte das.
Francesca brach zusammen, als ich es ihr erzählte, Paolo zog sich zurück, klammerte das Thema einfach aus.
Die Arbeit im Gewürzkontor hatte er mittlerweile aufgegeben, also war auch Marco Marianelli unterrichtet. Derjenige, der von alldem nichts mitbekam, war Filippo. Wir sagten es ihm nicht. Das war Pirros Aufgabe. So hatte er selbst es entschieden. Und daran hielten wir uns. Ich versprach es ihm.

Leo ... Ja, Leo versuchte zu helfen.
»Ihr habt doch noch andere Meinungen eingeholt?«, war seine erste Frage. Ganz ruhig stellte er sie, sehr überlegt, was mich überraschte.
»Er wird die kommenden drei Tage in der Klinik untersucht. Da sind dann auch Spezialisten dabei, sagen sie.«
Daraufhin schüttelte er trotzig den Kopf, zog sich zurück, und tauchte ab, ins Internet. Einige Stunden später setzte er sich zu mir an den Tisch.

»Es ist aussichtslos«, sagte er niedergeschlagen, schenkte sich von dem Rotwein ein, den ich entkorkt hatte, und trank einen großen Schluck. Ich nickte müde. Immerhin – da war endlich jemand, den ich umarmen konnte. Und dann kamen die Tränen.

Pirros Zustand verschlechterte sich. Sein Husten wurde stärker. Vor allem aber begann er unter Atemnot zu leiden. Eines Nachts wachte ich auf, und wie so oft war der Platz neben mir leer. Ich fand ihn in der Küche. Er saß direkt am offenen Fenster und weinte still. In seiner Hand hielt er ein Taschentuch. Es war voller Blut.

Für einen Moment schloss ich die Augen. Ich schloss sie sehr fest, um Tränen zurückzuhalten. Dann kniete ich mich neben ihn und nahm ihn in den Arm. Es ging nicht anders. Nach einer Weile drückte sein Körper leicht gegen den meinen, sein pfeifender Atem beruhigte sich etwas, und ich spürte, dass ihm das gut tat. Vorsichtig strich ich durch sein Haar und flüsterte beruhigend auf ihn ein.

»Darf ich aufs Dach?«, fragte er irgendwann sehr leise, bittend, und ich spürte, wie er zitterte. Da gab ich ihm den Schlüssel. Ich hatte ihm seinen Rückzugspunkt einfach abgeschnitten. Und plötzlich kam ich mir grausam vor.

»Ich möchte, dass Pirro zu uns zieht«, sagte ich zu Leo. Ich wusste, was ich ihm damit abverlangte. Der dachte einen Moment nach und nickte dann zustimmend.

»Wir könnten das Gästezimmer ...«

»Er bekommt den Balkon«, unterbrach ich ihn. »Nur das geht.«

Ein kurzer Moment der Irritation – dann wieder ein Nicken. »Logisch!«, antwortete er. »Das ist richtig.« Fand ich auch.

Pirro wurde zusehends schwächer. Die Gänge aufs Dach waren mühsam für ihn geworden. Außerdem brauchte er mittlerweile eine Menge kleinteiliges Zeug um sich herum. Medikamente vor allem.

In der Werft wäre er nicht gut aufgehoben gewesen – zu viel Rummel; und in eine Klinik wollte er nicht. Keinesfalls. Pirro hatte sich auch gegen Therapien entschieden. Am Anfang verstand ich das nicht, bis ich mit Leo darüber gesprochen hatte.

»Er macht genau das Richtige, Cece«, sagte er behutsam. »Er hat abgewogen, was gut für ihn ist, und eine Entscheidung getroffen.«

»Woher willst *du* das wissen?«

»Ich habe viel darüber gelesen«, erklärte er mir. »Und wir haben lange miteinander geredet.«

»*Du* hast mit ihm geredet?«

»Ich rede viel mit ihm.«

Das hatte ich nicht gewusst.

Ende Juli zog Pirro auf Leos Balkon. Wir hatten die Balustrade mit Segeltuch abgespannt und ein Bett mit höhenverstellbarem Rückenteil für ihn aufgebaut. Gerahmt von zwei stattlichen Dattelpalmen sah es auf einmal sehr gemütlich aus, ein wenig wie der Diwan eines Paschas; Leos Handschrift eben. Diverse Tischchen mit gehämmerten Messingplatten in unterschiedlicher Höhe beherbergten alles

Notwendige. Pirro staunte, als er seinem neuen Domizil zum ersten Mal gegenüberstand.
»Jetzt muss ich mir einen seidenen Morgenmantel anschaffen«, stellte er grinsend fest. »Und eine Glocke zum Läuten.«
Ja, solche Momente gab es auch. Und sie häuften sich dadurch, dass wir nun wieder zusammen waren. Erstmals lebte das Dreigestirn gemeinsam unter einem Dach. Nur, dass der eine nun damit begonnen hatte, ganz allmählich zu erlöschen.

An einem Dienstag fing Filippo mich vor der Werft ab.
»Ich werde ab jetzt bei euch wohnen«, sagte er ernst. »Ich muss für ihn da sein. Paolo sagt, ich bekomme die nächste Woche frei.« Es war keine Frage, es war keine Bitte, für ihn war klar, dass es so laufen wird.
»Seit wann weißt du es?«, wollte ich wissen.
»Seit gestern. Francesca hat es mir gesagt. Sie war so traurig, und da ...« Ich sah ihm an, dass es ihm schlecht ging. Sein Blick flackerte.
»Ich möchte erst mit Pirro klären, ob er damit einverstanden ist, Filippo.«
»Er ist mein Bruder!«
»Das musst du mir nicht sagen. Und ich verstehe dich auch«, beschwichtigte ich ihn. »Aber trotzdem muss er damit einverstanden sein.«
»Wenn nicht, muss er mir das ins Gesicht sagen.«
Eigentlich war ich froh darüber, dass er es nun wusste. Filippo hatte ein Recht darauf.

Pirro wollte es nicht. Aber er war bereit, es Filippo selbst zu sagen, so wie dieser es gefordert hatte. Ich saß am Esstisch und wartete ab. Mir war klar, dass ich den Kleinen danach nicht einfach so nach Hause schicken konnte. Er brauchte mich jetzt. Nach knapp zwanzig Minuten stand er vor mir, regungslos, ohne Mimik.

Doch dann brach es aus ihm heraus. Ich hielt ihn fest, während er sich schluchzend die Seele aus dem Leib heulte. Ich strich sanft über seine Schulter und flüsterte beruhigende Worte.

Nun wussten wir es wirklich alle. Der Abschied hatte begonnen.

2.

»Wieso kapier ich es nicht, wenn es so simpel ist?« Pirro saß grübelnd über den Karten, ohne recht zu wissen, was er nun als Nächstes tun sollte.
»Weil man es zwei bis drei Mal gespielt haben muss, um wirklich drin zu sein.«
Leo hatte es sich zur Aufgabe gemacht, ihm das Patiencelegen beizubringen. Intelligente Ablenkung. Eine gute Idee, fand ich. Wir waren mittlerweile an einem Punkt angelangt, an dem die Situation für uns ihren Schrecken verloren hatte. So etwas wie Alltag kehrte ein. Leo und ich gingen unserer Arbeit nach.
Es wurde wieder gelacht und wir entwickelten eine Art Galgenhumor, der auch mal Lungen-Kram auf die Schippe nahm. Das war wichtig. Es schuf so etwas wie Normalität.

»Weißt du, Cece«, sagte Pirro sehr leise zu mir, »ich habe so viel erlebt, dass es für zwei Leben reicht.« Es war ein milder Sommerabend, der durch die Laternen an den Häusern in gelbliches Licht getaucht wurde. Wir saßen uns auf seinem Bett gegenüber, tranken Wein und lauschten dem Treiben unter uns. Auf der Straße und dem Canal ging es lebendig zu. Untermalt wurde das Ganze durch orientalische Melodien, die Pirro von einer seiner Reisen mitgebracht hatte. Pirro liebte diese Musik. Es war eine schöne Stimmung.
»Ich habe tatsächlich die ganze Welt bereist«, erzählte er weiter. »Selbst Japan habe ich gesehen. Die Gewürzmischungen dort ... sie sind genial.«

»Heute bedaure ich, dass ich dich nicht mal begleitet habe«, sagte ich etwas melancholisch. »Ich bin einfach nie auf die Idee gekommen.«
»Ich auch nicht. Die Boote hätten dich fasziniert.« Er lächelte. »Drachenboote. Sie sind unseren Gondeln ähnlich. Von der Länge zumindest. Die hätten dir gefallen. Oder Rabelos, die benutzten die Portugiesen früher, um Weinfässer zu transportieren. Sie sind wunderschön.«
»Du hast dir die Boote in diesen Ländern angeschaut?«, fragte ich verblüfft.
»Klar! Ich bin mit einem Bootsbauer zusammen«, sagte er lachend. »Und da, wo Gewürze wachsen, gibt es meist Wasserwege. Da ergibt sich das automatisch. Außerdem sprechen dich im Ausland alle darauf an. Wenn sie überhaupt was von Venedig wissen, dann, dass unsere Straßen aus Wasser sind und wir hier mit der Gondel fahren.«
»Ich habe so viel durch dich gelernt«, stellte ich nach einer Weile fest, während ich nachschenkte.
»Und ich durch dich, mein Magier.«
Wir lächelten uns zu, Blick in Blick, und da war diesmal nichts Trauriges. Kein Schmerz, keine Wehmut. Nur Nähe.
»Wenn dein Pfefferkorn nicht gewesen wäre ...« Er lachte rau, hustete kurz. »Oder der Lastkahn, den du für mich hergerichtet hast.« Nun lachten wir beide.
»Es war ein Tellicherry-Pfefferkorn. Sehr blumig. Etwas Seltenes.«
»So, sooo ...« Ich streckte mich aus, legte die Hände hinter meinen Kopf, sah in den Himmel über uns, ganz in der Erinnerung. »Du hast mich mit einer Rarität verführt.«
»So ist es wohl.«

»Und ich dich mit einer banalen Batera.«
»In einer banalen Batera.« Er legte sich neben mich. »Das ist der feine Unterschied.«
Es war ein kostbarer Abend. Einer der leichten.

An den weniger leichten wurde nicht gesprochen. Einfach weil es ihm zu schwer fiel. Das Atmen verursachte mittlerweile Schmerzen. Ich konnte mir das nicht vorstellen, wusste nicht, ob es brannte oder stach. Eine Mischung aus beidem, wie ich erfuhr.
Dazu kam eruptives Husten, was dann wieder heftige Atemreflexe zur Folge hatte. Da griffen nur noch Medikamente. Die Hilflosigkeit war am schlimmsten. Meist zogen Leo und ich uns dann zurück. In solchen Momenten wollte Pirro alleine sein.
»Dass wir das hier nicht auf Dauer so hinbekommen, ist dir klar, oder?« Ich schüttelte widerstrebend den Kopf.
»Wir packen das nicht zu zweit. Und wir haben auch nicht die nötige medizinische Ausrüstung.«
»Aber wir haben einen Balkon«, erwiderte ich. »Und das ist das Wichtigste.«
»Irgendwann ist es das nicht mehr, Cece.«
Ich wusste, dass er recht hatte. Ich wollte es jedoch nicht hören. Schon gar nicht von ihm.

3.

»Pirro ist verschwunden!«, teilte mir ein völlig aufgelöster Leo am Handy mit. *»Einfach weg.«* Das war etwa dreieinhalb Wochen, nachdem er bei uns eingezogen war.
»Hat er eine Nachricht hinterlassen?«
»Nichts! Ich habe alles abgesucht. Wieso erreiche ich dich erst jetzt?«
»Ich hatte eine Gondelübergabe«, erklärte ich, während meine Sorge wuchs. »Es war stumm geschaltet.«
»Stimmt ja ... Was machen wir?«
»Hast du die Klinik angerufen?«
»Die wissen von nichts.«
»Bin gleich zu Hause.«
»Ja, bitte! Beeil dich!«

Alles wirkte, als würde er jeden Moment zurückkommen. Die Bettdecke war zur Seite geschlagen, so als wäre er nur kurz auf die Toilette gegangen. Das Buch, in dem er gerade gelesen hatte, lag über Kopf auf einem der Tische, ein halb volles Glas Wasser stand neben seinen Medikamenten. Auch das Handy lag auf seinem Platz. Was aber fehlte, war die kleine Schachtel mit seinen Lieblingsgewürzen. Er würde nicht zurückkommen. Das wusste ich nun.
»Wo kann er nur sein?«, fragte Leo. Er klang hilflos, machte sich Vorwürfe, weil er ihn allein gelassen hatte.
»An der Luft«, sagte ich spontan. »Da werde ich ihn finden.« Nichts anderes kam infrage. Dessen war ich mir sicher.
»Aber wo willst du ihn suchen?«
»Ich habe so eine Idee.«

»Soll ich dich begleiten?« Ich bat ihn zu bleiben.
»Mach dir keine Gedanken«, sagte ich im Gehen, griff die Schlüssel der Riva und machte mich auf den Weg.

Im Grunde gab es nur einen einzigen Platz, der infrage kam. Also lenkte ich aufs offene Meer hinaus, um dann im Schritttempo den Strand abzufahren. Der hintere, freie Abschnitt war mein Ziel. Kaum ein Tourist verirrte sich dorthin. Das Dreigestirn schon. Ich ankerte, watete durch den Wassersaum und begab mich zu Fuß auf die Suche. Sie dauerte keine zwanzig Minuten.

Pirro saß im Sand, als ich ihn fand. Seine Augen waren geschlossen. Er schrak auf, als ich mich neben ihn setzte.
»Hätte ich mir denken können, dass du mich findest«, sagte er leise, lächelte zart und griff meine Hand.
Schweigend sahen wir aufs offene Meer hinaus. Es war sehr ruhig, begann ganz allmählich zu dämmern.
»Hier bin ich sehr glücklich«, sagte er matt. »Schöne Erinnerungen ...«
Ich drückte seine Hand etwas fester, vernahm das Pfeifen seines Atems.
»Du bist ein Strandkind«, sagte ich zärtlich. »Warst du schon immer.«
Er lachte leise. »Stimmt ... hier gehöre ich hin.«
Der Horizont verdunkelte sich allmählich, kleine Wellenkämme kräuselten sich im Sand, die See wechselte ihren Rhythmus, begab sich zur Ruhe. Pirros Hand lag warm in der meinen, sein Kopf auf meiner Schulter, so leicht, so nah. Ich strich durch sein Haar.

»Es wird langsam Zeit, dass wir aufbrechen«, sagte ich ohne Eile, doch er schüttelte den Kopf.
»Ich werde hierbleiben, Cece«, sagte er sanft. Seine Stimme klang fest, aber so leise dabei, dass ich ihn kaum verstehen konnte. Und dann sah ich in seine Augen. Sie zeigten mir, dass er die Wahrheit sprach. Ich sah, dass er bleiben würde, hier, an diesem Strand. Das konnte ich sehen.
»Hier hat es angefangen«, sagte er ganz ruhig, »und hier soll es enden, Cece.«
Ich strich mir Tränen aus meinem Gesicht. »Wie willst du das wissen?«, fragte ich ihn; da lächelte er.
Er öffnete seine rechte Hand. Die Schachtel mit seinen Lieblingsgewürzen befand sich darin. Sie war leer.
»Für jeden Zweck gibt es das richtige Gewächs«, sagte er ruhig, und da begriff ich.
»Nimm es mir nicht weg, Cece, ... *bitte* ...«

Die Gaslaterne aus der Riva schenkte uns warmes Licht. Ich saß hinter Pirro, sodass er sich an mich lehnen konnte. Meine Linke strich beruhigend über sein Haar, die Rechte hielt seine Hand. Ich gab ihm ab und zu einen zarten Kuss in den Nacken. Ich tat es, weil ich merkte, dass er dadurch ruhiger wurde. Sein Atem verlor das Rasseln etwas. Wir hatten Wein getrunken.
»Wie kann ich dich einfach so gehen lassen?« Ich weinte still, als ich spürte, dass sein Körper langsam schwerer gegen den meinen drückte.
»Weil du mich liebst«, flüsterte er, »und weil du weißt, dass es richtig ist.«

Es waren Pirros letzte Worte an mich. Irgendwann hörte er einfach auf zu atmen.
Seine Hand wurde kalt in der meinen, und sein Kopf sackte etwas zur Seite, als ich mich bewegte. Aber es änderte nichts.
Ich blieb sitzen, mit meinem Liebsten im Arm, blickte ziellos in die dunkle, sternklare Nacht hinaus, weinte in meiner Trauer und wartete auf den Morgen. Bald war jeder Gedanke an ihn nur noch Erinnerung. Doch in meiner Umarmung, da lebte er weiter, für einen Moment.
Da spürte ich nach wie vor seine Hingabe, die ihn stark gemacht hatte. Da war all der Schmerz, den er nicht verbergen konnte, all die die Sehnsucht, die nie gestillt worden war.
Ich hielt den kleinen Jungen in meinen Armen, der einigen gedient hatte, damit die andern in Freiheit aufwachsen konnten, den Mann, der mir sein Herz geschenkt hatte.
Gegen Morgen bette ich ihn behutsam in den Sand. Ich gab ihm meinen Abschiedskuss auf seine blassen Lippen. Er schmeckte zart nach Zimt. Pirros letzte Reise hatte begonnen.

XI.

Es sind nicht viele gekommen. Francesca und Paolo haben Marco Marianelli in ihre Mitte genommen. Sie kümmern sich um ihn. Wenn Pirro je einen Vater gehabt hat, dann war es Marianelli gewesen. Ich sehe den Verlust in seinen Augen.
Die meisten der Anwesenden sind mir fremd. Unterschiedliche Hautfarben sind vertreten. Ich weiß sie nicht einzuordnen. Einige wenige Girandolos sind da, jene, denen Pirro zur Seite gestanden hatte. Darum hat sich Filippo gekümmert.
Die Kapellentür öffnet sich und da steht Viola. Leo springt auf und begrüßt sie mit einer Umarmung. Es ist ein herzliches Wiedersehen. Ich nicke ihr zu. Sie lächelt. Sie hat ihr Instrument dabei. Darum hat sich Leo gekümmert. Ein, zwei Stücke für Geige und Flöte. Eine schöne Idee.
Zunächst spricht der zuständige Pastore. Er macht das gut. Ohne getragenes Pathos, klar, aber auch hilfreich. So hatten wir es abgesprochen. Dann bittet er mich, meine Ansprache zu halten.
Bevor ich damit beginne, nicke ich Filippo zu. Er beginnt damit, kleine Umschläge an die Anwesenden zu verteilen. Jetzt ist es an mir, die richtigen Worte zu finden.
Ich betrachte die kupferne Urne, die neben meinem Stehpult auf einem kleinen Tisch aufgestellt worden ist. Dann blicke ich zu den Menschen vor mir, die mich erwartungsvoll anschauen. Räuspern, schlucken, durchatmen ...

»Ich bin Cesare ... Selva«, stelle ich mich vor. Weiter komme ich nicht. Ich schließe die Augen. Was soll ich sagen? Wie soll ich es?
Da sehe ich, wie Filippo aufsteht, er seinen Platz verlässt, zu mir aufs Podium kommt und sich neben mich stellt. »Und ich bin Filippo«, sagt er. Er lächelt.
»Pirro war mein Bruder ... er war Cesares Freund und er war ein Mensch mit vielen Ideen.« Dann nimmt er meine Hand und drückt sie. Mein kleiner Bruder. Ich nicke ihm zu.
»Ich habe mir lange überlegt«, sage ich endlich, »wie ich Pirro mit meinen eigenen Worten gerecht werden kann, und ich habe festgestellt, dass ich das nicht schaffe. Aber dann ist mir etwas eingefallen.«
Ich nehme einen der Umschläge, halte ihn hoch, öffne ihn, und entnehme seinen Inhalt. Es ist ein Pfefferkorn.
»Die Sorte nennt sich Tellicherry«, erkläre ich, und sehe das Aufflammen in Marianellis Augen. Er versteht, was hier gerade passiert.
»Wenn wir nun dieses Pfefferkorn zerbeißen, werden wir etwas ganz Wunderbares erleben«, verspreche ich, und mit Erleichterung stelle ich fest, dass die Anwesenden meiner Aufforderung nachkommen. Überall verschwinden Pfefferkörner zwischen den Lippen. Skeptischen Blicken setze ich ein Lächeln entgegen.
»Natürlich ist Schärfe das, was wir erwarten können«, erkläre ich weiter. »Aber dahinter, da ist auch etwas ganz zart Blumiges, das sich nur schwer beschreiben lässt, und dann, einen Augenblick später, folgt eine zarte Süße.«
Ich erkenne die Verblüffung in ihren Gesichtern.

»Und jetzt – jetzt denken Sie an Pirro Girandolo. Dann wissen Sie vermutlich, was ich Ihnen mitgeben möchte.« Mehr gibt es von meiner Seite aus nicht zu sagen.

Zwei Stunden später fahren wir mit der Riva zur Calle de Caffetier. Leo, Filippo und ich.
Zuvor hatten wir der Urnen-Zeremonie beigewohnt, betreten dabei zugesehen, wie das kupferne Gefäß in die Wand eingelassen wurde, um dort mit einer Steinplatte für immer versiegelt zu werden. Im Anschluss folgte der Abschied.
»Ihr macht das Richtige«, waren Paolos Worte gewesen. Dann hatte er mich fest gedrückt, mir durch mein Haar gestrichen, um abschließend Filippo in den Arm zu nehmen.

Ich öffne die Haustür. Es ist ein eigenartiges Gefühl, all die vertrauten Stufen hinaufzusteigen. Sofort sind da Erinnerungen. Pirro, wie er rasant die Treppen hinunterflitzt, weil er sich mal wieder verspätet hat. Seine Marotte, nach jedem gesprochenen Satz kurz stehen zu bleiben, wenn wir unsere gemeinsamen Einkäufe in die zweite Etage schleppten. Das konnte dauern. Da muss ich lächeln.

»Ich habe es noch nie gesehen«, sagt Leo, als wir den obersten Treppenabsatz erreichen. Neugierig lugt er durch die schmutzigen Scheiben. Ich klappe die Fensterflügel zur Seite. Alles ist noch so, wie ich es verlassen habe. Das Sonnensegel bewegt sich schlapp im Wind, eine leere Wasserflasche steckt zwischen Ziegeln und Gerüst. Die Matratze habe ich schon abgebaut.

Wir betreten das Dach, steigen auf die Konstruktion und schauen uns um.

»Es ist wunderschön hier«, sagt Filippo. Er lächelt aufmunternd. Er hat recht. Die Wärme der Farben. Die Ruhe. Es ist ... sanft hier oben. Friedlich.

»Hier!«

Filippo reicht mir das weiße Schraubgefäß. Leo nickt mir zu. Ich öffne den Deckel und scheue mich hineinzusehen. Dann trete ich an den Rand des Gestells und beginne, die Asche zu verstreuen. Der leichte Wind reicht aus, um sie in Wirbeln über die Dächer zu tragen. Ein Teil rieselt zu unseren Füßen.

Der Traum kommt mir wieder in den Sinn. Mein Engel hat das Fliegen gelernt. Ganz leicht wird er vom Wind davongetragen. Das Bild gefällt mir. Ich schaue zu Leo. Er lächelt. Es ist richtig so. Das stimmt.

FINITO

Großen Dank an: Michaela Zwing, Sandra Gernt, meinen Giuseppe, Laura Gambrinus, Uli Ott und nicht zuletzt Constantin Parvulesco, den Autor von *Gondeln*.

Ohne euch wär's ein anderes Buch geworden.

Leseprobe:

Susann Julieva
Café der Nacht

Bald darauf bot sich Gelegenheit dazu. Als Maxim bei grell strahlendem Sonnenschein vor die Haustür trat, fand er Monroe an die Wand gelehnt vor, genüsslich eine Zigarette rauchend. Seine Haut hatte von den immer wärmer werdenden Sonnentagen bereits etwas Farbe bekommen, was ihm ausgezeichnet stand und die hellen grünen Augen noch mehr leuchten ließ. Maxim wurde wieder einmal klar, wie wenig er über Monroe und die Art und Weise wusste, wie er seine Zeit verbrachte, wenn er mal wieder für ein paar Tage verschwand. Er beschloss, das Wagnis einzugehen und Merlyns Rat zu folgen. Es ließ ihm ohnehin keine Ruhe. Sein Herz klopfte laut und heftig, wie immer, wenn er sich in unmittelbarer Nähe Monroes befand. Ganze drei Mal setzte er an, öffnete den Mund und schloss ihn wieder. Schließlich warf ihm Monroe einen Blick zu.
„Was?“
„Nichts.“
„Herrgott, spuck’s schon aus, Meinig. Bevor du dran erstickst und wir einen Arzt brauchen.“
„Weißt du was? Du kannst mich mal.“ Maxim war selbst erschrocken über das, was ihm da einfach aus dem Mund purzelte.
Monroe grinste. „Na bitte, geht doch.“

Allmählich wurde ihm klar, was Merlyn damit gemeint hatte, er sollte weniger Respekt vor ihm haben. Er musste lächeln. „Du bist unmöglich."
„Bin ich", stimmte Monroe zufrieden zu.
„Mit dir kann man einfach nicht reden."
Der andere betrachtete ihn belustigt. „Und was tun wir gerade?"
„Na gut, dann sag mir eins."
„Ich kann dir auch zwei sagen."
„Hörst du mir jetzt zu?"
Monroe machte bereitwillig eine abwartende Geste.
„Danke." Maxim wurde ernst und besann sich auf sein Anliegen. „Ich frage mich die ganze Zeit, was das mit Vida war. Ich meine ... war das alles nur gespielt? Alles?"
Monroe nahm einen Zug an der Zigarette und sah ihm direkt in die Augen. „Na, das hat ja lange gedauert."
Maxim wurde heiß bei diesem Blick. Er blinzelte langsam und blickte ihn verwirrt an. „Heißt das ja?"
Der andere grinste herausfordernd. „Finde es raus."
Maxim schluckte. „Wie?"
„Übermorgen. Abend", antwortete Monroe nur knapp, doch ein kleines Lächeln spielte auf seinen Lippen.
Maxim strahlte. Er wurde mutig. „Darf ich dich noch etwas fragen?"
„Spuck's aus, wenn's raus muss."
„Wieso das alles überhaupt? Das mit Vida."
Die grünen Augen streiften ihn, und er meinte, leise Belustigung darin zu lesen. „Wieso atmest du?"
„Äh. Um zu leben?"
Monroe nickte. „Genau."
„Reicht dir *ein* Leben denn nicht aus?"
Der andere sah ihn unverwandt an. Schlagartig war er ihm wieder vollkommen fremd. „Du verstehst gar nichts."

J. Walther

Phillips Bilder

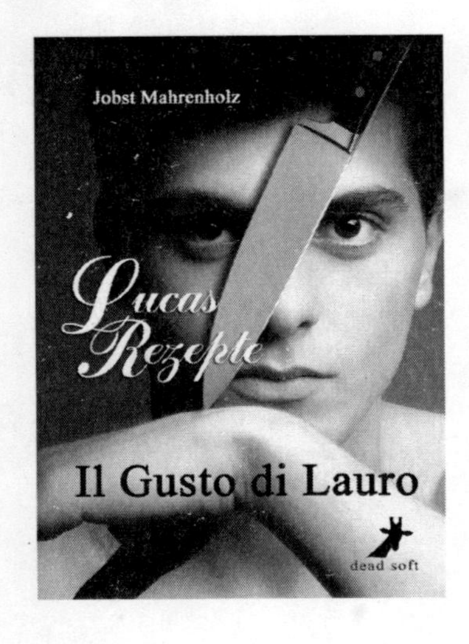

Jobst Mahrenholz

Il Gusto di Lauro:

Lucas Rezepte

http://www.deadsoft.de